「あっ……会いたかったわっ！ アルト！
私よっ！ 豊穣の女神ルディアよ！」
王級貴族のテイマー
アルト＝オースティン
豊穣の女神
ルディア
「なっ、な、なんで、モンスターを呼び出すスキルで
人間が出てくるんだよ!?」

「じゃあ、さっそく！」
ルディアが村の中央の
ヒールベリーの木に手をかざす。
すると、葉っぱしかなかった枝に、
赤いイチゴのような実が、
一瞬でたわわに実った。
「おっ、おおおおっ……!?」
「えっ、すごいゴブ！」
村人たちと、ゴブリンまでもが
目を見張った。これには僕も
驚きだった。

「これは……質もかなりのモノじゃないか？」

「きゃうっ！」

「あっ、ごめんっ！」

「アルト！　一緒にお風呂に入りましょ……って、ぬぁにやってんのよぉおお――ッ！」

温泉の女神
クズハ

神を【神様ガチャ】で生み出し放題

～実家を追放されたので、領主として気ままに辺境スローライフします～

こはるんるん

ill. riritto

Kami wo "Kamisamagacha" de Umidashi houdai

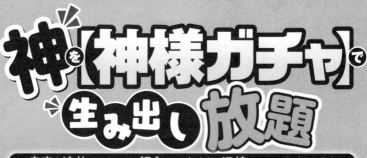

CONTENTS

1章 神様ガチャで理想の領地を作ろう

「アルト、お前のようなクズは我が栄光の伯爵家には必要ない。追放だ！」

僕は突然、父さんから追放を言い渡された。

「えっ!? なぜですか、父さん!? 僕は王宮が管理するすべてのモンスターたちの世話をしているんですよ！ 僕がいなくなったら、誰があの子たちの面倒を見るんですか!?」

僕の家は、代々、国王陛下に仕える王宮テイマーの名門貴族だった。僕は毎日、朝から晩まで必死にモンスターたちの世話をしていた。それこそ、遊ぶ暇もないくらいにだ。

「決まっておろうが、お前が外れスキル持ちだからだ。モンスターを1体召喚するのに100万ゴールド課金する必要がある【神様ガチャ】だと？ お前は我が家の財政を破綻させるつもりか!? この家は、お前ではなく弟のナマケルに継がせることにする！」

「へっ、兄貴、あんたはもうお払い箱だぜ！」

双子の弟ナマケルが、嫌味たっぷりに言い放った。

この世界では18歳になると創造神様から、特別なユニークスキルをもらう。

僕のスキルは【神様ガチャ】というものだった。100万ゴールドをかけて、モンスター1体をランダムに召喚できるスキルだ。そして100万ゴールドは、王都に屋敷《やしき》が建てられるほどの大金。僕がこれまでコツコツしてきた貯金と、ほぼ同額だった。

「といっても、我がオースティン伯爵家の者に物乞いでもされたら迷惑だ。開拓に失敗した辺境の土地を与える故、まともな領地にするまで、そこを離れるな！」

「ヒャァアアッ！　あの危険なモンスターだらけの辺境っすか!?　こりゃ、モンスター好きの兄貴にはピッタリの追放場所だぜ！」

ナマケルが腹を抱えて、笑い転げた。

「ちょっと待ってください！　まだ僕のスキルが役立たずだと決まったわけじゃ……」

「ほう？　なら、お前が貯《た》めた100万ゴールドでモンスターを召喚してみせろ。その結果次第で考えてやっても良い」

「父上、100万ゴールドもかけている時点で、コスパ最悪の外れスキルですよ。俺のスキル【ドラゴン・テイマー】の方が、よっぽどオースティン伯爵家の跡取りにふさわしいじゃん」

「それもそうだが。まあ、アレだ。最後の情けというやつだ」

父さんとナマケルは、ニヤニヤしている。父さんは昔から、ナマケルばかりをかわいがってきた。

しかもナマケルが獲得した【ドラゴン・テイマー】は、地上最強のモンスター『ドラゴン』を従えることのできるスキルだ。まさに究極のテイマースキルだった。

だけど、それとモンスターたちの世話を毎日できるかは別問題だ。

ナマケルは仕事をサボり、女の子たちとドンチャン騒ぎを繰り返していた。

僕はモンスターたちとコミュニケーションを取って、彼らの体調や気分に合わせて、エサを変えたり、運動をさせてあげたり、必要なケアをしてきた。

そのおかげで、あの子たちは、人間を信頼して、通常以上の能力を発揮してくれているんだ。それが、この国を守ることに繋《つな》がっている。

父さんも、そのことはわかっていると思うんだけど。ドラゴンを従えることができるという魅力にとりつかれているようだった。ドラゴンをテイムできれば、周辺諸国に対して軍事的優位に立てる。オースティン伯爵家の王国内での地位も盤石になるだろう。

でも……。

「僕が世話をやめたら、モンスターたちは言うことを聞かなくなって、暴れ出すと思います。そうしたら、どうするんですか？」

ナマケルは遊び回るのに夢中で、ろくにモンスターの世話などしてこなかった。王宮テイマーの地位を継いで、うまくいくとは思えない。

「決まっているだろうがよ兄貴。俺がこれから従えるドラゴンで、ねじ伏せて言うことを聞かせれば良いんだよ。恐怖と力で支配すれば、楽勝ってなモンだぜ」

ナマケルが小馬鹿にしたように鼻を鳴らした。

「なんだとっ!?　あの子たちは奴隷じゃないんだぞ！　スライムのスラポンは新鮮な水がないと力を発揮できないし。ケット・シーのタマは、マタタビを与えてやらないと不機嫌になるし。ユニコーンのスピカは餌やり担当を女の子に代えてくれと言っていて……」

「あー、はいはい。モンスター好きの兄貴のバカ話にはウンザリだぜ。とっとと【神様ガチャ】とやらを使いな」

みんなのことを説明しようとしたら、ナマケルに遮られた。

くそうっ……大事なことなのに。

そうだ。今まで貯めたお金で強いモンスターを召喚して、僕こそが家を継ぐのに、ふさわしいことを証明してやる。それで、あの子たちを守るんだ。

【神様ガチャ】を使おうと念じると、目の前に光の文字が浮かび上がった。


『初回限定特典！　今ならＳＳＲランクの女神が必ずもらえる！』


初回限定特典？　なんだかわからないけれど、期待できそうな感じだ。

父さんに命じられた侍女が、僕の部屋から１００万ゴールドが入った宝箱を運んできた。箱を開けると、そこには黄金の輝きを放つ金貨が詰まっている。

さあ、勝負開始だ。

「１００万ゴールド課金、投入！　ガチャ、オープン！」

金貨が光に包まれて残らず消滅する。

僕の目の前に、複雑な幾何学模様の魔法陣が出現した。魔法陣から紫電が放たれ、まばゆい光の柱がそびえ立った。その中から人影が転がり出てくる。

「おお……!?」

僕は期待を込めて、召喚された何者かを見つめる。父さんとナマケルも固唾を飲んだ。

「あいたたっ！　あれっ、ここって地上かしら？」

現れたのは僕と同い年くらいの美少女だった。出現する際に腰を打ったのか、お尻を擦っている。

「なんだ！　100万ゴールドもかけて、モンスターを召喚できんかったのか!?」

「やっぱりゴミスキルでしたね。父上」

ナマケルがあざ笑う。

「ちょっと待ってください！　おい、なんだよ。キミは!?」

「あっ……会いたかったわっ！　アルト！　私よっ！　豊穣《ほうじょう》の女神ルディアよ！」

僕が少女に詰め寄ると、彼女は目尻に涙を浮かべて僕に抱きついてきた。

柔らかい感触に、思考がぶっ飛びそうになる。『彼女いない歴＝年齢』の僕には刺激が強すぎた。

「なっ、な、なんで、モンスターを呼び出すスキルで人間が出てくるんだよ!?」

僕は慌ててルディアを突き放す。

「それに会いたかったって？　キミとは初対面のハズだろう？」

「やっぱり、前世の記憶を失っているのね!?　私は人間じゃなくて女神よ！　あなたとは恋人同士だったでしょう？」

い、言っていることが、サッパリわからない……。

完全に頭のおかしい娘だった。女神とか言うし。

「とっ。そ、そうね……現世では初対面だったわね。こほん。初めましてマスター、アルト。これより、女神ルディアはあなたの使い魔として未来永劫《みらいえいごう》お仕えいたします」

優雅にお辞儀して、ルディアは僕に臣下の礼を取った。

「も、もしかして人間に見えるだけで、モンスターの一種か？」

「えっ!?　もう、冗談言って！　この私がモンスターに見えるの？」

「……見えません」

「こ、これでも、天界一の美少女だって評判だったのよ」

ルディアは頬を膨らませて怒っている。

「あなたと再会できるのを楽しみにして、こんなにいっぱいおめかしして来たのに!?」

ルディアの絹のような金髪は花の髪飾りで彩られ、完璧なプロポーションを誇る身体《からだ》は清楚《せいそ》な白いドレスに包まれていた。

えっ？　この可愛らしい格好って、僕のためにしてきてくれたの？

「もう良《い》い……よくわかった。アルト、やはりお前は、我が家にふさわしくない。その頭のおかしい小娘と一緒に出ていくが良い！」

こうして僕は実家を追放された。

◇

アルトを追放したオースティン伯爵。彼は王宮のモンスターたちが、やがて暴れ出すというアルトの忠告に耳を傾けなかった。

誰の日々の努力で、伯爵家が王宮テイマーとして王家から信頼されてきたかをまったく理解していなかった。

オースティン伯爵も、弟のナマケルもまだ知らない。やがて、アルトが開拓する領地が王都を超えて発展し、アルトは名君として歴史に名を刻むということを。

オースティン伯爵も、弟のナマケルもまだ知らない。アルトを追放したことで、伯爵家が没落し、すべてを失う地獄を。

◇

「……まさか実家を追放された上に、ガチャで全財産を失うなんてっ。神様は僕のことが嫌いなのか……!?」

僕は頭を抱えて、うずくまった。王都の大通りを行く人々が、奇異の目で僕を見ている。

「そんなことないわ。女神ルディアは2000年前からずっと変わらず、あなたのことが大好きよ」

自称女神のルディアが、僕の頭を胸に抱いてヨシヨシしてくれる。柔らかい感触と花のような甘い香りに心臓がドキッとした。

「それにガチャの対価は、バッチリ受け取っているでしょう？　私という超かわいい女神を使い魔にできただけでなく。私の能力の一部がスキルとして、アルトに継承されているハズよ。ステータスを確認してみて？」

なんだって？

僕は自分のステータスを確認する。

名　前：アルト・オースティン
年　齢：18歳
○ユニークスキル
【神様ガチャ】

ガチャで神属性の使い魔1体をランダムに召喚できる。


【世界樹の雫《しずく》】（NEW！）

豊穣の女神ルディアからの継承スキル。

HPとMP《マジックパワー》を全快にし、あらゆる状態異常《バッドステータス》を癒やす『世界樹の雫』を生み出せる。死後24時間以内であれば、死者の復活も可能。

クールタイム72時間。

信頼度によって上昇率が変わる。

○コモンスキル
【テイマーLv10】

モンスターをテイムできる。また使い魔の全能力値を1・2～1・5倍にアップする。相手との

「うんっ？【世界樹の雫】というユニークスキルが追加されているんだけど、なんだこれ……」

確かユニークスキルは、1人につき1つしか手に入らないハズなんだけど……って、はぁ？

その効果を見て、ぶったまげる。

HPとMPを全快にし、あらゆる状態異常を癒やす？　しかも死者の復活も可能だって……？

本当だとしたら、まさに神の領域の力だ。

「ふふふっ！　私から受け継いだスキルのすごさに声も出ないようね。2000年前は【世界樹の雫】の奇跡を得ようと、エルフたちが私に大量の貢ぎ物を捧《ささ》げてきたのよ！」

ルディアがドヤ顔で解説する。

「もっとも2000前の七大魔王との戦争で、私たち神は力を失って眠りにつくことになってしまったのだけどね。……そんな私たちが復活するための切り札こそが、アルトに託された【神様ガチャ】なのよ！」

はっ？　神話を引っ張りだすなんて、いくらなんでもスケールが大きすぎる作り話だ。

僕は呆《あき》れたが、ルディアは構わずにまくし立てる。

「アルトがこれまで必死に努力して鍛えたコモンスキル【テイマーLv10】。これって使い魔の全能力値を1・2〜1・5倍にアップするスキルよね？　アルトの使い魔として神々を復活させれば、一気に魔王たちに対抗可能な最強戦力が整うのよ。あなたこそ、この世界の救世主だわ」

「はいっ……？」

その時、大きな悲鳴が響いた。

「うぁあああっ!?　魔獣が暴走しているぞ！」

「早く殺せえ！」

見れば、狼型《おおかみがた》魔獣ホワイトウルフが、大通りを突進してきた。通行人の女性が、ホワイトウルフに弾《はじ》き飛《と》ばされる。

さらにホワイトウルフは、牙を剝《む》き出《だ》しにして、小さな女の子に襲いかかった。

「きゃぁあああああっ!?」

僕は石畳を蹴って女の子の前に飛び出した。

王都のど真ん中に魔獣がいるということは、恐らく未熟なテイマーが使い魔を御しきれずに暴走させてしまったのだろう。

「お座りぃいいい！」

僕はホワイトウルフの頭を押さえ込みながら命令した。

モンスターをテイムするための最低条件。それは相手に力を見せて、主人と認めさせることだ。

そのために、僕は身体を鍛え、魔獣を押さえ込めるほどの腕力を手にしていた。僕はオークと殴り合っても勝つ自信がある。

基本的に、自分より弱い相手にモンスターは従わない。モンスターと仲良くなるためには、まず強くなくてはならない。

「テイム！　僕こそ主人だ。僕に従えっ！」

「わんっ！」

ホワイトウルフが、腰を下ろす格好になった。テイム成功だ。

すかさず、鞄《かばん》に入れていた魔獣の餌である肉切れを取り出して与える。ホワイトウルフは、嬉《うれ》しそうに食いついた。

やはり、お腹《なか》が空いて人間を襲ったようだった。それに、ろくに運動もさせてもらっていなかったようで、ストレスが溜《た》まっているのが、うかがえた。

「みなさん、安心してください。僕は元王宮テイマーのアルト・オースティンです。この子は僕が使い魔にしました。もう人を襲ったりしません！」

大通りに響きわたるように大声で宣言した。

暴走し、人を殺《あや》めた魔獣は通常、殺処分される。僕は女の子だけでなく、この魔獣の命も救いたかった。

幸いにもこのホワイトウルフは、まだ人を殺めてはいないようだ。

「あっぁあ、ありがとう、お兄ちゃん！」

尻餅をついた女の子が、震え声でお礼を口にする。

「で、でも。お母さんがっ、そのワンちゃんに……っ！」

女の子が指差す場所には、ホワイトウルフに弾き飛ばされた女性が横たわっていた。頭から血を流している。

「おいっ！　こりゃ……かなりヤバいぞ！　致命傷じゃないか？」

「頭を強く打っているわ！　意識もなくして……私の回復魔法では手の施しようがないわ！」

冒険者と思わしき一団が、その女性の容態を見て騒ぎ立てていた。

「お母さんっ！」

女の子は絶望に顔をクシャクシャにしている。

こうなれば、一か八かだ。

「【世界樹の雫】！」

僕は倒れた女性に駆け寄って、スキル【世界樹の雫】を発動した。僕の指先より小さな雫が滴り落ちて、女性の顔にかかる。

すると、気絶していた女性の目が開いた。

「……わ、私は一体っ？」

困惑した様子であるが、その顔には血色が戻っている。

「お母さんっ！」

女の子が女性と抱き合った。どうやら、この【世界樹の雫】の力は本物のようだ。

って、ことはルディアが言っていることも本当なのか？　まさかな……。

「す、すげぇ！　あの大怪我《おおけが》が一瞬で治っちまうなんて……まさか平民を助けるためにエクスポーションを使われたんですか⁉」

冒険者が勘違いして騒ぎ立てる。エクスポーションは1万ゴールドはする最高の回復薬《ポーション》だ。

「アルト・オースティン様と言えば、この国の守護神とも言われる王宮テイマーではありませんか⁉」

「まさか貴族様が身体を張ってお助けくださるなんて！　なんてお礼を申し上げたら良いか……」

助けられた親子は感激のあまり、涙を流していた。

「ふふふっ！　さすがねアルト。誰かを助けるために自然と身体が動いてしまうのは、転生しても変わらないようね。さすがは、私の恋人！　私のマスターだわ！」

ルディアは得意満面だ。

恋人とか、マスターとか言われる筋合いはないと思うのだけど……とにかく、お礼を言わなくちゃな。

「いや、これはルディアが与えてくれた【世界樹の雫】のスキルのおかげだ。ルディアには大感謝だな」

「も、もうっ！　照れくさいわね！　あなたを助けるのは当然なんだからっ……もっと感謝してくれて良いのよ？」

ルディアは、ポッと顔を赤らめてモジモジしている。

「すげぇっす！　マジパネエっす！　俺、感動したっす！」

「ワンっ！」

何やらチャラい感じの若者が、興奮した様子で歩み寄ってきた。

ホワイトウルフが威嚇するかのように吠《ほ》える。それでピンときた。この若者はホワイトウルフの元ご主人様か。

「キミはテイマーか？　この子はお腹を空かせていたようだぞ？　テイムに成功しても世話を怠れば、モンスターはやがて暴走する。ちゃんと世話をしなければ、駄目じゃないか!?」

「はぃいいいい！　尊敬するアルトさんにご指導いただけるなんて、田舎から出てきたかいがありまくりで、マジ感激っす！」

若者はすごい勢いで頭を下げて、何度も腰を折る。

「どうか俺を弟子にしてコキ使って欲しいっす！　地の果てまでお供して、テイマー魂を磨かせていただきやす！」

「いや、僕は伯爵家を追放されて、これから辺境の開拓に行くんで。悪いけど、王宮に雇われるのが目的なら、他を当たってくれないかな？」

「ええっ!?　まさかアルト様は辺境に行かれてしまうのですか!?」

周囲から、あ然とした声が上がった。

「うん。王宮テイマー、オースティン伯爵家は弟のナマケルが継ぐことになった……」

「そんなっ。ナマケル様と言えば、威張り散らしながら遊び歩いているだけのロクデナシじゃないですか？」

　これまた辛辣な評価だ……。

「これから先が不安ですね……王宮のモンスターたちが暴走したりしないでしょうか？」

「弟はドラゴンを使って、恐怖でモンスターを支配するって言っているから。多分、大丈夫だと思うよ」

　本当は心配ではあるし、そんなやり方はして欲しくないのだけど……。

　僕の部下として働いていたテイマーや飼育係たちもいるし、大丈夫だと信じたい。

　それにモンスターたちには、決して人を殺めたりしないよう、繰り返し教え込んできた。

　万が一、あの子たちが暴走するようなことになっても、最悪の事態は回避できるハズだ。

「わんわんっ！」

　ホワイトウルフが、尻尾を振りながら僕にじゃれついてきた。モフモフの毛並みが気持ちいい。

「よしよし、お前に名前をつけてやらないとな……白いからシロにしよう」

　シロの頭を撫《な》でてやると、嬉しそうに喉を鳴らす。

　シロの幸せそうな顔を見ていて、胸に去来する思いがあった。

「……今こそ、僕の夢を追いかけるべき時なのかも知れないな」

　そう。僕には夢があった。口にするにはバカげた夢で、胸に秘めていた夢だ。

「僕は作りたいんだ。モンスターたちが狭い檻《おり》に閉じ込められず、人間と一緒に楽しく暮らせる楽園を」

王宮のモンスターたちは、狭い檻で飼育されているため、常にストレスを抱えていた。そんな環境は決して理想的とは言えない。

しかも、彼らは人間同士の戦争に駆り出される立場だ。最近は、飢餓状態の方が力を発揮できると、戦場では満足に餌も与えてもらえない始末だ。その上怪我をすれば、ろくな治療も受けられずに使い捨てにされる。父さんは「代わりはいくらでもいる！」が口癖だった。

僕も実家から捨てられて、モンスターたちの苦しみが理解できた。

そう考えれば辺境に追いやられたのは好都合だった。　僕はワクワクしてきた。これからは、夢の実現のために生きていくのだ。

「誰も使い捨てになんかされない。モンスターたちが奴隷扱いされずに、人間と同等の扱いを受けられる領地を作るんだ！」

「アルトらしい素晴らしい夢ね！　私も全力で協力するわ」

ルディアが僕の手を取りながら告げた。

2章　神竜バハムートの召喚

「きゃあぁ〜！　早いわっ！　早いわっ！　スゴイわね、シロ！」

「わんっ！」

　僕の背中にしがみついたルディアが、歓声を上げる。ホワイトウルフのシロに乗って、僕たちは辺境の地、シレジアを目指していた。

　魔獣であるシロは馬などより、はるかに脚力がある。僕たちに追い越された騎士の一団が目を丸くしていた。これなら3日ほどで、僕の領地となるシレジアに到着できそうだ。

「魔獣にここまで好かれてしまうなんて、さすがはアルトだわ！」

「さすがって、ルディアとは今日、出会ったばかりだろう？　まるで僕のことを昔からよく知っているかのような口振りじゃないか」

　褒められるのはうれしいが、なんとなく居心地が悪い。何よりルディアには、身体を密着されてドキドキしっぱなしだった。

「そりゃ、そうよ。前世からの付き合いだもの。私はあなた以上にあなたのことを知っているわ……って、そう言えば、これを渡していなかったわね。はい、今日のログインボーナスの【神聖石】よ」

ルディアは虹色に輝く小さな石を3つほど取り出して、僕に手渡した。

「なんだ、これ？　見たこともないキレイな石だけど……」

その美しさに、思わず魅入ってしまう。

「エヘヘッ……恥ずかしいけど、私のあなたへの愛が結晶化したモノよ。強い神聖力が宿っているから、これを5個集めれば【神様ガチャ】が1回、回せるわ」

「えっ？　もしかして100万ゴールド課金しなくても、モンスターを召喚できるのか!?」

僕は仰天した。それなら、だいぶ話が変わってくる。

「そうよ。もっとも無課金ガチャで召喚できるのはレアリティR以下の神獣だけだけどね」

「レアリティR？　よくわからないけど……それなら課金せずに、ルディアから石をもらえばすむ話じゃないか？　これはどれくらいあるんだ？」

貴重品だとしたら。これ以上、タダでもらうわけにはいかないな。

「残念だけど。【神聖石】は1日1個しか生み出せないの。今回はアルトに再会できたうれしさから、3個も出せたのよ。なにより魔王たちより先に神々を復活させるには、お布施が、課金が必要なの！」

ルディアは物語のヒロインっぽい切実な声音で訴えた。

「お願い、ガチャに課金してアルト！　世界を救うためにっ！」

「……いや、悪いけど。100万ゴールドなんて大金、もう絶対に課金しないから。そんなお金があったら、領地の開拓に使う」

「むぅ～っ！」

ルディアは不満そうに頬を膨らませた。かわいそうだが、ここは譲れない。

「僕は辺境にモンスターたちの楽園を作るんだ。そのためにはお金が要る。【神様ガチャ】は、ギャンブル。人を破産させるスキルじゃないのか？」

確かにルディアのスキルを獲得できたのは大きなメリットだったが、リスクがデカすぎる。

もし100万ゴールドかけて、弱いモンスターや役に立たないスキルしか得られなかったら、僕の夢が遠ざかるだけだ。

「いいわ……それじゃ、まずは無課金ガチャで、【神様ガチャ】がいかにすごいスキルか実感してみて。そうしたら、絶対に課金したくなるんだから！」

ルディアは自信満々で告げた。


2日後、僕たちは大森林が広がる辺境シレジアに到着していた。通称『魔の樹海』などと言われる秘境である。

ここが僕の領地となるわけだが、どこを見渡しても、鬱蒼《うっそう》とした木々が広がるばかりだ。

時折、モンスターの鳴き声などが聞こえてきて、ルディアはびくっとしていた。

「自称女神にしては、臆病なんだな。大丈夫だ。何があっても僕が守るから」

かわいく思えて僕は苦笑した。

「あ、ありがとう……アルトが守ってくれるなら、安心よね」

ルディアは顔を、ぽっと赤らめる。

「わんわんっ！」

僕たちを背に乗せたシロが、ボクもルディアを守るぞ、と言わんばかりに吠えた。

「えらいぞ、シロ。よし、よし。一緒にルディアを守ってやろうな」

僕はシロの頭を撫でてやる。

ルディアは【世界樹の雫】のような回復系の力は持っているが、荒事は苦手らしい。

モンスターだらけの樹海でこれ以上、あてもなくウロウロするのは避けたいところだった。

「このあたりに入植者たちが作った開拓村があるハズなんだけど……」

「わん、わんっ！」

僕が困っていると、シロが何かに気づいたように吠えた。

シロが急加速する。

「きゃあっ!?　ど、どうしたのよ、シロ!?」

振り落とされそうになったルディアが抗議の声を上げる。

シロが向かった先には、なんとゴブリンの群れがいた。

「開拓村が襲われている!?」

50匹以上はいるであろう武装したゴブリンたちが、村を囲んだ丸太塀に火矢を撃ち込んでいた。

黒い煙を昇らせて、火が燃え広がっている。

「なんとしても、ヤツらを食い止めるんだっ！」

「死ぬ気で撃て！」

村の物見櫓《ものみやぐら》から、男たちが必死の形相でゴブリンに矢を射掛けていた。

ゴブリンは略奪目的で人間の村を襲うことがある。

「ルディア、危ないから離れてろ！　シロ、中央にいるのがヤツらのボスだ。突っ込め！」

ルディアを降ろすと、シロに突撃を命じた。

ゴブリンのような人間に近い知能を持つ魔物は魔族と呼ばれ、残念だがテイムすることができない。ボスを倒して追い返すのが、もっとも良かった。

「アルト、無茶よ！」

「ぉおおおおお――――ッ！」

剣を抜き放ち、立ち塞がるゴブリンどもを蹴散らして爆進する。

シロの体当たりを受けたゴブリンたちが、まとめて吹っ飛んでいく。

「あれっ!?　アルトってば、剣も強い！　さすがは私のマスターだわ！」

僕の活躍に、ルディアが喜びの声を上げる。

「いけぇー！　いけ！　いけ！　アルト！」

ルディアの声援を受けて、僕はボスにまで一気に迫った。

ボスに剣を叩《たた》き込《こ》もうとした瞬間。ヤツが人間の男の子を盾にした。ゴブリンの群れの中に、人質となっている子供がいたのだ。

「うぁあああああっ!?」

男の子が目をつぶって悲鳴を上げる。

僕は急制動をかけて、剣を寸前で止めた。

「ぐぅううう――――ッ!?」

僕に向けて、ゴブリンたちが矢を放ってきた。剣で弾き返すが、そのうち1本が肩に命中して激痛が走る。

「グルゥウウウ!」

シロが威嚇するように唸《うな》って、突進してきたゴブリンを前足で殴り飛ばした。

僕を乗せたまま、シロはいったん後退する。

「アルト!【神聖石】で【神様ガチャ】を回すのよ!」

ルディアが絶叫する。そういえば、【神聖石】が5つ貯まっていた。

「あなたは、ガチャは人を破産させる力だと言っていたけど、ガチャの本質は違うわ! ガチャは人と神を……みんなを幸せにする力なの!」

ルディアの元に、槍《やり》を構えたゴブリンが殺到していく。

「シロ! ルディアを守れ!」

僕の命令に、シロは弾かれたように飛び出した。僕の周りにも、ゴブリンが群がってくる。

この戦況を打破するには、新たな使い魔を召喚するしかない。

「お願い! ガチャを信じてアルトォオオオ!」

「神聖石、投入！　ガチャ、オープン！」

【神様ガチャ】を発動させると、赤い魔法陣が地面に浮かび上がり、まばゆい光が弾けた。

『レアリティR。神竜バハムートをゲットしました！』

無機質な声が頭に響いて、ガチャの結果を伝える。

僕の目の前に、黄金に輝く姿をした巨大なドラゴンが出現した。ゴブリンたちは全員、腰を抜かす。

「神竜バハムート。召喚により参上した。我が主アルト殿の敵を、ことごとく滅してくれよう！」

威厳に満ちたドラゴンの声が響いた。

えっ、な、何これ……。

神竜バハムートといえば、創造神が魔王に対抗すべく創った最強の生物じゃなかったっけ？

えっ、このドラゴン、バハムートなの？　バハムートが僕の使い魔だって……？

神竜バハムートが大きく顎を開けて、ドラゴンブレスを放つ構えを取った。

「お、おいっ！　人質の子まで一緒に殺す気か!?」

僕は慌てて制止する。

バハムートが集束する圧倒的な力に、大地が鳴動し、大気が震えた。

人質の男の子どころか、この樹海そのものを地上から消しかねない力を感じた。

僕はだてに王宮テイマーをやってきていない。目の前のモンスターが、どれほどの力を秘めているのか、ある程度、見抜くことができる。

結論。このバハムートは本物だ。

「ご安心あれ。我が神炎のブレスは、我が主に敵対する愚か者のみを滅する力！」

バハムートが応えるが、まるで安心できない。このままドラゴンブレスを放ったら、地形が変わってしまう予感がした。

「我が主に逆らうとは、神に逆らうと同じこと。塵《ちり》ひとつ残さず、消滅させてくれるわ！」

「おっ、お許しください、ゴブ！」

ゴブリンのボスが、武器を捨てて僕に土下座した。他のゴブリンたちも、次々にそれにならう。

「降伏します、ゴブ！」

「もう人間を襲ったりしない、ゴブ！」

ゴブリンたちは泣きながら懇願する。

「ならん！　我が主に剣を向けし罪。死をもって贖《あがな》え！」

「やめろ！　消えろバハムート！」

ドラゴンブレスが発射される寸前、僕は全力で命じた。

すると、バハムートは光の粒子となって消え去った。その光は僕の右手に集まり、平べったい形に……カードになった。

「なっ、なんだ……？　このカードは？」

そのカードには翼を広げたバハムートの美麗なイラストと【R】の文字が書かれていた。

「バハムートを召喚できたようね、アルト！　ガチャで召喚した使い魔は、カードにして持ち歩くことができるわ」

ルディアが僕に抱きついてきて告げる。

びっくりすることの連続に、理解が追いつかない……。

ただ、ひとつ、わかったことがある。

「そ、そうか……【神様ガチャ】で呼び出した使い魔は、召喚獣の性質を持っているんだな？」

「そういうことっ！」

召喚獣とは、召喚士に呼び出されて使役される精霊や魔物のことだ。

テイマーが使役する使い魔が、マスターと寝食を共にするのとは対照的だ。召喚獣は普段、異世界など別の場所にいるので、世話の必要がない。

その代わり、呼び出すために莫大《ばくだい》なＭＰを消費する。

バハムートのカードを確認すると、召喚に必要なＭＰ１００。召喚の維持に必要なＭＰ毎分1と表示されていた。

これはバハムートを実体化させ続けるために、毎分1のＭＰを消費するということだろうな。

バハムートは最強だが、結構使いづらいな……。

僕の最大ＭＰは１２０だ。僕はテイマーであって召喚士ではないため、最大ＭＰが低い。

ルディアから継承したスキル【世界樹の雫】はＭＰを回復する効果もある。

手に入れたスキルをうまく組み合わせて使えば……テイマーと神様ガチャの相性は抜群かも知れないな。

「もう一度、バハムートを召喚したい時は、そのカードを掲げて名前を呼べばＯＫよ」

「……って、ことは。もしかしてルディアもカード化することができるってわけか？」

「そうね。でも、なるべく実体化してあなたのそばにいたいから、カード化したら嫌よ。なにより、私は【自立行動スキル】を持っていて召喚維持にＭＰを消費しないのよ。どう？　すごいでしょ⁉」

ルディアは誇らしげに告げた。

「よし。それじゃ【世界樹の雫】で、傷の治療をするわね」

ルディアが僕の肩に手を触れると、嘘《うそ》のように怪我の痛みが消えた。

「やっぱりルディアは人間じゃなくて。精霊の一種か何かなのか？」

「もうっ、まだ信じていないの⁉　私は豊穣の女神だって言っているでしょ！」

噛《か》みつかんばかりの勢いで、ルディアは僕に迫った。

いや、でもさすがに女神というのは……。

最高峰の召喚士の中には、天使や高位精霊と契約した者もいるようだけど。神様を使い魔にした例など聞いたこともない。

「降伏を受け入れていただき、ありがとうございますゴブ！　これからは、あなた様をご主人様として忠誠を誓いますゴブ。どんなご命令にも従うゴブ！　だ、だから殺さないで……」

ボスゴブリンが、頭を地面に擦《こす》りつけて、僕に許しを乞うてきた。

その身体は恐怖で、ガクガク震えている。

「僕はこの地の領主として赴任してきたアルト・オースティンだ。僕はここを人間とモンスターが共存共栄できる楽園にしたいと考えている。降伏の条件として、それに協力してもらえるかな？」

なるべく威厳があるように話しながら、内心、驚愕《きょうがく》していた。

まさか魔族であるゴブリンが、僕の配下になりたいと申し出てくるとは思わなかった。

それだけ神竜バハムートが恐ろしかったのだろう。

「もちろんですゴブ！　喜んで協力させていただきますゴブ！　アルト様への忠誠の証《あかし》に、これまで人間から略奪してきた金品をすべて差し上げますゴブ！　100万ゴールド近くはありますゴブ！」

「100万ゴールド!?　やったー！　これでまた【神様ガチャ】に課金できるわね！」

「いや、しないから……」

お金の使い道は慎重に考えるべきだ。全部ガチャに突っ込むなど、あり得ない。

「むっ〜！　課金ガチャはバハムートよりもっとスゴイ、レアリティSR以上の神が呼べるのよ！　私クラスの超有能な神だって手に入るんだからね！　SSR出現確率3%くらいだけど……」

ルディアをスルーして、ゴブリンに人質にされていた男の子に声をかける。

「それよりも、怪我はなかったかい？」

「う、うんっ！　ありがとう、ご領主様！」

彼は笑顔を見せた。

「新しいご領主様が、こんなすごい召喚士だなんて、びっくりです！　俺、ドラゴンをこんな間近で見たのは初めてです！」

キラキラした尊敬の眼差《まなざ》しを向けられて、戸惑ってしまう。

「あ、いやっ……僕は召喚士じゃなくて、テイマーなんだけどね」

『神竜バハムートを使い魔にしたことにより、バハムートの能力の一部をスキルとして継承します。スキル【神炎】を獲得しました。

【神炎】は標的だけを焼き尽くす神竜のブレス。邪悪な魔族に特に有効です』

僕の頭の中にシステムボイスが響き、新たなスキルを獲得したことを告げた。

「いかんっ！　火勢が増しているぞ！」

その時、村人の大声が響いた。

見れば火矢を受けた丸太塀が勢い良く燃えて、火の粉を撒《ま》き散《ち》らしている。

「チクショウ！　このままじゃ、俺たちの家にまで飛び火しちまう！」

村人たちは、井戸の水をかけて必死に消火に当たっているが、火の勢いは衰えない。

「すまんゴブ！　どうしようゴブ!?」

ゴブリンのボスがオロオロしている。

「アルト！　バハムートの【神炎】よ！　それで燃えている丸太塀を、一瞬で焼き尽くして消火するの！」

「そうか！」

意外と冴《さ》えているルディアの助言に従って、僕は丸太塀に手をかざした。

「みんな下がれ！　【神炎】！」

聖なる黄金の炎が、ほとばしる。それは丸太塀を呑《の》み込《こ》んで消し炭にした。

「ぉおおおお――っ！　助かったぞ！」

村人たちから歓声が上がる。

だが、モンスターの侵入を防ぐ丸太塀を壊してしまったのは大問題だ。

「ゴブリンたち。さっそくだが、木を切り出して壊れた塀を再建してくれるか？」

「は、はいっ！　もちろんだゴブ！　お任せくださいだゴブ！」

僕が命じると、ゴブリンたちはその場に平伏《ひれふ》した。彼らは散開して、すぐさま作業に移る。

「村をお救いくださっただけでなく、ゴブリンたちまで従えてしまうとは……！」

「う、噂《うわさ》以上のお方です！　このような偉大なお方が、俺たちのご領主様になってくださるなんて、夢みたいだ！」

「我らが領主、アルト・オースティン様、ばんざい！」

村人たちが駆け寄ってきて、一斉に僕をたたえた。

◆

一方その頃――
オースティン伯爵家を継ぐことになったナマケルは、Sランク冒険者パーティーを雇って、神竜バハムートが棲《す》むという【煉獄《れんごく》のダンジョン】にやってきていた。

バハムートをテイムし、支配下に置くためである。

「あっ～、あちぃっ！　噂には聞いていたけどよ、ここマジで暑いぜぇ。おい、お前、もっと気合い入れて冷風を送れよ！」

「は、はい！」

ナマケルは魔法使いの美少女に、魔法で冷たい風を吹き付けてもらっていた。

このダンジョンは、灼熱《しゃくねつ》の溶岩がところどころから噴き出す危険地帯である。

ナマケルは魔法で冷やしたアイスキャンディを口に含んでいるが、気休めにもならず、暑さで気がおかしくなりそうだった。

「まだバハムートがいるっていう地下神殿には着かねえのかよ？　俺、いい加減、歩くのが嫌になってきたぜ」

遭遇するモンスターとの戦闘は、すべて冒険者に任せておきながら、ナマケルは疲れてきていた。

日頃の運動不足がたたっているのだ。

「……もう少しで到着するハズです、伯爵閣下」

そんなナマケルに４人の冒険者たちは、苦々しい視線を向ける。

「おっ！　そうだ。お前、俺を背負って歩けよ」

魔法使いの少女をスケベな目で見て、ナマケルは命令した。なかなかナマケル好みの娘だったのだ。

「ナマケル様、お戯れをっ！」

「神竜バハムートをテイムすれば、俺はこの世界最強のテイマーだぜ？　そんな俺が、仲良くしようって言ってやってんだぜ？　光栄だろ？」

セクハラする気、満々でナマケルは少女に迫った。

【ドラゴン・テイマー】のスキルを得たことで、ナマケルはすっかり増長していた。

自分こそ神に愛された者だ。そんな自分が従えるのは、神話の時代から生き続ける最強のドラゴン『バハムート』なのだ。

そんな自分の目にとまるなど、この娘はなんとも運が良いと、ナマケルは舌舐《したな》めずりした。

「伯爵閣下！　妹が嫌がっています。どうかお止めください。お疲れでしたら、私がその役目を引き受けます」

「兄さんっ！」

剣士の青年が、少女との間に割り込んできて、ナマケルの邪魔をした。

「あん？　金で雇われた平民の分際で、伯爵である俺に逆らおうってのか？」

ナマケルは手にした鞭《むち》で、青年を打ち据える。モンスター調教用の鞭だが、主に生意気な平民を調教するのに使っていた。

「ぐぅっ!?」

「兄さん!?　こ、こんな、ひどいっ！」

少女が非難の目を向けるが、それはナマケルの嗜虐心《しぎゃくしん》を刺激するだけだった。

他人を苦しめて屈服させるのは、なんとも気分が良い。

「ヒャァアアッ！　お前らは、黙って俺の言うことに従っていれば良いんだよ！」

「伯爵閣下！　ここは危険度Sの超高難易度ダンジョンですよ！　味方同士で争っては命に関わります」

「これ以上、パワハラ、セクハラをされるのなら冒険者ギルドを通して、抗議いたします！　最悪、ナマケル様は冒険者が雇えなくなりますよ！」

他のふたりの冒険者が仲裁に入る。彼らの顔は、怒りに染まっていた。

「はん？　冒険者が雇えなくなるだぁ？　お前らこそ、俺の権力で仕事を干してやろうか？　オースティン伯爵家は、王家とも深い繋がりがある大貴族だっつーの！　その俺に逆らうことの意味がわかってんのか？」

「くっううう……アルト・オースティン様は人格、能力ともにすばらしい王宮テイマーだと評判だったのに、まさか弟君がコレとは……」

「あっ!?　おい、お前。今、なんつった!?」

剣士の青年が漏らした嘆きに、ナマケルの怒りがマックスになった。

「許さねぇ！　今度はお前の妹を鞭で痛めつけて……！」

その時、重々しい威厳のある声が響いた。

「我が聖域を土足で踏み荒らす、愚か者どもよ。その罪を死で償うが良い」

ナマケルたちの目の前に広がった溶岩の湖が盛り上がり、黄金に輝くドラゴンが首を出した。

「神竜バハムート!?」

竜の巨体から溢《あふ》れ出《だ》す威圧感に、その場の全員が息を飲む。

「オ、俺に従えバハムート！　俺は【ドラゴン・テイマー】！　お前のマスターとなるべく神に選ばれた人間だぞ！」

ナマケルが怒鳴り声を上げて、テイムを試みる。

だが、返ってきたのは、あざけりの声だった。

「お前が我が主だと？　バカバカしい。我は神の牙たる者！　人間ごときが従えられると思ったか？　身の程を知るが良いっ！」

バハムートが翼をはためかせて、突風を生んだ。

ナマケルは吹っ飛ばされて、無様に壁に激突する。

「うぎゃぁあああああ――――ッ!?」

「うわーん！　痛いよママぁ！　鼻血が出ているよ！」

ナマケルは、痛みに転がり回った。

「こ、こんな人が王宮テイマーなの？」

「ドラゴンをテイムできるんじゃ、なかったのか……？」

冒険者たちは、ナマケルをあ然として見つめた。

「いや、そんなことよりも逃げるんだ！」

バハムートが、口を開けてブレスを発射する構えを見せた。空間がグニャリとねじ曲がるほどの魔力が、その口腔《こうこう》に集まりつつある。

Sランク冒険者たちは、慌てて逃げ出した。

「待て！　俺を置いていくな！　今ので足をくじいたみたいだ！」

「兄さん、どうしよう!?　助けないと！」

「くっ、無理だ！　我々だけでも脱出するんだ！」

魔法使いの少女が、ナマケルに手を差し伸べようとしたが、兄が反対した。

「そうだ！　そんなクズは放っておけ！」

他のふたりも、それに賛同する。

「はぁ!?　俺は王宮テイマー、ナマケル・オースティン様だぞ！　俺を今すぐ助けろっ！」

ナマケルは半狂乱になって叫ぶ。

あまりの恐怖に、ナマケルはお漏らしをしてしまった。

「ひぃいいいっ！　助けて！」

まさにドラゴンブレスが発射されようとした時だった。突然、バハムートが光に包まれて消えだした。

「……どうやら我が真なる主に喚《よ》ばれたようだ。命拾いしたな矮小《わいしょう》なる者よ」

そう告げると、バハムートは消滅した。

後には、頭を抱えて伏せるナマケルだけが取り残された。

「は、はひぃ……なんだ？　空間転移した？　ま、まさか召喚士に喚ばれたのか……？」

九死に一生を得たナマケルは、愕然とつぶやいた。

「い、いや、それはないか。【ドラゴン・テイマー】の俺でもテイムできない神竜を従えることができる召喚士なんて。この世にいるハズがないもんな……も、もしそんなヤツがいたら。ハハハッ、そいつは神にも等しい存在だぜ」

なんにせよ助かった。ナマケルは大声でSランク冒険者たちを呼んだ。

ひとりじゃ、こんなダンジョンから生きて帰るのは無理だった。

◇

この時、ナマケルはまだ知らなかった。

アルトに世話をされなくなった王宮のモンスターたちが、早くも不満を溜め出していることを。

この時、ナマケルは、まだ気づいていなかった。

ドラゴンを使ってモンスターたちを恐怖で支配するというナマケルの思惑に、暗雲が垂れこめていることを。

ドラゴンは希少種で、危険なダンジョンやシレジアのような秘境にしか生息していない。

ドラゴンの生息地を探索するためには、Aランク以上の冒頭者の助力が必要だが、ナマケルは今回の一件で、冒険者が雇えなくなってしまう。

ナマケルに逃れられない破滅が迫ってきていた。

3章 開拓村の発展

その夜、開拓村をあげて僕の歓迎パーティが催された。

丸太塀を修復したゴブリンたちも晩餐《ばんさん》に加わっている。ゴブリンたちはとってきた果物や鹿肉などを提供し、村人たちと肩を組んで騒いでいた。

酒を飲んで酔っ払っているためだが……。

昼間の戦いが、ウソのような光景だった。魔族というのも、人間とたいして変わらないのだな。

「ささっ！　ご領主様、ご一献どうぞ！」

村娘が、お酒を僕に注いでくれる。

「新しいご領主様は、元王宮テイマーだと伝書鳩《でんしょばと》の知らせで聞いておりましたが……あのようなドラゴンすら従えておられたとは、驚きました！」

「ウチの息子を助けていただき、ホントにホントに感謝いたします！　ゴブリンに連れ去られた時は、もうダメかと……」

「俺たちを苦しめていたゴブリンどもが、逆に開拓を手伝ってくれるって言うし！　アルト様のおかげで、ここでの生活に希望が湧いてきましたよ」

村人たちが口々に僕を褒めたたえるので、いたたまれない。

「ドラゴンとゴブリンについては……何というか運が良かっただけですよ」

すべてはガチャの結果だ。

「そうだ！　この村には名前がまだなかったのですが、ご領主様の名前をいただいて、アルト村というのはいかがでしょうか？」

「そいつは名案だぜ！」

「はい！　はい！　私も大賛成よ！」

僕の隣に座ったルディアが、手を上げて賛同する。

「アルト村か……照れくさいけど、うれしいものだな」

実家から追放された悲しみが、癒えていくのを感じた。

そうだ……僕は、ここを第二の故郷として発展させていくんだ。ゴブリンも仲間に加わったし、モンスターと人間が共存する楽園に一歩近づいた気がするぞ。

「それじゃ、アルト村の今後、より一層の発展を願って乾杯！」

「「乾杯っ！」」

僕が音頭を取って乾杯する。村人たちは陽気に酒をあおった。

「わんっ！　わんっ！」

シロが骨付き肉に、うれしそうに齧《かぶ》りついている。

「でっかいワンちゃんだ！」

村の子供たちがシロに抱きつく。シロもうれしそうに尻尾を振っていた。大人気だ。シロは毛並みがモフモフで、癒やされるんだよな。

シロは村を救うのに協力してくれたため、魔獣だからと怖がっている村人はいなかった。

それを見て閃《ひらめ》く。テイムしたモンスターと一緒に村を発展させていけば、みんなモンスターを対等な仲間だと思ってくれるに違いない。よし、どんどんモンスターをテイムして、仲間を増やして行くぞ。

「ご領主様！　さぁ、冷めないうちに！」

僕の目の前に、新鮮な鹿肉を火であぶった料理が出される。実においしそうだったので、大喜びで齧りついたが……。あ、味がしない。塩っけがまったくない。コショウなども振られていなかった。

「私が腕によりをかけて作りました！　こちらもどうぞ！」

女の子がスープをよそってくれる。具はゴブリンが提供してくれた肉ばかりで、野菜はジャガイモの切れ端しか入ってない。これも調味料が使われておらず、お世辞にもうまいとは言えなかった。だけど、せっかくの村人たちの好意を無下にするわけにはいかない。

「う、うまいっ……！」

「ホントですか!?」

女の子は感激して笑顔になる。彼女は痩せこけて薄汚れており、服もみすぼらしかった。他の村人たちも似たような感じだ。

みんな陽気に酔っ払っているが、酔いやすいのはたぶん安酒のためだ。僕に振る舞われたのは領主のために用意された特別上等な酒であるのに気づいた。

この村は貧しい……栄養状態の悪そうな女の子の顔を見ながら、僕は痛感した。まずは、食糧事情の改善。それからなんらかの産業を起こして、お金を稼がないといけないな。

「ちょっとアルトっ！　私という者がありながら。なに、村娘なんかにデレデレしているのよ！」

ルディアが僕の耳を引っ張った。

「おい、痛いってっ！」

「私はアルトの妻よ！　私の旦那に手を出したら許さないんだからね！」

「い、いつ結婚したんだ!?」

思わず、むせてしまう。

僕は恋人もいたことがないんですけど……いろいろと段階を飛ばしすぎだ。

「これは、このような美しい奥方様がいらっしゃるとは。ご領主様もすみにおけませんな」

「もう『美しい奥方様』だなんて、本当のことを言われたら、照れちゃうわ！　良し！　豊穣の女神の名にかけて、この村に豊作をもたらせてみせるわよ！」

男の言葉に、すっかり気を良くしてルディアは胸を叩いた。

「じゃあ、さっそく！」

ルディアが村の中央のヒールベリーの木に手をかざす。

すると、葉っぱしかなかった枝に、赤いイチゴのような実が、一瞬でたわわに実った。

「おっ、おおおおっ……!?」

「えっ、すごいゴブ！」

村人たちと、ゴブリンまでもが目を見張った。これには僕も驚きだった。

「今はヒールベリーの収穫時期を過ぎているハズなのに？　み、実がなった？」

「ふふん！　私は植物を操る力を持っているのよ。季節外れの実を実らせるくらい、わけないわ」

ルディアは鼻を膨らませて、得意顔になっている。

「え、なにそれ。ちょっと、どういうこと？　本気ですごいんだけど……」

なにしろ、ヒールベリーは回復薬の材料だ。回復薬の需要は高く、村人から冒険者から兵士まで、怪我の備えとして常備している。このためヒールベリーは、それなりの値段で売れた。

僕は試しに、ヒールベリーを木からひとつもいで食べてみる。甘酸っぱさと同時に、身体に力がみなぎるのを感じた。

「これは……質もかなりのモノじゃないか!?」

「本当ですか、ご領主様!?」

良質なヒールベリーは、そのまま食べても体力の回復効果がある。

村人たちが色めき立った。僕も興奮を抑えきれない。

「これを売れば、かなりのお金になるハズだ。ルディア、ヒールベリーは、すぐにまた新しい実をつけられるのか？」

「もちろんよ！　あまり連続でやると、木が疲れちゃうから、10日に一度くらいが限度だけど」

「……そんな短期間で収穫ができるのか？　こ、こんな魔法は聞いたことがないぞ」

ルディアの言っていることが本当なら、ヒールベリーだけでなく、野菜や果物がいくらでも手に入るんじゃないか？

飢えからの解放。食うに困らない生活。いきなり大問題のひとつが解決した。

「ルディアって、もしかして神？」

「いや、だから私は豊穣の女神だって、最初から言っているでしょう……？」

「うぉおおお!?　これはこの村に莫大な富をもたらすモノですぞ！」

「ヒールベリーの木をもっと植えて収穫しましょう！」

「豊穣の女神ルディア様、バンザイ！」

村人たちが、ルディアをたたえる。ルディアの神殿でも作ってしまいそうな勢いだった。

「ちょ、ちょっと、崇《あが》めるべき相手が違うわよ!?　私はアルトの使い魔。アルトのテイマースキルで能力が1・5倍に強化されているから、ここまでのことができるのよ。アルトは創造神様に選ばれた救世主なんだからね！」

さすがに村人全員が呆気《あっけ》に取られる。

ああっ、安酒に酔ってしまっているんだな……あまりにも大げさなことを言うルディアを、僕は無視して酒を飲んだ。

次の日、ゴブリンたちに手伝ってもらって、物見櫓の隣にシロの犬小屋を作った。

シロにはモンスターの侵入を防ぐ番犬役を任せることにした。シロがいれば安心して眠れると、村人たちは大喜びだった。

シロは熊くらいの体長の魔獣なので、犬小屋もデカイ。

「やったー、ゴブ！」

ゴブリンたちがバンザイした。

「わんわんっ（ご主人様！　ありがとうっ！）」

犬小屋の前に座って、シロがうれしそうに尻尾を振る。

あれ？　今、シロの鳴き声が言葉となって伝わってきたぞ……。

テイマースキルがレベルアップしました！

【テイマーLv10　⇒　Lv11（UP！）】

モンスターの言葉が理解できるようになりました！

どうやらテイマースキルがレベルアップして、新たな能力に目覚めたようだ。

テイマースキルは、テイムやモンスターの世話をすると、レベルアップしていくのが特徴だ。

確かLv11以上になった者は、歴代王宮テイマーでも少ないんだったよな……。

まさかモンスターの言葉がわかるようになるとは、思わなかった。

「わんっ、わん！（暖かくなってきたから、毛を刈って欲しいよ）」

「そう言えば、換毛期か」

ホワイトウルフは春の終わり頃、毛が夏用に生え替わるのが特徴だ。

毛は放っておいても生え替わるが、適量、刈ってあげた方が熱がこもらなくて快適に過ごせる。

「じゃあ、トリミングもしようか」

「わん！（うれしいっ！）」

ハサミでシロの毛をジョキジョキ切ってあげた。魔獣は見た目も大事なので、なるべく格好良く見えるようにカットする。

シロは気持ち良さそうにしていた。

「わん、わん！（ご主人様や村のみんなを守れるよう、ボクは村の見張りをするよ。任せておいて！）」

「そうか。エライぞ、シロ！」

シロは僕の役に立つのが、うれしくてたまらない様子だった。いっぱい頭を撫でてやる。

「アルト！　お客さんだって。行商人が来ているそうよ！」

その時、ルディアがやってきて来客を告げた。

「ご領主様に、ごあいさつ申し上げます、ワン」

帽子を取って、礼儀正しく頭を下げたのは、僕の腰くらいの背丈の犬型獣人たちだった。

彼らはイヌイヌ族といって、正直者であることで有名な種族だ。なにしろ、うれしいと無意識に尻尾を振ってしまうのだ。

「わざわざ、こんな辺境まで来てもらってありがとう。歓迎します。僕がシレジアの領主アルト・オースティンです」

僕はイヌイヌ族に椅子に座るように勧めた。

ルディアがお茶を入れて、彼らの前に並べる。イヌイヌ族の大好物である骨付き肉をお出しすることも忘れない。

「これはお気遣い痛み入りますワン」

イヌイヌ族は、ヨダレを垂らしながら尻尾を振った。

イヌイヌ族はときどき開拓村にやってきては、塩や油、衣類、回復薬などの生活必需品を売ってくれているようだ。

今回も荷馬車に商品を満載してやってきていた。

危険な辺境に足を運んでくれる彼らとは、信頼関係を結んでおきたい。

必要な物資を買い終えると、僕は切り出した。

「それで次回からはモンスターフードを仕入れて売って欲しいのですけど、頼めますか？」

「もちろん。ご用意させていただきます、ワン。いかほどご入り用でしょうかワン」

「王宮テイマー御用達《ごようたし》の最高品質フードを10万ゴールドで、買えるだけ注文したいです」

「そんなに!?　かしこまりましたワン」

イヌイヌ族は飛び上がって驚いた。

モンスターたちをテイムして飼うには、まずエサを確保する必要がある。

もちろんエサは最高品質だ。ケチったりしたら、モンスターたちの健康に関わるからね。

シロも喜ぶだろう。

「それと、これですけど。買い取ってもらえないでしょうか？」

僕は大箱に詰めたヒールベリーと、シロから刈り取ったホワイトウルフの毛を見せた。

「これはヒールベリー!?　しかも、この色艶……品質も最高だワン！」

イヌイヌ族が、信じられないといった顔付きになる。彼らはフリフリ、尻尾を振っていた。ご機嫌らしい。

「同じモノが、あと2箱あるんですけど」

「すごいワン！　ヒールベリーは全部で、4万ゴールドで買わせていただきますワン！　ホワイトウルフの毛は、３０００ゴールドで、どうでしょうかワン？」

両方とも予想以上の高値が付いた。

ホワイトウルフの毛は、高い魔法防御力を備えているため、魔法使いのマントなどに縫い込まれる素材となる。

「ありがとう。それでお願いします」

「こちらこそ、ありがとうございますワン！　今後ともぜひ、お付き合いのほどをよろしくお願いしますワン！　これほどの品質のヒールベリーは、なかなか手に入らないワン！」

「こちらこそ、よろしく頼みます。帰り道は物騒だから、ゴブリンの護衛を付けさせてください」

イヌイヌ族は冒険者の護衛を雇ってここまで来たようだが、護衛は多いに越したことはない。

「えっ？　ゴブリンの護衛ですかワン？」

イヌイヌ族は首をひねった。

僕が手を叩くと、武装したゴブリンの一団が部屋に入ってくる。

一瞬、襲われると思ったのか、イヌイヌ族が椅子からひっくり返りそうになった。

「我らはアルト様の親衛隊だゴブ！　お客人を森の外まで、安全にお送りするゴブ！」

ゴブリンたちが敬礼する。

「ま、まさか……この村はゴブリンと共存しているのですかワン？」

「我らは、アルト様の忠実なる配下だゴブ！」

誇らしげにゴブリンたちは頷《うなず》いた。

「すごいっ……というより、魔族を従えるなんて、どんなテイマーでも無理だと思っていましたワン」

「季節外れの最高品質ヒールベリーといい、ご領主様は一体何者なんですかワン？」

「知らないのかゴブ？　オースティンといえば、王宮テイマーの名門貴族様だゴブ」

「なんと！　これは最優先でご入り用の品をご用意させていただきますワン」

イヌイヌ族はキラキラした眼差しで、僕を見つめた。

やばい、変な期待をさせてしまったようだ。

「僕は実家とは、ほぼ縁が切れているんで……貴族といっても名ばかりなんです」

「ワン？」

「実は、僕は外れスキル持ちだと、この土地に追放されてきたんです。だから、オースティン伯爵家と繋がりを作りたいなら、期待には応えられないと思います」

僕は正直に告げた。イヌイヌ族はお互い顔を見合わせる。

「ご事情はわかりませんが。ボクたちはアルト様、個人とお付き合いさせていただきたいですワン」

「アルト様なら、シレジアを豊かな領地に変えられると思いますワン。ボクたちは人を見る目には自信がありますワン。ぜひ、ごひいきにさせていただきたいですワン！」

イヌイヌ族たちはそう言って頭を下げた。


イヌイヌ族を見送ると、僕はシロとルディアを連れて樹海に出た。モンスターをテイムするためだ。

ゴブリンたち5名も、護衛として同行してくれた。

「私の育てたヒールベリーが思った以上に高く売れたわね！　この分なら、ガンガンお金を稼いでガチャが回せるわ！」

　ルディアがはしゃぎ回っている。

「そうだな。ルディアのおかげで食料には困らないし。余裕が出たら、また課金ガチャに挑戦してみようか」

「やったぁ！　アルト、大好きよ！」

　ルディアが僕の腕に手を絡ませてきた。思わずドキリとする。彼女のボディタッチには、なかなか慣れないんだよな……。

　昨晩は一緒に寝ようとか言ってきて、本当に困った。

「シロ、ハチミツの匂いがわかるかい？　蜜蜂の巣を探してもらいたいんだけど」

「わん！（もちろん、わかるよ）」

「えっ？　なになに？　ハチミツを採取するの？　私、甘いの大好き！」

　ルディアが目を輝かせた。

「いや。ハチミツが好物のモンスター、ハチミツベアーを見つけてテイムするんだ。ハチミツベアーは、ハチミツを溜め込む習性がある。しかも、彼らが溜めたハチミツは、なぜかより甘くおいしくなるんだ。王宮のパティシエ御用達の品だよ」

「嘘《う》っそぉおお！　じゃあ、すごくおいしいケーキとかお菓子とか、作れるようになるのね!?」

「そういうことだな。あと、売るとかなりのお金になる。ハチミツベアーは、辺境のシレジアにしか住んでいない希少種なんで、ぜひともテイムしておきたかったんだ」

あまり知られていないが、モンスターの中には、人間にとって有用な特長を備えた種族がいる。ハチミツベアーは、その代表格だ。

「わんわん！（この近くから、ハチミツの甘い匂いがするよ）」

さっそくシロが、網を張る場所を見つけてくれた。

「よくやったぞ、シロ！」

「わおん！（もっと褒めて！）」

ご褒美に、よしよしと頭を撫でる。ホワイトウルフは、頭を撫でられるのが大好きだ。

「ううん！　良い子ねシロ！」

ルディアも、シロのモフモフの身体に顔をうずめて堪能《たんのう》している。これは自分が気持ちイイからやっているな。

しばらく歩くと、蜜蜂がブンブン飛び回っている花畑に出た。

「うわっ！　キレイ！」

「あそこの木に、蜂の巣があるようだな」

「近づきすぎると、蜂に刺されるゴブ！」

ルディアが花畑に足を踏み入れようとすると、ゴブリンの警告が飛んだ。

「大丈夫よ。蜜蜂は、豊穣の女神の眷属《けんぞく》なんだから！　私だってわかれば、喜んで蜜を分けてくれるハズだわ」

ルディアはそれを無視して、意気揚々と歩を進めて……。

ぶすっ。

「ぎゃぁあああっ!?」

むき出しの腕を蜜蜂に刺されて飛び上がった。そのまま、泣きながら逃げ出していく。

「うわああーん！　ちょっと、来ないでよぉおお！」

蜜蜂の群れが、ルディアを追いかけ回す。蜜蜂に、完全に敵と認識されていた。

「蜜蜂は豊穣の女神の眷属じゃなかったのか……？」

「アルト、【神炎】で助けて！」

「いや、蜂とはいえ、無益な殺生は……シロ、頼む」

「わん！（任せて、ご主人様）」

シロがルディアを追いかけていって、その襟首を噛んで摑《つか》み上《あ》げた。そのまま、ヒョイとルディアを背中に乗せて、シロは風のように走り去る。

蜂の群れもホワイトウルフの脚力に追いつくことはできず、みるみる引き離された。

「これでルディアは大丈夫だろう」

ルディアの能力はすごいが、どうもイマイチ、女神というのは信じられない。

「ご主人様、ハチミツベアーだゴブ！」

ゴブリンに言われて目を向けると、大きな壺《つぼ》を抱えた熊がやってきた。僕も見るのは初めてだけど、ハチミツベアーに間違いない。

ハチミツベアーは、あの壺の中にハチミツを入れて巣穴に持ち帰る習性がある。

蜜蜂がハチミツベアーに一斉攻撃を仕掛ける。だが、相手は分厚い毛皮に覆われているため、びくともしない。

「がおお（ハチミツいっぱい、いただきますお）！」

ハチミツベアーは、蜜蜂の巣を木から取って、ハチミツを絞り出した。巨体の割に、器用な奴だ。

「ハチミツベアー！　僕はテイマーのアルトだ。話がしたい！　ここに、キミの壺よりもっと頑丈な壺がある。これをあげるから、僕の使い魔になってくれないか？」

「がお？（頑丈な壺？　ホント？）」

よし。ハチミツベアーが話に乗ってきた。

テイムは力尽くで行うこともできるが、モンスターと交渉して、使い魔にすることもできる。

後者は非常に難しいが、成功すればモンスターと強い信頼関係を築ける。モンスターの言葉がわかるほどにテイマースキルがレベルアップしたので、挑戦することにした。

「本当だとも。ほら落としても割れないぞ」

地面に壺を落としてみせる。

この壺は、ハチミツベアーをテイムするために、イヌイヌ族から買い取った特別製だ。魔法が付与されており、多少、乱暴に扱っても壊れない。

「がおおお！（それ欲しい！　前に壺を割っちゃった時は、すごく悲しかったお）」

ハチミツベアーは辛い過去を思い出したのか、涙目になった。

「キミにとって、ハチミツを溜める壺は命だものな。すごくわかるよ。壺の他に、外敵に襲われない安全な寝床と、最高品質のモンスターフードを毎日3食提供することを約束するけど、どうかな？」

「がっおん！（悪くない条件！　その壺ならお嫁さん探しも簡単にできそうだし。よろしくお願いしますお）」

ハチミツベアーは僕のテイムを受け入れ、使い魔となってくれた。

「もらった！」

その時、物陰からハチミツベアーに大剣で斬りかかる者がいた。

僕は飛び出していって、斬撃を剣で受け止める。予想以上に重く、腕がしびれた。

「なにっ!?　てめぇ、俺の狩りの邪魔をしようってのか!?」

怒鳴り声を上げたのは、いかつい冒険者風の男だった。歳《とし》の頃は二十代後半くらいだろうか。

「この子は、僕がテイムしました。僕の使い魔なんですよ」

「がぉお（ご主人様、ありがとう！）」

「さすがゴブ！」

ハチミツベアーがお礼を述べる。

「テイマーは使い魔を守るのが義務です。ここは退いてもらえませんか？」

「ちっ！　テイマーの小僧かよ。俺はモンスターの陰に隠れて、こそこそ利益をかすめ取るテイマーって奴が、死ぬほど嫌いなんだ！」

男が嫌悪感もあらわに剣を振ってくる。僕は慌てて後ろに下がって避けた。

「ご主人様に何をするゴブか!?」

ゴブリンたちが、男に一斉に飛び掛かった。

男はニヤリと笑うと、大剣を風車のように回転させて、彼らを薙《な》ぎ払《はら》う。

「ぎゃあっ!?」

「お前たち!」

ゴブリンたちは地面に転がって、痛みにうめいた。

「まさかゴブリンまで従えているたぁ驚いたが……まっ、雑魚には変わりねぇな。後でじっくり、お宝の在《あ》り処《か》を聞き出すとするか」

どうやら、ゴブリンたちを殺さなかったのは、彼らが貯め込んだ金品を奪うためらしい。

たったひとりで、そんなことを考えるとは、この男はかなり高位の冒険者のようだ。

「アルトっ、大丈夫!?　何コイツ?」

ルディアがシロに乗って戻ってきた。

「ひゅ〜っ!　おいおい、コイツぁ上玉の娘じゃねえか。ベアーのハチミツに、ゴブリンのお宝。しかも、女まで手に入るとは、ツイてやがるぜ」

男が下卑た笑い声を上げる。

「どうやら、話し合いが通じる相手じゃないようだな」

僕は剣を構えた。

「僕の仲間やルディアに手を出そうって言うなら容赦しない」

「はっ!?　ソイツはお前の女か？　テイマーごときが、このAランク冒険者、剣豪ガイン様に逆らうたぁ、良い度胸じゃねえか？　かわいがってやるよ！」

男──ガインが大剣を振り上げて突進してくる。

僕は剣で受け止めるが、斬撃の重さに腕の骨が折れるんじゃないかと思った。純粋な剣士に、腕力と剣技で対抗するのは、さすがに無理がある。

「そらそら！　カワイコちゃんの前で、大恥をかかせてやるぜ！　それから身ぐるみ剝いでやるとするか！　ギャハハハッ！」

調子に乗ったガインが、剣を何度も打ち下ろしてきた。

「わん！（こいつ、ぶっ飛ばしてやる）」

「シロ、危ないから下がっていろ！」

シロの助力を断って、僕はスキルを発動させた。

「焼き尽くせ【神炎】！」

「なにっ!?」

僕の身体から立ち昇った黄金の炎が、ガインの大剣を蒸発させた。

あまりのことに、ガインは目を白黒させる。

「俺のミスリルの剣が!?　て、てめぇ、テイマーじゃなくて魔法使いか？」

「【バハムート】よ、来い！」

懐から、バハムートのカードを摑んで天に掲げる。まばゆい光が弾けた。

大地を揺らし、雲を突くような神竜が出現する。

「はへっ……？」

ガインは呆気に取られて、バハムートを見上げた。

「我が主に逆らうとは……愚か者め。消えるが良い」

「バハムート、その男の防具だけを焼き尽くすんだ」

「承知！」

バハムートの【神炎】は、指定した攻撃対象のみを消し炭にするブレスだ。

バハムートが開いた顎から、黄金の炎【神炎のブレス】が発射される。かつて、魔王の軍勢すら焼き払ったと伝説に謳《うた》われる攻撃だ。

「ひぎゃあああ!?」

ガインは悲鳴を上げて立ち尽くす。神炎のブレスが過ぎ去った時、彼はパンツ一丁になっていた。

「あれ？　俺、死んでないって、ぬっおおお――ッ！」

「もう、イヤね」

ルディアが顔を引きつらせている。

「武器も防具も失っては、勝ち目はないですよね？　降伏してくださ……」

「参りました！」

僕の言葉の途中で、ガインが土下座した。彼は恐怖に震えている。

「こんな化け物みてぇなドラゴンに勝てるわけがねぇ。なんでもしますんで、どうか命ばかりは……」

「あっ、いや。命を奪うつもりはないんで」

「コイツ、強盗よね。身ぐるみ剥ぐとか言っていたし。アルトはここの領主なんだから、強制労働の刑にでもしたら？」

ルディアの提案に、ガインは真っ青になった。

「へっ!? ここのご領主様って……お前、いや、あなた様は貴族？」

「シレジアの領主アルト・オースティンと言います」

「オースティン!? 王宮テイマーの名門伯爵家の!? そんな上位貴族に喧嘩《けんか》を売ったら、縛り首……っ」

ガインは酸欠の金魚のように口をパクパクさせた。

「僕は外れスキル持ちだと、追放されてここに来たんで。実家との繋がりは、ほぼないに等しいんで大丈夫ですよ」

「はっ!? こんなすげぇドラゴンを召喚して、ミスリルの剣を消滅させるほどの魔法を使えるのに、追放……？」

「【神様ガチャ】のすごさを、あの人たちは理解できなかったのよ。女神である私を頭のおかしい小娘呼ばわりするしっ！ アルトの家族じゃなかったら、思い切りぶん殴っていたわ」

ルディアが腹立たしげに言った。

「【神様ガチャ】？ 女神……？」

「アルトは神や神獣を使い魔として召喚できるスキルを持っているの。このバハムートも、それで使い魔にしたのよ。何？　信じないの？」

「いえ！　信じます！」

ガインは慌てて首を縦に振った。

「僕はこの土地をモンスターと人間が、のんびり楽しく暮らしていける場所にしていきたいと考えています。開拓のために人手が足りないんで、なんでもするというなら、手伝ってもらえませんか？」

何しろアルト村の人口は、ゴブリンを入れても150名くらいだ。圧倒的に人手が足りない。

この樹海には、他にダークエルフといった強力な魔族もいるようだし、戦力となる人材を確保しておきたかった。

「はい……っ！　もちろんです！　もし、よろしければ、俺をアルト様の家臣にしていただけないでしょうか!?」

「家臣ですって？　さっきの言葉、聞こえていたわよ。テイマーは死ぬほど嫌いなんじゃなかったの？」

ルディアが、うさんくさそうな目を向けた。

「ず、図々《ずうずう》しい申し出ということは百も承知ですが……俺はアルト様の元で、一旗あげたいんです！」

ガインは地面に頭を擦りつけて頼み込んだ。

「家臣になりたいって言われても……今はお金に余裕がなくて、給料はあまり出せませんけど？」

「構いません！　アルト様はいずれ、大出世されるでしょう。勝ち馬の尻に乗らせてもらえるだけで、俺としては万々歳です！」

「調子のいいヤツだけど。まっ、人を見る目はあるようね」

「わかった。それじゃ、よろしく頼むよ」

「はぃいいい！　ありがとうございます！　精いっぱい働かせていただきます！」

こうしてAランク冒険者、剣豪ガインが僕の家臣となった。

4章 温泉の女神クズハ

「アルト様！　お帰りなさいませ！」

アルト村に戻ってくると、農作業をしていた村人たちが、手を止めてあいさつをしてくれた。

農地には、赤々と実ったトマトが連なっている。村人たちは、トマトをもいで籠に入れていた。

「あれ？　まだ、トマトの収穫には早いハズだけど？」

「それが、ルディア様が手をかざしたら、1日でここまで大きく育ってしまいまして。味もかなりのものです！　おひとつ、いかがでしょうか？」

「ふふん！　この村の作物はすべて、早く成長して大きく実るようにしたの。ここはアルトと私の愛の巣だものね！」

ルディアはとっても誇らしそうだ。

彼女は本当に豊穣の女神なのだな。威厳はないに等しいけれど……。

トマトにかぶりつくと、新鮮な甘みが口に広がった。

「……っ!?　うまいぞ、これ！　王都の大規模農園でも、ここまでの品質のトマトは、作れないんじゃないかな？　これも売ったら、かなりのお金になりそうだ」

「今日の晩ご飯は、これを使ったトマトパスタにする予定です」

「それは楽しみだなぁ」

思わずヨダレが出そうだ。

「ホント、マジでうめえなっ！」

ガインもトマトに舌鼓を打っている。裸ではかわいそうなので、彼には僕の上着を貸していた。

「あっ!? その男は悪名高い剣豪ガインじゃないですか？」

「この村で、酒代と宿泊代を踏み倒した、太《ふ》え野郎ですよ！　俺の娘にもチョッカイを出しやがるし。おい、二度と来るなと言ったろ！」

「わっ、わりぃ。俺はアルト様の家臣にさせていただいたんで……金はちゃんと払うからよ」

村人に詰め寄られて、ガインはしどろもどろになる。

「はぁ～。あんたって、やっぱり犯罪者だったのね？　それじゃ罰が必要だわ！　罰金10万ゴールドよ！」

ルディアが、ガインに人差し指を突き付けた。

「10万ゴールドって、嬢ちゃん、そりゃあ、め、めちゃくちゃだぞ！」

「犯罪者が罰も受けずに、アルト村に居座ろうだなんて。厚かましいにも程があるわ！　ガチャに課金するんだから、ツベコベ言わずに、とっとと出しなさいよ！」

ルディアがガインに詰め寄る。どちらが強盗であるか、わからない吹っかけ具合だ。

「おい、ルディア、ちょっとやりすぎ……」

「アルトの夢を叶《かな》えるためにも、お金が必要なのよ！」

興奮したルディアは、人の話など聞いちゃいない。村人たちも、険悪な顔でガインを見ている。

「わかった！　わかったって！　まあっ、ケジメってやつは必要だろうからな！　出血大サービスで払うってばよ！」

ヤケクソ気味で、ガインはバックパックから金貨のズッシリ入った革袋を取り出した。

「やったわよアルト！　これでイヌイヌ族に支払ったお金も賄えたわね！　今すぐ、【神様ガチャ】を回しましょう！」

ガインから引ったくったお金を僕に押し付けて、ルディアはバンザイする。

「まぁ……これもアルト様のためになるっていうんなら、仕方ないぜ。先行投資つーことだな……」

ガインもしぶしぶだが、納得してくれているようだ。

「悪い……。村が発展したら、給料は弾むから。よし、ルディアがそこまで言うなら、課金してみようか」

「やったぁあああ！　次は誰が召喚されるのかしら！」

ゴブリンたちに頼んで、90万ゴールドのお金を持ってきてもらう。ほぼ全財産だ。

これを突っ込むのはさすがに勇気が要るが……。

ルディアやバハムート並みの存在が出現してくれるなら、十分に元が取れるだろう。

「100万ゴールド課金、投入！　ガチャ、オープン！」

目の前の地面に魔法陣が形成された。青い稲妻が魔法陣より放たれ、まばゆい光が弾ける。

「な、なんだこりゃ、すげぇぞ!?」

「キターーーッ！　来たわよ！」

ガインが驚き、ルディアが大はしゃぎしている。僕もドキドキしながら、魔法陣を見つめた。

現れ出たのは、狐《きつね》の耳とふさふさの尻尾を持った小柄な少女だった。

「温泉の女神クズハ！　参上しましたの！　あなたが私のマスターですの？」

かわいらしいロリボイスで、少女はあいさつした。

その頭にはタオルが置かれ、手には木製の風呂桶《ふろおけ》を抱えていた。

『レアリティSR。温泉の女神クズハをゲットしました！』

『クズハを使い魔にしたことにより、クズハの能力の一部をスキルとして継承します。

スキル【薬効の湯けむり】を獲得しました。

【薬効の湯けむり】は味方の全ステータスを2倍にアップする湯けむりを発生させるバフ系スキルです』

名　前：アルト・オースティン
〇ユニークスキル
【神様ガチャ】
【世界樹の雫】継承元。豊穣の女神ルディア

【神炎】継承元。神竜バハムート
【薬効の湯けむり】継承元。温泉の女神クズハ（ＮＥＷ！）

○コモンスキル
【テイマーＬｖ11】


「クズハじゃないの⁉　２０００年ぶり！」

「あーっ！　そこにいるのはルディアお姉様なの⁉」

ルディアとクズハが、お互いに駆け寄って抱き合う。

「な、なんだ？　知り合いなのか？」

「この子は私の眷属女神なの。妹みたいなものよ」

「やぁー！　クズハは温泉の女神なの！　さっそく、この村に温泉を爆誕させるの！　そして、温泉のすばらしさを世界中に広めるの！　ビバ、温泉っ！」

クズハが両手を天にかざすと、村の端から水柱が噴き上がった。

「うぉおおお⁉　なんじゃこりゃ！」

「って、熱っ⁉　お湯か！」

僕の顔に水飛沫《みずしぶき》がかかる。意外なことに温水であり、周囲にモクモクと湯気が立ち昇った。

「くふふ！　このお湯は浴びると、ＨＰとＭＰが徐々に回復するの。全ステータスを24時間、２倍にする薬効もあるの！　エヘン！」

狐耳娘クズハは小さな胸を張った。

「えっ？　全ステータスを2倍って……めちゃくちゃスゴイ効果のある温泉じゃないか!?」

例えばＡランクの冒険者が、この温泉に浸《つ》かったら、ひとりでドラゴンも倒せるようになるんじゃないか？

「クズハの温泉は、神々も愛用した究極の名湯よ！　そしてクズハは私の妹なの！　すごいでしょ！」

ルディアが自慢げに叫ぶ。

神様も温泉に浸かるのか？　というツッコミはさておき……。

僕は自分のステータスを確認してみた。

名　前：アルト・オースティン
レベル：25
体　力：　３６０　⇓　７２０（ＵＰ！）
筋　力：　４１０　⇓　８２０（ＵＰ！）
防御力：　３２０　⇓　６４０（ＵＰ！）

魔　防：　150　⇒　300（UP！）
魔　力：　60　⇒　120（UP！）
敏《びん》捷《しょう》：　240　⇒　480（UP！）
MP：　120　⇒　240（UP！）

全ステータスが2倍になりました！


「ぉおおおおおっ――――っ!?」

驚愕に全身が震えた。

「す、すげぇぞ！　体力と筋力が2倍って……農作業が何倍もはかどるぞ！」

「身体から力が湧き上がる！　これならモンスターが襲ってきても、返り討ちだ！」

「おおっ！　まるで10代の頃に戻ったようだわい！」

「温泉、最高ぉおおお！」

お湯の飛沫を浴びた村人たちから、驚きと喜びの声が上がる。

「おいおい……地道にモンスターを倒してレベルアップしてきたのが、バカらしくなるほどのバフ効果だな」

剣豪ガインが呆然《ぼうぜん》としている。

「つーか。この村を拠点に冒険すりゃ、誰でも安全にレベルアップできるんじゃね……？　いや、そもそもこの温泉があるだけで、ここは難攻不落の要塞になっちまっているよな？」

僕もガインの意見に同意だ。ここの住人は、もはや訓練を積んだ兵士より強いだろう。

「さぁ、ご主人様！　ここに温泉宿を建設するの！　女将《おかみ》はクズハが担当するの！　ガンガンお客さんを呼んで、ここを有名にするの！」

クズハが両手を広げて、元気いっぱいに叫んだ。

「いいわね！　夫婦専用の混浴露天風呂でアルトと……ぐふふっ。夢が広がるわ！」

ルディアは、何やら不穏な笑みを浮かべている。それはともかくとして……。

「モンスターたちの健康管理のために、温泉を活用するのも良いなぁ」

僕は考える。モンスターも怪我や病気になることがある。怪我なら回復薬で治せるが、病気については対処法がなくて困っていた。

「はいですの！　クズハの温泉は湯治にも最高ですの！　恋の病以外は、しばらく浸かるだけで、バッチリ完治できますの！」

「アルトとの混浴で、恋の病もズバッと解決してみせるわ！」

ルディアが興奮して雄叫《おたけ》びを上げるが、とりあえず無視する。

「よし。さっそく露天風呂を作ろう！　ゴブリンたち、作業を頼めるか？　ハチミツベアーも」

「お任せ、ゴブ！」

「がぉお！（なんだかわからないけど、任せておっ）」

ゴブリンとハチミツベアーが賛同してくれた。力仕事は、ハチミツベアーが担当してくれるのなら、はかどるだろう。

「それじゃ、クズハが指示を出しますの！　みんなで最高の温泉宿を作るの！」

「「「おー――っ！」」」

「クズハちゃん、最高！」

村総出での温泉宿作りが開始された。

◆

「はぁ～？　ふざけんじゃねえっての!?」

ナマケルは冒険者ギルドの受付テーブルを乱暴に叩いた。

「ですから、ナマケル・オースティン様には重大な契約違反がありましたので、冒険者をご紹介することができません！」

若い受付嬢は、怯《ひる》むことなく毅然《きぜん》と言い放った。ギルド内の視線が、一斉にナマケルたちに集まる。

「俺は王宮テイマー、ナマケル様だぞ！　俺に逆らうということは、王国に逆らうということだぞ！　わかってんのか、クソ女!?」

ナマケルはドラゴンの生息地を探索するため、Aランク以上の冒険者を紹介してもらうべく、冒険者ギルドにやってきた。

ドラゴンをテイムしなければ、王宮のモンスターたちに言うことを聞かせることができない。これは死活問題であり、ナマケルは焦っていた。

「冒険者ギルドは、超国家的な機関です！　王国からは独立しており、貴族様の命令にも従う義務はありません」

受付嬢は、生意気にも反論してきた。

コイツは、ことの重大さがわかっていないのか？　ナマケルは歯ぎしりする。

「ナマケル様は、ご紹介したSランク冒険者パーティ《暁の狼》に対して、ひどいパワハラ、セクハラをされたそうですね？　鞭で打ったり、女の子に無理やり負ぶさろうとしたとか……危険なダンジョンで言語道断な行為です！　そのような方とのご契約は、一切お断りします！」

「ダァーッ！　バカかっていうの！　このままじゃ、王宮で飼っているモンスターたちが暴れて大変なことになるんだってばよ！」

「はぁ？　ナマケル様はテイマーの名門オースティン伯爵家の跡継ぎでしょう？　モンスターのテイムなんんか、朝飯前じゃありませんか？」

「まあ……そうなんだがよ」

ナマケルは口ごもった。

さすがに兄アルトに任せっきりで、モンスターのテイムも世話も、まともにしてこなかったとは言えない。

ナマケルのテイマーとしてのスキルレベルはたったの1。これでは王宮で飼っているモンスターたちを御せるわけがなかった。

「と、とにかく！　ドラゴンをテイムしなくちゃならないんだってばよ！　そうしないと……」

ナマケルは想像して身震いする。

すでにモンスターたちは、ストレスから荒っぽくなってきていた。飼育員に体当たりをかましてきたヤツもいる。

このままだとテイムが切れて、モンスターたちが王宮で一斉に暴れ出すだろう。そうなれば、身の破滅だった。

責任はナマケルだけでなく、ナマケルを後継者にした父親にも及ぶだろう。伯爵家そのものの存続が危ぶまれる。

一刻も早くドラゴンをテイムして、連中を恐怖で押さえつける必要があった。

「でしたら、王国の兵団をお使いになれば良いでしょう？　とにかく、ナマケル様は冒険者ギルドを出禁とさせていただきます！」

「おい待て！　金ならいくらでも、あるんだぞ！」

王国の兵団を使うとなると、派兵先の領主に話を通す必要がある。

王国の領内でドラゴンが生息しているのは、辺境のシレジア。つまり追放した兄アルトに、領内で活動させて欲しいと頭を下げなければならないのだ。

(兄貴の許可を得るなんて、死んでもごめんだぜ！　俺は兄貴なんかよりも、ずっと優れた最高のテイマー【ドラゴン・テイマー】なんだぞ！）

「金さえ払えば、汚れ仕事も引き受ける冒険者がいたハズだろ？　有名どころだと、Aランク冒険者の剣豪ガインとかよ」

「ガインさんは、シレジアに行っていて留守です！　それに金さえ払えばって……失礼極まりないですよ！　汚れ仕事もここでは請け負っていません。冒険者ギルドをなんだと思っているんですか!?」

「あん？　世の中、金と権力だろうがよ！　だいたいセクハラがなんだってんだ。女なんざ、相手が金持ちの権力者だったら喜んでなびくんだろ？」

ナマケルは受付嬢に嫌らしい視線を向けた。

ナマケルは金貨の入った袋を取り出すと、それを受付嬢の胸に叩きつける。バラバラと金貨が床に飛び散った。

「きゃっ!?」

「ほら！　金ならいくらでもやるよ。大人しく言うことを聞けよクソアマ！　俺にガインを紹介するんだ！」

ガインはSランク並みの実力があるが、素行が悪いためAランクになっている男だった。

シレジアに連れていったら、ついでにガインに命じて、アルトの開拓村で暴れさせるのもおもしろい。

「な、なんて人ですか!?　オースティン伯爵家はなんでこんな人を後継者に!?　もう怒った！　つまみ出してください！」

受付嬢が叫ぶと、屈強な男が現れてナマケルの首根っこを掴んだ。

「おい、なんだお前!?　無礼だぞ！　俺は大貴族のナマケル様……！」

男はナマケルのわめきを無視して、外の大通りへと放り出す。

「ぐぇっ!?」

潰れたカエルのような悲鳴を上げて、ナマケルは地面に転がった。

「なにしやがるんだ！　クソアマ！　冒険者ギルドなんざ、俺の権力で潰して……」

激怒したナマケルの言葉は、尻切れになった。

「おい、あんた……俺たちの英雄《暁の狼》のミレー兄妹《きょうだい》を、ダンジョンで鞭打ったんだってな？

俺たち冒険者を奴隷か何かだと思ってやがるのか？」

顔に怒りを滲《にじ》ませた冒険者たちが、ナマケルの周囲を取り囲んでいた。

「俺たちのアイドル、妹ちゃんにもセクハラしようとしたんだってな……許せねぇぜ！」

「おい、なんだお前ら！　俺は王宮テイマーの……！」

「上位貴族だからって調子に乗りやがって、やっちまえ！」

「俺たち冒険者をナメんじゃねえっ！」

冒険者たちは、一斉にナマケルを袋叩きにする。

「ぶべぇっ！」

数分後……。

ボロ雑巾のようになったナマケルが、身体をピクピクと痙攣《けいれん》させていた。

◇

冒険者ギルドを出禁にされ、冒険者たちを敵に回してしまったナマケル。

兄アルトにプライドを捨てて頭を下げることもできず……もはやドラゴンをテイムすることは絶望的だった。

そんな彼は、王女に呼び出されることになる。王宮のモンスターが、王女に噛み付いたというのだ。

ナマケルの破滅は、まだ始まったばかりだった。

◆

3日後――

かっぽーん！

流れる湯を溜めた竹の筒が、岩にぶつかって風流な音を立てた。

「ふぃ～～。生き返るなぁ」

僕は完成した露天風呂に浸かっていた。

空には月と星々がきらめき、絶景だ。湯船の中で、ゆっくり手足を伸ばす。

「がぁおお……（極楽、極楽だお～）」

「わん……っ（気持ちぃい）」

ハチミツベアーと、ホワイトウルフのシロも温泉を堪能している。

ハチミツベアーには、ベアという名前をつけたところ喜んでくれた。

彼らは首まで、湯に身体を沈めていた。僕と使い魔たちだけの至福の時間だ。

「そうなの！　そうなの！　温泉は最高なの！」

バン！　と脱衣場の扉が開き、温泉の女神クズハが飛び込んできた。

「うわぁっ!?　って、あれ……？」

僕は慌てて目を背けたが……。

湯気の向こうから現れたクズハは、ワンピースの水着を身に着けていた。

「古代世界では、温泉は混浴が当たり前！　温泉は男女の社交の場でしたの！　でも今は裸のお付き合いは、いろいろと文化的にＮＧらしいので……クズハは水着を着てきましたの！　あれ？　マスター、鼻血が出てるの？」

「うんっ。ちょっとのぼせた……」

「いけませんの！　のぼせは死亡事故にも繋がりますの！　これは温泉の女神として見過ごせませんの。湯船を出て、横になってくださいの！」

クズハは僕の手を摑んで、湯船から引っ張り上げようとする。

「えっ？　ちょっと！」

僕は腰にタオルを巻いただけの状態なので、恥ずかしくて抵抗しようとした。

その拍子に、僕は体勢を崩してクズハと一緒に転んでしまう。

「きゃうっ！」

「あっ、ごめんっ！」

「アルト！　一緒にお風呂に入りましょ……って、ぬぁにやってんのよぉおお――ッ！」

やってきたルディアが鬼の形相になった。

彼女もビキニ水着姿で、実にかわいくて、可憐《かれん》だ……って、そんな場合ではない。

「ご、誤解だ！　今のは足を滑らしてしまっただけで……」

僕は慌てて飛び起きて弁解した。

「マスターの情熱的なアプローチに、ドキドキしてしまいましたの……！」

クズハは、ぽっと顔を赤らめている。

「えっ？　何を言ってんだクズハ？」

「わ、わっ、私という者がありながら、この浮気者！」

ルディアは手を振り上げるが、石鹸《せっけん》を踏んづけて、すっ転びそうになった。

「きゃあ!?」

「って、危ない！」

僕は慌てて彼女を抱きとめる。

「あっ、ありがとう……っ」

ルディアはそのまま、僕にギュッとしがみついてきた。

「浴場の床は滑りやすいんで、気をつけてくださいですの！」

「う、うん。そうよね……」

「ごめん！　ホントにクズハに対しては、不可抗力で……！」

「わかったわよ。浮気じゃないなら、許してあげるわ」

「いや。浮気というか……」

ルディアと僕は、そもそもどういう関係なんだ？　ルディアが僕の使い魔なら、浮気というのは変な気が……。

「くふふふ！　ルディアお姉様！　クズハの温泉は子宝の湯でもありますのよ！」

「はぁっ!?」

僕は慌ててルディアから離れた。

くそう。クズハが変なことを言うから、意識しちゃうじゃないか……。

ルディアも耳まで茹《ゆ》だったように赤くなっている。

「ところで、マスター。湯上がりには牛乳一気飲みが、温泉の由緒正しい楽しみ方なの。今度、モウモウバッファローをテイムしていただけませんの？　乳搾りしますの！」

「乳搾りですって!?　そ、そんなの嫌よ！　嫌じゃないけど、嫌よ！」

ルディアが胸を抱いて、後ずさる。

いや、何を言っているんだ……？

「クズハ、よく知っているな。モウモウバッファローは牛型モンスターで、最高級のミルクが取れるんだ」

「はいですの！　温泉に関することなら、何でも知ってますのよ」

クズハが満面の笑みになる。

モウモウバッファローのテイムか。もし、それができれば、アルト村がもっと豊かで楽しい場所になるだろうな。

夢が膨らむぞ。

「よし、がんばってみるか！」

「がぁおお……（極楽、極楽だお～）」

「わんっ（気持ちいい……）」

そんな僕らを尻目に、ベアとシロは溶けるように温泉に浸かっていた。

5章 エルフの王女を救う

次の日——。

僕たちは牛型モンスター、モウモウバッファローを見つけるべく樹海の探索に出た。

「最近、俺はシレジアの樹海に入り浸ってやしてね。俺にとっちゃ、ここは庭みてぇなもんですよ」

ガイド役を買って出たガインが、先頭を歩く。

「もう少しで、モウモウバッファローの棲み家に着きます」

ガインは襲いくるモンスターを片手で殴り飛ばして進んだ。この超人的な強さはクズハの温泉パワーで、彼のステータスが2倍になったおかげだ。

ガインが露払いをしてくれるので、僕たちは安全に進めた。

「まったく、ガインは頼もしいな」

「わんっ（最初はイヤな奴だったけどね）」

僕はルディアと一緒に、ホワイトウルフのシロの背中に乗って、ガインの後に続く。

「はい、アルト。あ〜ん！　ベアが集めてくれたハチミツ入りクッキーよ」

僕に抱き着いたルディアが、クッキーを食べさせてくれる。

「ちょっとルディア、顔が近い！　うまいけど顔が近い！」

「もう照れちゃって！　でも私が作ったクッキーがおいしいようで良かったわ！　たくさんあるから、どんどん食べてね！　このハチミツ入りジュースもおいしいんだから」

気を良くしたルディアは、ジュースが入った水筒も取り出して渡してくれた。日差しも暖かいし、ピクニックでもしているような気分になってしまうが……。

モンスターだらけの樹海で油断するのはマズイと、慌てて気を引き締める。

「アルトの大将は、妬《や》けるくらいルディア嬢ちゃんと仲が良いっすね」

「わん、わん！（ボクもクッキーが欲しいよ）」

「シロもお腹が空いたか？　それじゃあガイン、そろそろ休憩に……」

「きゃあああぁっ！」

その時、甲高い女の子の悲鳴が響いた。

「シロ！」

「わぉん（任せて）！」

シロが僕の意思を汲《く》んで、声の方向に駆け出す。

ここは僕の領地だ。ここでモンスターや賊に襲われている人がいるなら、放っておけない。

救援に向かった先には、尻もちをついた女の子がいた。

銀髪のツインテールを赤いリボンで結わえた14歳くらいの美少女。尖《とが》った耳が特徴のエルフだ。

彼女は傷だらけだった。

「死ぬぇえええっ！」

そんな少女に、黒い猛牛モウモウバッファローに乗った男が、槍を突き込もうとしていた。

「やめろっ！」

間一髪。僕は【神炎】を放って、男の槍を消失させる。

男はダークエルフだった。浅黒い肌が特徴のダークエルフは、エルフと敵対する魔族だ。

「なにぃ……!?　何者だ!?」

「ここの領主だ！」

シロと一緒に突撃する。

「モウ!?」

シロが体当たりすると、モウモウバッファローの巨体が吹っ飛んだ。

「がぁあああ――ッ!?　な、なんだ、この信じられんパワーは!?」

大木に騎獣ごと叩きつけられて、男が驚愕の声を上げる。

「私の妹クズハの力よ！」

ルディアが大威張りで胸を張った。僕たちの能力は、クズハの温泉効果で2倍になっていた。

「エルフの女の子にヒドイことするなんて……女神として許せないわ！　降参するなら今のうちよ！」

ルディアはダークエルフに指を突きつける。

「モウモウ（このホワイトウルフ、ヤバいモウ……）」

モウモウバッファローは完全にシロにビビっていた。涙目になっている。

「おい、どうした？　なぜ動かんのだモウモウ!?」

「モウモウバッファローよ、僕に従え！」

戦意を失った相手に対して、僕はすかさずテイムを試みる。

「モウ！（あ、あなた様こそ、あちきのご主人様だモウ）」

モウモウバッファローは僕に頭を下げた。その場に伏せて動かなくなる。

「ま、まさか……！　この俺が、モウモウの支配権を奪われただと？」

「どうやら、普段から愛情をもって接していなかったようだな！　信頼関係が強ければ、こうはならないぞ」

「ふざけるな！　我らダークエルフは生まれつきのテイマーだ！　人間ごときが、テイマースキルLｖ９の俺より優れているわけが……」

僕を見たダークエルフの顔が青ざめる。

「その顔立ち。まさかオースティン家の者か!?」

「僕はアルト・オースティンだ」

「お、おのれ！　テイマーの名門一族が、なぜこんな場所に……！」

ダークエルフは歯ぎしりする。

「去れ！　そうすれば命までは取らない」

僕は剣を抜いて、ダークエルフに突きつけた。

「くっ！　あと一歩で、ティオ王女を討ち取れたというのに……！　貴様は我ら両種族の2000年以上にも及ぶ抗争に首を突っ込むつもりか!?」

ダークエルフの男が、僕を憎々しげに睨《にら》む。

「まさか、この娘はエルフの王女様なのか？」

このシレジアの樹海にはエルフの国があると聞いていた。だが、エルフは人間を嫌って国交はまったくなかった。

「そうだ！　その娘を庇《かば》い立《だ》てするということは、我らダークエルフすべてを敵に回すということだ。辺境の小領主ごときが、その覚悟を持って挑んでおるのだろうな!?」

「ど、どなたかは存じませんがっ……助かりました」

少女は傷の痛みに顔をしかめながらも、僕に礼を述べた。

「族長！　ようやく追い付きました！」

「ティオ王女めは仕留めましたか!?」

茂みからダークエルフの集団が飛び出してきた。

ヤバい。50人近くはいるぞ……。

「フハハハッ！　形勢逆転だなアルト・オースティン！」

族長と呼ばれた男が高笑いする。

「ルディア！　その娘を【世界樹の雫】で癒やしてくれ。シロ、モウモウ！　ルディアとお姫様を守るんだ！」

「よしきたわ！　そんなエラそうなヤツ、ぶっ飛ばしちゃって！」

ルディアが、エルフの王女の元に降り立つ。シロと立ち上がったモウモウが、ふたりの少女の前で壁となった。

「バカが!?　これで貴様はダークエルフ総勢3万、すべての敵となったのだぞ！」

勝利を確信した族長が嘲笑《あざわら》う。

「それに貴様ひとりで、この場をどう切り抜けるというのだ！」

「残念だけど、こちらも助《すけ》っ人《と》が来てくれたみたいだ」

ダークエルフの集団から、悲鳴が上がった。

「シャァアアアッ！」

大剣を振りかざしたガインが、暴風のように敵を薙ぎ倒している。

「俺はアルトの大将に仕える剣豪ガイン様だ！　覚えておけ黒エルフども！」

「こ、こやつ、あの悪名高きAランク冒険者ガインか!?」

「噂以上の強さだぞ！　に、人間かコイツ!?」

ダークエルフたちは、大混乱に陥った。

「スキル【薬効の湯けむり】！」

僕は温泉の女神クズハから継承したスキルを発動させる。

もくもくと湯気が周囲に立ち昇った。

「なんだ!?　目くらましの煙幕か？」

ぜんぜん違う。これは味方の全ステータスを2倍にアップする湯けむりを発生させるバフ系スキルだ。

名　前：アルト・オースティン
レベル：25
体　力：720 ⇒ 1440（UP！）
筋　力：820 ⇒ 1640（UP！）
防御力：640 ⇒ 1280（UP！）
魔　防：300 ⇒ 600（UP！）
魔　力：120 ⇒ 240（UP！）
敏　捷：480 ⇒ 960（UP！）
MP：240 ⇒ 480（UP！）

全ステータスが2倍になりました！

クズハの温泉効果との重ねがけで、能力値が初期値の4倍に跳ね上がった。

僕が味方と認識しているガインやシロ、ルディアたちにも、この効果は波及している。

「そんなモノで、この俺の魔法を防げると思うなよ！」

「させるかぁ——っ！」

族長がエルフの王女に向かって、攻撃魔法を放とうとする。

僕は突っ込んでいって、族長を殴り飛ばした。

ドゴォオオオオッ！

「ほげぇっ!?」

族長は空高く飛んでいって消えた。

あれ？　これは予想以上に強くなってしまったような……。

「族長が一撃で、やられただと!?」

「なんだ、この男。テイマーかと思ったが、怪力自慢の武道家か何かか!?」

ダークエルフたちが、うろたえる。

「がはッ！」

ルディアたちに襲いかかっていった者もいたが、シロに返り討ちにされていた。

「グゥルルル！（僕がルディアを守る）」

「モウモウ！（シロ先輩、カッコいい）」

シロとモウモウは、敵をまったく寄せ付けていなかった。

「つ、使い魔どももも異常な強さだぞ!?」

僕のテイマースキルで、シロたちは能力値が1・5倍になっている上に、クズハのバフもかかっているからね。

「ティオ王女だ。とにかくティオ王女を殺して死体を持ち帰れれば良い！　【魔法の矢《マジックアロー》】一斉発射！」

残りのダークエルフたちが、尾を引く光の矢を放つ。

「バハムートの【神炎】！」

僕はそれを黄金の炎で、残らず撃ち落とした。

「な、なんだっ、今のは!?」

「この圧倒的な力……まるで古竜のブレス!?」

ここはダメ押しだ。

「【バハムート】よ、来い！」

バハムートのカードを摑んで叫ぶ。まばゆい光が弾け、神竜が出現した。

「ダークエルフどもか。我が主に逆らうとは愚かなり！」

「このドラゴンは、ま、まさか……!?」

「引けっ！　引け！　退却しろ！」

バハムートの一喝に、ダークエルフたちは蜘蛛《く》《も》の子《こ》を散らすように逃げ出した。

よし。バハムートを見せておけば、おいそれと僕たちに手出しはしてこないだろ。

「けっ。逃げ出していくぜ、ヘナチョコ野郎ども！　アルトの大将にかなうと思ったか！」

ガインが、彼らの背中に罵声を浴びせる。

「どなたかは存じませんが、ありがとうございました！」

ルディアの癒やしの力で、すっかり元気になったエルフの王女が、僕に頭を下げた。

「私はエルフの王女。ティオと申します。あの……あなた様は？　に、人間ですよね？」

「はい、僕はアルト・オースティン。このシレジアの領主です。ご無事でなによりです、ティオ王女殿下」

「アルト・オースティン様……っ」

ティオ王女は、熱に浮かされたように顔を赤らめる。

するとルディアがムッとした様子で、ティオに絡んだ。

「ちょっと、あなた。アルトは私の旦那様なのよ。横取りしようとか、しないでちょうだいね？」

「えっ？　……いきなり何を？」

「あーっもう。いつ結婚したんだよ！　ティオ王女、災難でしたね。お話をお聞きしたいので、僕の開拓村にお越しいただけないでしょうか？　食事などもご用意いたします」

「これは、何から何まで……ご厚意、感謝いたします」

ティオ王女は気品のある所作で、頭を下げた。

◆

私――リリーナは、憂鬱な気持ちでナマケル様のお部屋をノックしました。

私は貧しい下級貴族の家に生まれ、ずっとオースティン伯爵家の侍女として働いてきました。

オースティン伯爵家は、次期、当主とされていたアルト様がお優しい方で、とても働きがいがある職場でした。

アルト様に労《ねぎら》いの言葉をかけていただければ、天にも昇るような気持ちになっていました。毎日、アルト様のお顔を見て、アルト様のために働くことに、私は幸せを感じていました。

それが今は、もう叶わなくなってしまったのです……。

「入れ！　遅いぞ、リリーナ！　チョコケーキひとつ用意するのに、どれだけ時間をかけているんだ！」

入室すると同時に、ナマケル様の鞭が飛んできました。

「あぐぅっ……！」

肩を打たれて、私は激痛にケーキを落としそうになりましたが、なんとかこらえました。

ここでケーキを台無しにしたら、さらにヒドく叩かれるからです。ナマケル様にとって使用人は、痛めつけて楽しむ対象でしかありません。

「はい、申しわけございません！」

私は必死に頭を下げて許しを請います。

「ふん！　グズがっ！」

冒険者たちに暴行を受けたナマケル様はベッドで横になっていました。

ナマケル様は【ドラゴン・テイマー】のスキルを獲得したことで、ご当主に選ばれ、兄アルト様を追放してしまいました。

元々、ナマケル様は使用人に対して、横暴に振る舞うお方でしたが、アルト様がいなくなって、歯止めがきかなくなっています。

以前はナマケル様が使用人に暴力を振るったりしたら、アルト様が黙っていませんでした。

私も何度もかばっていただきました。

アルト様は、弱い他人のために身体を張れる方なのです。

思い出すと、涙がこぼれそうになります。

「くそぅ！　俺をこんな目に遭わせた冒険者ども。絶対に許さねぇぞ！」

回復魔法で、ナマケル様のお怪我はすっかり治っていました。

でも仕事をするのが嫌なので、療養が必要だと言い張っています。

「奴らは全員、俺への不敬罪、傷害罪でギッタンギッタンに痛めつけた上で牢獄《ろうごく》行《い》きだ！　おい、まだひとりも捕まらないのか!?」

「は、はい！　残念ながら！」

私は用意したチョコケーキを、ベッドのサイドテーブルに置きながら答えました。

「ナマケル様に無礼を働いた冒険者たちは、報復を恐れて、みんな王都から出ていってしまったようです。足取りが掴めなくなっています」

「だったら、地の果てまで追いかけていって、捕まえろ！」

「ええっ!?　し、しかし、そこまですると、王国は冒険者ギルドと本格的に対立することに……宰相閣下はこれ以上、冒険者ギルドと事を荒立てる気はないと」

今回の件で、悪いのは完全にナマケル様ですから。

口には出せませんが、むしろナマケル様には反省するように宰相様はおっしゃっています。

「はぁ〜!?　貴族である俺が、平民どもにここまでされて、引き下がれっていうのか!?」

ナマケル様は激怒して、サイドテーブルに拳を打ち下ろしました。

「ひゃあ!?」

「それで、国内で他にドラゴンが生息しているダンジョンは見つかったのか？　早くドラゴンをテイムしなければ、俺は無能ということになっちまうんだぞ！」

「そ、それについては、国境付近のドラゴンマウンテンが有名ですが……」

「バカが！　あそこは標高９０００メートルのクソ山だろうが!?　人間が登るのは１００パー無理な山頂付近に、奴らの巣があるんだろうが!?」

「も、申し訳ありません！」

私はとにかく平謝りします。

ドラゴンの生息地は、どこも難所なのですが……と、とにかく、代案を出すことにします。

「それでは、トカゲドラゴンをテイムしては……」

トカゲドラゴンは最弱の竜族系モンスターです。強さはスライムに毛が生えた程度で、数も多くそこら中で見つかります。

こう言っては失礼ですが。テイマースキルＬｖ１のナマケル様にはピッタリの相手ではないかと……。

「あれはドラゴンとは名ばかりのトカゲモンスターだろうが。テイムしたところで自慢になりゃしねぇし、何の意味もねぇんだよ！」

それではどうするおつもりなのかと疑問に思いましたが、尋ねないことにします。

きっと深いお考えが……ないですよね……。

「もういい。とにかくチョコケーキを、ママのように優しく、あ～ん、させて食わせろ！　くそうっ。どいつもこいつも役立たずが！」

「しょ、承知しました！」

私は慌てて頭を下げます。

ああっ……こんなことなら、アルト様について私も辺境に行けば良かったです。

辺境は凶悪なモンスターや魔族がひしめく恐ろしい場所だと聞いて、尻込みしてしまったのが、すべての間違いでした。

アルト様のいらっしゃる場所こそ、私にとっての楽園であったのだと、思い知りました。

これからナマケル様に一生仕えなくてはならないなんて……それはちっとも幸せな未来に思えません。

今からでもアルト様の元に向うべきだと、私は密《ひそ》かに心に決めました。

その時、ノックもなく扉が乱暴に開かれました。

「ナマケル様、大変です！　王宮より使者が到着しまして……王宮のモンスターが、アンナ王女殿下の腕に嚙み付いたそうです！」

飛び込んできた執事は、恐怖に顔を引きつらせていました。

「なんだとっ!?」

「王女殿下は大変なお怒りようで……ナマケル様はすぐに王宮に参り、申し開きがあるなら述べよ。とのことです！」

ナマケル様は震え上がりました。

アンナ王女殿下は、『氷の姫』の異名を取る冷酷な一面を持つお方です。そんなお方を怒らせて、ナマケル様は大丈夫でしょうか？

◆

こんなハズではなかった。

ナマケルは重い足取りで、モンスターに嚙まれたというアンナ王女の居室に向かった。

【煉獄のダンジョン】で、最強の神竜バハムートをテイムして……。

アンナ王女から『きゃー、ナマケル様。素敵、抱いて！』と言われる予定だったのに。

そしてゆくゆくは王女と結婚して、この国を牛耳る。そんな夢を抱いていたのに……。

「俺は王になるハズの男だぞ。くそぅ！　全部、役立たずな冒険者どもが悪いんだ！」

ナマケルは頭をかきむしる。

部屋に通されると、アンナ王女は腕に白い包帯を巻いていた。傷は回復魔法で治ったが、痛みが引いていないらしい。

「話は聞いているかしら？　わたくしの騎獣ユニコーンに噛み付かれたのよ」

16歳の輝くような美貌の姫君は、静かな怒りを漂わせていた。

ナマケルは、その迫力に後ずさる。

「アルト殿が王宮テイマーだった頃は、こんなことはあり得なかったわ。あなた、モンスターの世話の指示もろくにしていないようだけど……オースティン伯爵家は、もしや王家に叛意《はんい》ありということかしら？」

「め、め、滅相もございません王女殿下！　俺……いや、私めはドラゴンをテイムするために、ここ数日、奔走しておりまして……！」

ナマケルはしどろもどろになって言い訳する。

「その肝心のドラゴンはどこにいるのかしら？　王宮のモンスターの管理を放り出して、未《いま》だになんの成果もないなんて……聞けば冒険者ギルドと揉《も》めているそうだけど、一体、あなたは何をやっているの？」

「も、申し訳ありません！　近日中に成果をお見せいたしますので……」

「そう。なら早くすることね。わたくし、無能者には残酷でしてよ？　今、真剣にあなたの王宮テイマーの役職を剝奪することを検討しているわ」

「はぁ!?　いや、王女殿下……そ、その儀ばかりは……」

ナマケルの全身から血の気が引いた。

そんなことになったら、代々王宮テイマーの名門として名を馳《は》せてきたオースティン伯爵家の面目は丸潰れだ。

「【ドラゴン・テイマー】などというから期待してみたけれど……あなたには、がっかりだわ。オースティン伯爵家は、なぜアルト殿を辺境に追いやったのかしら？　あちこちからナマケル殿では力不足だという声が上がっています。わたくしも完全に同意です」

アンナ王女の辛辣な言葉は、深くナマケルの心をえぐった。

「はっ！　申しわけございません……」

「オースティン家のお家騒動に首を突っ込むつもりありませんでしたけど……ナマケル殿が、これ以上の醜態をさらすなら。アルト殿をわたくしの権限で王宮テイマーに復帰させて。あなたたち親子を国外追放することも考えます。いいわね？」

『このクソアマ、死ね！』っと、ナマケルは心の中で絶叫する。

王宮テイマーの役職どころか、伯爵位すら、ナマケルから取り上げるつもりらしい。それはナマケルと父に、野垂れ死にしろと言っているのと同じだ。

「それとシレジアの開拓民から、伝書鳩で興味深い報告が上がってきているわ。領主アルト・オースティン殿は、神竜バハムートを召喚獣として使役しているそうよ。その力でゴブリンたちさえ、支配してしまっているとか」

「はあっ？」

ナマケルは耳を疑った。

「俺の究極スキル【ドラゴン・テイマー】でも従えられなかったバハムートを召喚獣……？」

あり得ない。

『我は神の牙たる者！　人間ごときが従えられると思ったか？』

バハムートの怒声が、恐怖の記憶とともに蘇《よみがえ》る。あれは人間が従えられるような存在ではない。

相手が神か魔王でもなければ、バハムートは膝を折らないだろう。

そもそもアルトはテイマーであって召喚士ではない。二重の意味であり得なかった。

だが、ナマケルがダンジョン内でバハムートに殺されそうになったあの時……。

バハムートは何者かに召喚されたようだった。まさか、アルトに喚ばれたのだろうか？

アルトがそんな偉業を成し遂げたのだとしたら……。

「これから信頼できる者を派遣して、ことの真偽を確かめます。もし、これが事実だとしたら……お父様はわたくしの婚約者にアルト殿を選ばれるでしょう。諸外国に対抗するため、王家は強い英雄を欲しています」

「あっああ……っ」

ナマケルはうめき声をもらした。

神竜バハムートにアンナ王女との婚約。ナマケルが欲しくて欲しくてたまらなかったモノを、兄アルトは奪い去ろうとしていた。

【ドラゴン・テイマー】のスキルを得て、完全にアルトを超えたと思っていたのに……。

「もういいわ。下がりなさい。王宮のモンスターの管理くらい、しっかりすることね。それすらできない無能は、家臣には必要ないわ」

「肝に銘じておきます！」

アンナ王女からゴミでも見るような目を向けられて、ナマケルは退出した。

もはや生きた心地がしなかった。何としても、早急にドラゴンをテイムしなければ……。

さすがのナマケルも気づいていた。

アンナ王女がユニコーンに襲われたのは、王宮のモンスターたちが暴走する前兆であることを。

このままではテイムの切れたモンスターたちが暴走して、王宮はめちゃくちゃになる。そうなれば伯爵位を奪われて国外追放だ。

だが、ナマケルのスキルレベルと経験では、モンスターを制御することなど、到底できなかった。

「くそう！　くそう！」

ナマケルは壁を拳で強く叩いた。

◆

その夜――。

ナマケルの父――前オースティン伯爵ドリアンは、激しく動揺していた。

アンナ王女がアルトを王宮テイマーに復帰させ、ナマケルと自分を国外追放することを検討しているると知ったのだ。

アンナ王女はアルトのことを思いのほか、買っていたらしい。

しかも、明らかに誤報だと思うが、アルトは神竜バハムートを召喚獣にしているというではないか?

「いかんっ！　このままではワシはおしまいだ！」

息子ナマケルのことはかわいいが、最優先すべきは、オースティン伯爵家がこれからも権勢を振るうこと。

なにより、自分の老後の暮らしである。

「引退して、ワシ好みの巨乳メイドをはべらせて、ウハウハしながら暮らそうと思っておったのに……」

ドリアンは酒に手を伸ばして、一気に飲み干す。

一体、どこで誤算が発生したというのだろうか?

そうだナマケルの【ドラゴン・テイマー】は、ドラゴンを無条件で従えられるスキルかと思ったが、神竜バハムートのテイムに失敗した。

それが転落の始まりだった。

「【ドラゴン・テイマー】は、思っていたようなスキルではない?　もしや基礎となるテイマースキルが影響するタイプのスキルでは……」

そのことに思い至って、ドリアンは血が凍りつくような心境になった。

まさか、まさか……外れスキル持ちだったのは、兄アルトではなく弟ナマケルの方？

ナマケルは冒険者も雇えなくなっているし、八方塞がりではないか。このままでは、確実に王宮のモンスターが暴走し出す。

自分が出ていってモンスターを管理するしかないが、現場から長く離れていたため、多少の時間稼ぎにしかならないだろう。

千頭以上はいる多種多様なモンスターの性質、性格を理解して、適切な世話をするのは非常に難しいのだ。

「くそうっ……オースティン伯爵家の跡継ぎにふさわしいのは、く、悔しいがアルトの方だったのだ！」

あまりに遅い気づきであった。

アルトがテイム不可能と言われていた魔族、ゴブリンを従えているという報告もある。事実だとしたら、テイマーの常識を塗り替える破格の功績だった。

——2日後。

ドリアンの元に、辺境のアルトから伝書鳩で、驚くべき手紙が届けられる。

それには王国がずっと悲願としてきたことを、アルトが成し遂げてしまったことが書かれていた。

◆

「あれ？　あ、あそこにいるのは人間ではないですよね？　まさか……ゴブリンですか!?」

アルト村にやってきたエルフのティオ王女は、物見櫓に立つゴブリンを見て、すっとんきょうな声を上げた。

「驚いたかお姫様よ。アルトの大将は魔族ですら支配下に入れちまう最強のテイマーなんだぜ！」

「自慢じゃないけど、こんなことができるのは世界広しといえど、アルトくらいなものよ」

ルディアとガインがドヤ顔で解説する。

おい、恥ずかしいから、やめてくれ。

「ゴ、ゴブリンが人間と共存しているなんて信じられません。エルフの伝承では、魔族は魔王にしか従わないハズなんですが。アルト様は一体……？」

「僕も未だに信じられないんですけど……バハムートを見て、彼らは恐れをなしたみたいなんです」

「バハムート？」

「アルトの召喚獣よ。神話の時代から生きる最強最古のドラゴンなの。さっき見たでしょ？」

「ええッ!?　まさか魔王の軍勢と戦ったとされる神竜バハムートですか!?　そ、そんなモノを従えるなど、神にしかなし得ないことではありませんか？」

ティオ王女は口をあんぐり開けている。

「まっ、耳を疑うような話かも知れねぇがよ。お姫様もさっき目にして鳥肌が立っただろ？」

「は、はぁ……確かに、すさまじい力を感じましたが……」

ティオ王女は目を白黒させた。半信半疑といった感じだ。

「やぁー！　マスター、すごいの！　モウモウバッファローをテイムしてくれたの！」

キツネ耳の少女クズハが、ダッシュしてきて僕に抱き着く。

クズハは僕が引き連れたモウモウを見て、満面の笑みを浮かべた。

「これで湯上がりの牛乳一気飲みができますの！　クズハの温泉がついに究極の完成形に！」

「クズハ、良い子にしていたみたいだな」

クズハも僕の召喚獣だ。彼女を実体化させ続けるには毎分ＭＰを消費する。

だが、クズハは温泉に浸かることで、僕からのＭＰ供給に依存せずに、実体化し続ける特殊能力を持っていた。

クズハはアルト村で、温泉宿の建設と経営計画を担っている。僕の権限でクズハを『温泉担当大臣』に任命していた。

ちなみにルディアが『農業担当大臣』。

ガインが『防衛担当大臣』。

シロが『警備担当大臣』。

ハチミツベアーのベアが『ハチミツ採取担当大臣』だ。

「はいなの！　ゴブリンたちのおかげで、温泉宿がもうすぐ完成しそうなの！　お客さんをガンガン呼んで、おもてなししますのよ！」

「うん、えらいぞ。クズハ！」

僕はクズハの頭を撫でる。

温泉はモンスターたちと、のんびり楽しく暮らすための重要施設だ。

この土地を開拓するためには、お金を稼ぐ必要もあるし。クズハの温泉宿経営には期待している。

これからが楽しみだな。

「マスターになでなでされると、とっても気持ち良いの。もっともっとして欲しいの！」

クズハはうれしそうに目を細めた。

甘えてくるクズハはかわいい。まるで妹ができたような気分だ。

「こらッ！　クズハ、いつまで私のアルトにくっついてんのよ！」

「やぁー！　ルディアお姉様、マスターを独り占めなんて横暴なの！」

「横暴じゃないわ！　アルトは私のモノで、私はアルトのモノなのよ！」

ルディアがクズハを僕から引き剝がそうとして、押し合いへし合いする。

「げ、元気があり余っているみたいだな」

「ルディア嬢ちゃんは、ホント元気なのが取り柄っすね」

ダークエルフとの戦闘で、僕はヘトヘトになっていたが、ルディアはへっちゃらのようだった。

「はあっ……あのキツネ耳の女の子は、獣人ですか？　ゴブリンにホワイトウルフに獣人に人間……これほど雑多な種族が一緒に暮らしている村があるなんて、驚きました」

ティオ王女が呆気に取られていた。

「まるで伝説にある光の魔王ルシファーが建設しようとした理想郷のようですね」

光の魔王ルシファーか。確か七大魔王の筆頭で、傲慢にもこの世界のすべてを支配しようとした存在だったな。

てっ、確か……。

僕は昔、母から聞かされたおとぎ話を、ふいに思い出した。

「……どうされましたか？」

一瞬、考えごとに耽《ふけ》ってしまい、ティオ王女から心配そうな顔をされた。

確か魔王ルシファーは、神々をも支配しようと天界に攻め入って、そこで女神ルディアと恋に落ちたとかいう伝説があったような……。

『魔族は魔王にしか従わない』

というティオ王女の言葉が、脳裏に引っかかった。

「私は2000年前から、ずっとアルトのモノなのよ！」

ルディアがアホな絶叫をしている。

ちょっと後で、魔王と女神ルディアにまつわる神話について調べてみるか。

この村にも童話の本くらい、あるハズだ。

「ええっと。キツネ耳のクズハは、獣人じゃなくて温泉の女神なんです。実際に温泉を出現させていましたし……」

「お、温泉の女神ですか？」

「僕は【神様ガチャ】というスキルを持っていまして。これは神様や神獣を召喚して使い魔にできるスキルみたいなんです。僕もまだ半信半疑なんですが……ルディアは豊穣の女神だと名乗っています」

「豊穣の女神⁉　えっ、ま、まさか、あの方が女神ルディア様だというのですか？　ルディア様と言えば、私たちエルフが信仰する自然を司《つかさど》る最高神ではありませんかっ⁉

い、いえ……助けていただいたことには感謝いたしますが。さすがにそれは……不敬っ」

ティオ王女は、クズハと取っ組み合いをしているルディアをあ然と見つめた。

必死の形相をしているルディアに、最高神の貫禄《かんろく》はない。

とはいえ……。

「これはルディアのおかげで大きく実ったトマトなんですが。ティオ王女、一口いかがですか？」

僕は畑からトマトをもいで、ティオ王女に渡した。

「ルディアさんのおかげで、大きく実った？」

「ルディアが手をかざしたら、トマトが一気に成長したんです。あそこの季節外れのヒールベリーも、ルディアが実らせました。ルディアは植物を操る力を持っているみたいなんです」

まさに神がかった力だ。豊穣の女神というのも嘘だとは思えない。

しばらく一緒に暮らして、ルディアが嘘をつくような少女でないことも、わかってきていた。

それに【神様ガチャ】の力も本物だ。

「と、とにかく。いただきます……んっんん!?」

トマトを口にしたティオ王女は、驚愕に目を見開いた。

「お、おいしぃぃい!?　まさに完璧な味です！　こ、こんなジューシーなトマトはエルフの国でも食べたことがありません！」

「これで作るトマトパスタが最高なんです」

「な、なんとっ……！」

ティオ王女は衝撃に身体を震わせた。

「はしたないかも知れませんが。想像しただけでヨダレが出てきてしまいそうです。あっ、こ、これは失礼……っ」

エルフの王女は正直者のようだ。

「温泉もあるし、メシはうまいし。最高の村だぜ、ここは！　お姫様よ。ここにいたらエルフの国に帰りたくなくなっちまうんじゃねえか？」

ガインが笑顔を見せる。

「おおっ！　我らが領主アルト様がご帰還されたぞ！」

「お帰りなさいませ、アルト様！　ご無事で何よりです」

「がおん！（ご主人様、お帰りなさい）」

村人たちと、ハチミツベアーが諸手《もろて》を挙げて出迎えてくれた。

その夜――。

「お、温泉をいただきました……こんなに気持ちイイとはっ」

湯上がりで、ホッコリしたティオ王女が応接間にやってきた。

彼女は片手に、瓶詰めされた牛乳を持っている。この牛乳は地下水で冷やされており、火照った身体に激ウマだった。

「ふうっ。もうとろけてしまいそうです。カ、カルチャーショックと申しますか。これは……天上の飲み物としか思えません」

ティオ王女は幸せそうに顔をほころばせている。

「確かにクズハの言う通り、湯上がりの牛乳は最高ですね。僕も病みつきになりそうです」

よし。これはアルト村の名物にしよう。

「私はこの開拓村のことを誤解していました。エルフの私をこんなに温かく迎えてくださるなんて……人間はエルフと違って強欲な生き物だと、お父様やお母様に教えられてきました。なので、てっきり恐ろしい場所だと思い込んでいました。そんな自分が恥ずかしいです」

恥じらうティオ王女の様子に、僕は改めて彼女を助けてよかったと感じた。

「それで、もしかすると話しづらいことかも知れませんが、お話を聞かせていただけないでしょうか？　僕でよろしければ力になります」

エルフの姫君が、護衛も付けずに襲われていたのだ。

何か深い事情があることが察せられた。

「な、なんとっ！　はい。その前に改めてお礼を述べせさてください。アルト様に最大限の感謝を。あなた様に出会えたのは、女神ルディア様のお導きです！」

ティオ王女が深く頭を下げる。

「呼んだ？」

隣の部屋から、湯上がりのルディアが顔を出す。クズハが用意した浴衣という着物に身を包んで、実に色っぽかった。

「いや。ルディア、勘違いさせて悪いんだけど、呼んでいない。ティオ王女とふたりで話がしたいんで。ちょっと席を外していてくれないか」

「その娘と、ふたりでですって？　くっ……じゃあ、終わったら湯上がりマッサージをしてあげるから、呼んでちょうだいね！」

ルディアは一瞬、顔をしかめて去っていく。な、なんで不機嫌になっているんだ？

「ル、ルディア様……いや、しかし、あのお方はアルト様の使い魔だというし……」

ティオ王女は思案顔になったが、慌てて居住まいを正した。

「失礼しました！　ど、どうか私のことはティオとお呼びください。敬語は不要です。なにより、私は……亡国の姫でありますので」

「それは一体……？」

ティオ王女は沈痛な顔となって、目を伏せた。

「はい。このシレジアの樹海に２０００年以上の歴史を刻んできたエルフ王国は、ダークエルフの襲撃によって滅ぼされてしまったのです」

初耳だった。そんなことが、この地で起きていたとは……。

「半年ほど前でしょうか。樹海の中に、新しいダンジョンが出現したのです。それは女神ルディア様が七大魔王のひとりベルフェゴールを封印したダンジョンだったらしく……魔王ベルフェゴールの眷属であるダークエルフは、ダンジョンから漏れ出る瘴気《しょうき》によって強化され、私たちに牙を剝いてきたのです」

「新しいダンジョン？」

そう言えば、ガインが樹海に入り浸っていたのは、新ダンジョンの探索が目当てだと言っていたな。

冒険者たちの間で、新しく発見されたダンジョンは話題になっているらしい。

それにしても魔王ベルフェゴールを封印した場所か……。

僕は気になって、夕飯の後に神話を調べ直してみたんだが。魔王ベルフェゴールは、兄である光の魔王ルシファーを女神ルディアに奪われたことで、ルディアを憎んでいたらしい。

光の魔王ルシファーは、女神ルディアと恋に落ちたが故に、魔王たちを裏切ったとされている。

魔王ベルフェゴールの眷属であるダークエルフと、女神ルディアを信奉するエルフが対立している根本原因は、ここにあるようだ。

魔王ベルフェゴールは兄ルシファーに敗れ、女神ルディアの手によって地の底に封じ込められた。その効果が2000年の時を経て、緩んできているのか？

「それで、ダークエルフたちはエルフ王家の血を根絶やしにしようと、ティオを狙ってきたのか？」

「はい。実はそれだけでなく……これは我がエルフ王家の秘中の秘なのですが。アルト様を信頼してお話しします。エルフ王家は女神ルディア様より特別な力を与えられ、エルフに豊穣をもたらす存在でした。ですが同時に……」

ティオはここで、一瞬、言葉を継ぐのをためらうような素振りを見せた。

「エルフ王家の血は、魔王ベルフェゴールの封印を解く鍵でもあるのです。私を殺害して、その血をベルフェゴールの石棺に垂らした時、魔王は復活します」

「魔王の封印を解く鍵……？　要するに生《い》け贄《にえ》か」

これまたスケールの大きい話だ。話が神話級だった。

あれっ……そう言えばルディアが、七大魔王に対抗するために【神様ガチャ】で、神々を僕の使い魔として復活させなければならない、とか言っていたな。

「エルフ王家の者は、国が魔族によって陥落した際は……全員自決し、その血を魔族に利用されないように、死体を焼くのが掟《おきて》でした。でもお父様とお母様は、私に死を強要するのは不憫《ふびん》でならないと……こっそりと秘密の抜け道から逃してくれたのです」

ティオ王女は、身を震わせ涙声になっていた。

「お父様とお母様は、私に生きろと、おっしゃってくれました……生きて幸せになって欲しいと。本当は私も死ななくてはならなかったのですが……私は……っ」

ティオ王女が護衛も付けずに樹海にいた理由がわかった。どうやら、敵はダークエルフだけでははないようだ。エルフの仲間たちから死を望まれた哀れな王女。それがティオだ。

誰も味方のいないティオは、実家を追放された僕と同じだと思った。

いや、もっとひどい……。

仲間たちから手の平を返されて、絶望的な孤独を味わってきたのだろう。なら、せめて僕が味方になってあげないとな。

「わかった。ティオは辛い思いをしてきたんだな。でも、大丈夫だ！　ティオがアルト村にいる限り、エルフにもダークエルフにも手出しはさせない」

ティオを安心させるべく、僕は力強く宣言した。

「よろしいのですか？　私がいれば、アルト様たちにご迷惑をかけることに……王家の掟に従って炎に焼かれて死ぬべきか、未だに迷っているのです」

ティオ王女は生き延びたことに罪悪感を抱いているみたいだ。その気持ちは察して余りある。

「何も心配はいらない。僕たちが付いているからね」

とは、言うものの。ダークエルフと敵対しても、エルフを味方につければ大丈夫だと思っていたが、両方を相手にするとなると、今の戦力では心もとない。

魔王の復活なんて話も出てくるし……これは、さらに【神様ガチャ】を回して、強い神々を召喚する必要があるな。お金をたくさん稼いでガチャに課金しないと。

「あ、ありがとう……ありがとうございますっ！　そ、それで。あの、厚かましいお願いなのですが。もしエルフたちが襲ってきたら……」

「わかっているよ。エルフたちを殺めたりしない。なんとか、ティオの命を奪ったりしないよう説得してみせる」

ダークエルフとともに戦うと持ち掛ければ、たぶんエルフたちも話を聞いてくれるだろう。

「本当に何から何まで……！　なんとお礼を申し上げれば良いか……アルト様は、やはり女神ルディア様の使いでは？」

「なんなんだろう……自分でもよくわからない」

ルディアは僕の使い魔だからな……。

そうだ。あとで僕の前世についても、ルディアから聞き出さないとな。

「アルト、大変よ！　なんかエルフの集団が襲ってきて！　ゴブリンたちがやられているわ！」

その時、慌てふためいたルディアが部屋に飛び込んできた。

6章 神々の最終兵器。巨人兵の召喚

外に出ると、物見櫓と丸太塀が燃え盛っていた。

エルフたちの放ったファイヤーボールの魔法が、あちこちで着弾して火を撒き散らしている。

「女神ルディア様は、決して魔王ベルフェゴールを復活させてはならぬと、我らエルフに封印の番を任された！」

「これは女神ルディア様の御心にかなう聖戦である！　なんとしてもティオ王女殿下のお命を頂戴するのだ！」

「おうっ！」

エルフたちが、鬨《とき》の声《こえ》を上げている。

夜闇のせいで、何人いるかはハッキリとはわからないが30人近くはいるようだった。

女神ルディアへの圧倒的な信仰心に支えられた集団……って、なにか複雑な気分だな。

あの、みなさんが信仰しているルディアというのは……あの、もしかして。

「はぁ!?　女神ルディア様の御心にかなうって……もしかして、この惨状ってば私のせい？」

ルディアが顔を強張《こわば》らせた。

「……ルディア、危ないから下がっていろ！」

相手は狂信的な集団のようだ。こういう連中は、そのクリティカルな部分を刺激すると怖い。

「そうはいかないわ。こらっ、エルフたち！　私は豊穣を司る女神ルディアよ！　ここは私とアルトの愛の巣なんだから、今すぐ攻撃を中止しなさい！」

なんとルディアが仁王立ちになって命令した。

「あっ、ちょっとそんなことを言ったら……！」

「女神様を騙《かた》るとは!?　な、なんと不敬な愚か者か！　皆の者、あの小娘を血祭りに上げろ！」

「きゃぁあああっ!?　え！　なんなの!?　私、女神なのよ。エライのよ!?」

案の定、エルフたちは激怒して、ルディアに矢の雨を降らせる。

僕はそれを【神炎】で迎撃、すべて消し炭に変えた。

「ルディア、いいから黙って、後ろに下がっていてくれ！」

「……バカなっ!?　気をつけろ！　敵にとんでもない火の使い手がいるぞ！」

「矢ではなく、ファイヤーボールで攻撃せよ！　罪深き人間どもの村を焼き尽くすのだ！」

「炎によってティオ姫様を浄化するのだ！」

エルフたちは闇に紛れながら、さらに火を放ってくる。

「ちょっと待ってくれ！　僕はここの領主のアルト・オースティンだ！　話を……」

「問答無用！　ゴブリンと共存し姫様を奪うとは、貴様は魔王の手先だな!?」

「女神を名乗る頭のおかしい娘を連れおって！」

ヤバい、完全に逆上している。

「こちらに交戦の意思はない！　鉾《ほこ》を収めてくれ！」

大声で停戦を訴えるも返事はない。

エルフたちは、アルト村を火の海にするつもりのようだった。

しまった。いきなり交渉失敗だ。

「ご領主様！　このままじゃ村が!?」

「ギャー！　熱いゴブ！」

村人たちが悲鳴を上げ、背中に火がついたゴブリンたちが逃げまどっている。

これはマズイ……。

「クズハいるか!?　温泉を噴き出して消火だ！」

「はいですのマスター！　温泉出力最大ですの！」

クズハが飛び出してきて、手を天にかざした。

すると温泉が勢いよく噴き上がって、村にシャワーのようにお湯が降り注いだ。

村に広がった火の手が、あっという間に勢いを失っていく。

「うぁっちちち、ゴブ！」

「ご主人様、もっと優しく助けて欲しいゴブ！」

ゴブリンを焼く炎も鎮火できたが、彼らは別の意味で熱がっていた。ゴブリンは風呂に入る習慣がないので、お湯が苦手なのだ。

「熱いお湯ほど身体に効くですのよ！　源泉掛け流し！」

「熱いけど、身体から力が湧き出してくるゴブ！」

ゴブリンたちが雄叫びを上げる。

全ステータスを2倍にするクズハの温泉バフをその身に受けたのだ。

「【薬効の湯けむり】！」

僕はさらにスキル【薬効の湯けむり】を重ねがけして、村人みんなのステータスを合計4倍にまで引き上げる。

「おおっ！　さすがはアルト様だ！　これなら負ける気がしないぜ！」

武器を手にした村人たちが、喝采を上げた。

「みんな！　エルフたちは殺さずに捕縛してくれ！」

ティオ王女との約束もあるが、後々のことを考えると、エルフとダークエルフ、両方を敵に回すのはマズイ。

エルフを殺せば、もともと人間を嫌っている彼らは、完全に僕たちの敵になるだろう。

「はぁ!?　いや、ちょっと無茶ですよ。大将！」

剣豪ガインが僕に駆け寄ってきた。

「エルフどもは全員、弓と魔法の達人でさぁ！　クソッ！　遠くからバンバン撃ちやがって。こいつらに手心なんて加えたら、俺たちが死にますぜ！」

「確かにそうだが……」

バハムートを召喚して、エルフたちの武装を神炎のブレスで消滅させるという手もあるが……。

エルフは魔法が得意なため、それでは無力化できない。

強い使命感に突き動かされたエルフたちは、バハムートを見て戦意喪失したりもしないだろう。

「アルト村の『防衛担当大臣』として、俺は奴らを皆殺しにすることを提案しますぜ！　コイツら、はなっから人の話なんざ聞く気はねぇですよ！　大将を敵に回したらどうなるか、俺が教えてやらぁ！」

「アルト！　【神様ガチャ】よ！　ログインボーナスの【神聖石】が５つ貯まっているでしょう？　ガチャで新たな神獣を召喚するの！」

ルディアがエルフのファイヤーボールを間一髪、よけながら叫ぶ。

ルディアや村の仲間を失うわけにいかない。僕はガチャに賭けることにした。

敵を捕縛するような能力を持った神獣が出てきてくれれば……！

「神聖石、投入！　ガチャ、オープン！」

【神様ガチャ】を発動させると、閃光《せんこう》のような光が弾けた。

『レアリティR。巨人兵をゲットしました！』

「ガガガガガ！　神々の最終兵器、巨人兵。リーサルモードで起動しました！　マスター、アルト様に逆らう愚か者を殲滅《せんめつ》、殲滅します！」

僕の目の前に、およそ生物とは思えない物体が出現した。全身が黒光りする金属で覆われた見上げるような巨人だ。

その巨人の両目が、ギン！　と強い光を放つ。

「ご命令をマスター。奴らを殲滅せよと、ご命令を。ひとり残らず、この地上から消滅させてご覧に入れます。ガガガガガピー！」

巨人兵は、なにか非常にヤバいことを口走った。

『巨人兵を使い魔にしたことにより、巨人兵の能力の一部をスキルとして継承します。

スキル【スタンボルト】を獲得しました。

【スタンボルト】は、広範囲の敵を電気ショックで麻痺《まひ》、気絶状態にさせるデバフ系スキルです』

名　前：アルト・オースティン
○ユニークスキル
【神様ガチャ】

【世界樹の雫】継承元。豊穣の女神ルディア。

【神炎】継承元。神竜バハムート。

【薬効の湯けむり】継承元。温泉の女神クズハ。

【スタンボルト】継承元。巨人兵（ＮＥＷ！）

○コモンスキル

【テイマーLv11】


「いや、エルフを殲滅とかしちゃダメだから。殺さずに無力化できないか巨人兵!?」

「ガガガガ！　殺すなど生温《なまぬる》い。マスターに刃を向けた者は、一生奴隷として飼い殺すということですね。了解しました！　本機はリーサルモードから、ノンリーサルモードに移行します」

巨人兵は不穏な言葉を放つ。な、何を言っているんだ……。

本当に僕の意思を理解しているのか、不安だった。

「領主アルト！　その首もらった！」

エルフたちが暗がりから、僕に向かって一斉に雷の魔法を放ってきた。

「ガガガガ！　【魔法無効化フィールド】を展開！」

巨人兵を中心に、半透明のドーム状の結界が広がる。エルフたちの魔法は、結界に触れると嘘のように消え去った。

「なにっ！　な、なんだコイツは!?」

「警告！　警告！　本機はAランク以下の魔法を無効化する機能を備えています。また、本機の装甲は神鉄《アダマンタイト》製であり、物理的破壊も困難となります。降伏を勧告！　降伏を勧告！　10秒以内に降伏の意思が見られない場合は、武力行使にうつります。カウントダウン開始。10、9、8……」

巨人兵は一方的に宣言して、数字を数え始めた。

エルフたちは、意味がわからずポカーンとしている。僕もポカーンだ。

「お、おい。絶対に殺すなよ？」

「了解です！　本機のノンリーサルモードは死ぬほどの苦痛を与えますが、対象は決して死ねません！　人道的、平和的な兵器となります！　5、4……」

「クソッ！　あのわけのわからん鉄の巨人を弓矢で撃ち抜け！」

「はっ！」

魔法攻撃が効かないと悟ったエルフたちは、巨人兵に矢を撃ち込む。

だが、その金属のボディに弾き返され、傷ひとつ付かなかった。

「音速を超える我らの強弓を受けて、平然としているだと!?」

「ど、どうなっているだ!?」

「2、1、0……鎮圧執行！【スタンボルト】発射！」

恐怖におののくエルフたちに向かって、巨人兵から紫電がほとばしった。

悲鳴が連続して、エルフたちは白目を剥いて倒れる。

「死ぬほどの苦痛を味わってください。死ぬのほど苦痛を味わってください！　でも決して死なないでください。ガガガガピー」

巨人兵はさらなる犠牲者を求めて移動し、エルフたちに次々に電撃を浴びせた。

エルフたちは、バタバタと倒れていく。

「すごい！　圧倒的な力ね。さすがは巨人兵！」

「いや、なんかアイツ……怖くないか？」

ルディアが巨人兵の活躍に声援を送るが、僕は素直に喜べなかった。

倒れたエルフに近寄ってみると、胸が上下しており息があった。

「まあ、命に別状はないようだし……よしとするか」

「あれで殺してねぇんですかい？　大将の今度の召喚獣も、またべらぼうなヤツですね」

ガインも呆気に取られていた。

「アルト様！　ありがとうございます！　エルフたちを殺さないという、お約束を守っていただけたのですね！」

ティオ王女が感極まった様子で、走ってきた。

彼女は戦闘が終わるまで、屋敷の地下倉庫に隠れてもらう手筈《てはず》だったが、出てきてしまったらしい。

「ティオ。まだ出てきちゃダメじゃないか!?」

「でもアルト様たちや、エルフのみんなが心配で……っ！」

ティオは顔を曇らせる。彼女にとってみれば、気が気ではなかったのだろう。

「ああっ!?　家が焼けて……！　ごめんなさい！　人に被害など出ていませんか？」

「死人が出たという話は、なさそうだから……」

取り乱すティオを安心させてやろうとした時だった。

「ご領主様、大変です！　お父さんが弓矢で撃たれて……息をしていないの！」

「そんなっ!?　す、すぐにその人の元に案内してください。私が回復魔法で治します！」

やってきた村娘に、ティオが顔面蒼白《そうはく》となって申し出る。

僕もこれには驚愕だ。

「ティオ、頼む！」

「こっち！　こっちです！」

村娘の後に続くと、嘆き悲しむ人だかりの中で、男が血を流して倒れていた。

「お父さん!?」

「駄目だ！　コイツはもう逝っちまった！」

その言葉を聞いて、ティオの足が止まる。

「おい、その小娘はエルフじゃねえか!?」

「俺たちの仲間を、こんな目に遭わせやがって！　許せねぇ！」

村人たちは武器を手に、ティオに詰め寄った。

「お、おい、落ち着け！」

「アルト様！　そこをどいてください！」

僕は村人たちをなだめようとしたが、彼らの怒りは収まりそうもなかった。

「アルト、大丈夫よ！　死人は、私のスキル【世界樹の雫】で復活できるから！　みんなも、どうどう」

ルディアが、ティオを背後にかばって叫んだ。

「「えっ、死者の復活……？」」

僕とティオがハモる。村人たちも毒気を抜かれたように動きを止めた。

そう言えば、そんな効果があったような……。

僕はステータスのスキル詳細を確認する。


【世界樹の雫】

豊穣の女神ルディアからの継承スキル。

ＨＰとＭＰを全快にし、あらゆる状態異常を癒やす『世界樹の雫』を生み出せる。死後24時間以内であれば、死者の復活も可能。

クールタイム72時間。


間違いなく死者の復活が可能と書いてあった。ステータス画面は、決して嘘をつかない。

これは試してみる価値があるな。

「みんなどいてくれ」

僕は村人たちをかき分け、息絶えた男の前に立つ。

「【世界樹の雫】！」

スキルを発動すると、僕の指先より雫が滴り落ちて、男の顔で弾けた。

「う、うん？　あれっ……俺、寝ていた？」

すると男が目を開き、ボンヤリした様子で周りを見回した。

「き、奇跡だぁあ——っ！」

「お父さんっ！」

「ご領主様、これは一体⁉」

村人たちは大騒ぎとなる。

ティオも泡を食っていた。

「アルト様！　こ、これはもしや……伝説に伝わる女神ルディア様のお力【世界樹の雫】では⁉」

「ふふんっ！　これが私のスキルの真価よ。伊達《だて》にＳＳＲの最高神の称号は得てないわ。どう、見直したでしょう？」

ルディアが誇らしげに胸を反らした。

「そうだな……驚いた」

死者の復活。こんなことができるのは、神しかいない。ルディアは間違いなく、人知を超えた存在だ。

「女神様を僭称《せんしょう》する罰当たりが！」

その時、暗がりから矢が風を切って飛んできた。ティオではなく、ルディアを狙ったものだ。

「危ないっ！」

僕はそれを剣で叩き落とす。

矢が飛んできた方向を見れば、エルフの少女が次の矢を放とうとしていた。

「【スタンボルト】！」

僕はとっさに、巨人兵から継承したスキルを発動する。

「ぎゃっ!?」

ほとばしった紫電が、少女を一撃で気絶させた。

「あっ、ありがとうアルト！　うわっ、怖かった。こんな小さな娘まで動員していたのね」

ルディアが僕にすがりつく。

「鎮圧完了！　鎮圧完了！　本機は任務達成につき帰還します！」

村の真ん中で、巨人兵が勝利を叫んだ。

巨人兵が光の粒子となって崩れ出す。その光は僕の右手に集まり、平べったい形に……召喚カードになった。


エルフたちは、両手を縄で縛られて温泉の前に集められた。

彼らの意識は戻っているが【スタンボルト】による身体の麻痺が、まだ残っている。

「わ、我々をどうするつもりだ!?」

「いい質問ね！　あなたたちは、これからこの煮立った温泉の中に入れられ、この世のモノとは思えない快楽を味わわされた挙げ句……哀れにも牛乳を一気飲みさせられるのよ！　ハーッハッハッハ！　さあ、恐怖して許しを請いなさい！」

ルディアが腕組みして、ふんぞり返る。

「おおっ、女神ルディア様！　我らを救いたまえ！　って……あれ？」

エルフの男が天を仰ぐが、思いのほか、ヒドイことをされないことに気づいたようだ。キョトンとしている。

「この温泉に浸かれば、みなさんの身体の傷と麻痺は完全に癒えます。その後、お疲れでしょうから、食事を取っていただきます」

僕は悪ノリするルディアを押《お》し退《の》けて説明する。

「僕は、あなた方と争うつもりはありません。食事をしながら、話し合いの機会を持ちたいのですが、いかがでしょうか？　ハチミツベアーのハチミツをかけていただく焼き立てパンは絶品ですよ」

想像したのか、エルフの少女がゴクリと喉を鳴らした。国を失ったエルフたちは、やはりろくな物を食べていないらしい。うまい物で懐柔する作戦は成功だな。

「みなさん。アルト様はダークエルフに襲われていた私を助けてくださいました。信じられないかも知れませんが、神々を従える力を持ったお方です。アルト様の神獣の力は、みなさんが体験した通りです。アルト様のお力を借りれば、魔王の復活を阻止できるだけでなく、エルフ王国の再興も叶うと思います！」

ティオ王女もエルフたちを説得する。

「ティオ姫様……っ。姫様は女神ルディア様の豊穣の力を受け継ぐお方。あなた様の元で、王国を再建することは我らの理想、悲願でありますが……」

「女神ルディア様を騙るようなバカ者を重用しているというのは……」

エルフたちは、ルディアをうさんくさそうな目で見た。

「へっ!? なに、あなたたち。まだ、私が女神だって、わかっていないわけ!?」

「まあ、ルディアは威厳がゼロだからな……」

「ちょっとアルトまでそんなこと言うの!? この溢れ出る神々しい気品のオーラが見えないのかしら!?」

「見えない」

黙っていればルディアは美少女だし、神秘的に見えなくもないのだが。

僕に断言されて、ルディアは頭を抱えた。

「私はアルト様が、死者を復活されるところをこの目で見ました。これはまさに神話に登場する女神ルディア様のお力。【世界樹の雫】の奇跡です!」

「そ、それは誠でありますか!?」

エルフたちが騒然となる。

「本当です。私は女神ルディア様の加護を受けし王家の者。その私が、アルト様が使われたのは【世界樹の雫】だと断言します」

凛《りん》とした態度でティオ王女が告げる。エルフたちは、驚きに顔を見合わせた。

「僕の【世界樹の雫】は、このルディアから受け継いだスキルです。彼女も同じスキルが使えます。

なので……信じられない。いや、信じたくないかも知れませんが。この娘は本当に、豊穣の女神ルディアなんです！」

「そういうことよ。まったく、もう！」

プンプン怒るルディアを、エルフたちは目を丸くして見つめた。

ルディアは咳払《せきばら》いすると、厳かに告げる。

「コホンッ！　エルフたち。私の与えた使命に従い、魔王ベルフェゴールの封印を守るのは立派です。しかし、神々も手をこまねいているわけではありません。【神様ガチャ】による課金。もとい、お布施によって力を取り戻し、再び地上に降臨しようとしているのです。ガチャに課金し、アルトとともに世界を救うのです！」

ルディアが、まるで女神のような雰囲気を醸し出した。

「……あなた様は本当に女神ルディア様？」

「だとしたら……と、とんだご無礼をいたしました！」

エルフたちが一斉に平伏する。

「いいのよ。いいのよ……まあ正直、バカ者扱いされて、かな～りぃ、ショックだけど……」

ルディアは肩を落として、へこんだ様子だった。しかし、すぐに気を取り直して告げる。

「あなたたち、魔王ベルフェゴールの復活を阻止したいのなら、ティオの命を狙うんじゃなくて。ベルフェゴールの依《よ》り代《しろ》となる人間を封印の地に近づけないようにした方が良いんじゃない？」

「さすがは魔王を封印された女神ルディア様！　そのようなことまでご存知とは……！」

ティオ王女が感心していた。

「その依り代というのはなんだ？」

「魔王の肉体の器となる者よ。ベルフェゴールは人間の悪徳のひとつ『怠惰』をエネルギー源とする魔王。努力もしない怠け者のクセに、他人をうらやんで憎悪するようなバカが大好きね。そういう人間に取《と》り憑《つ》いて復活するの」

「はっ、しかし、今の我らの戦力では……そこまで手が回らず」

エルフの戦士が渋面を作る。僕はエルフたちの前に出て告げた。

「魔王ベルフェゴールの復活を阻止するには、ティオを生け贄にしないこと。依り代となる人間を封印の地に近づけないこと。このふたつが重要ということですね？　それなら、僕が協力します。領主権限で、魔王ベルフェゴールのダンジョンに入るのには、僕の許可が必要ということにしましょう。ダンジョンには監視の者を置いて、ティオも配下の者たちに守らせます」

「誠でありますか!?　かたじけのうございます。ほ、本来なら、我らエルフの役目でありますところを……」

「いえ。僕はここに僕の理想郷を作るつもりです。魔王の復活とか冗談じゃありませんから」

本当にカンベンしてもらいたいものだ。

「女神ルディア様、改めて謝罪と感謝を！　ティオ王女殿下をお救いいただき、ありがとうございました。やはりルディア様は我らが守護神！　我ら一同、喜んでガチャの課金に協力いたします！」

エルフたちは恐縮した様子で、ルディアに平伏する。おかげでルディアも気を良くしたようだ。

「そんなに頭を下げなくても良いわよ。私は前世で添い遂げられなかったアルトと一緒に暮らせるだけで、もう幸せ絶頂なんだから！」

「そう言えば……その前世のことを聞きたかったんだけど」

勇気を出して、気になることを聞いてみた。

「アルトの前世は魔王ルシファーだったわよ。やっぱり覚えていない？」

気負った様子もなく、頭を抱えるような返答が来た。

「お、覚えているわけないだろう、そんなこと！」

「ゴブリンのような魔族が従うのも。モンスターたちがアルトのことが大好きなのも。アルトが光をも支配する最強の魔王だったからね」

「はあっ!?」

ルディアのぶっ飛び発言に、思わず頭がくらっとした。

エルフたちも、衝撃に色を失っている。

「アルト様が、ルディア様の恋人だった光の魔王だとおっしゃるのですか？　アルト様は完全に人間だと思いますが……」

ティオ王女が、僕をじっと見つめた。

「当たり前だろ？　いくらなんでも、それはないでしょうが!?」

「そんな訳だから、みんな、安心してちょうだい！　魔王ベルフェゴールなんて、アルトの敵じゃないわ！」

ルディアは自信満々に宣言した。

「いや、安心できない。まったくできない！　人を魔王呼ばわりするんじゃない！」

「大丈夫よ。ガチャに課金していけば、いずれアルトの前世の力も使えるようになるから。そしたら、私のことが大好きだった記憶も戻って……ぐふふふふっ！」

ルディアは何を妄想したのか、だらしなく顔を緩めた。

「エルフの協力も得られたし、ダークエルフもおいそれと襲ってこないと思うわ。次はそうね。ティオ、私、おいしいお菓子が食べたいわ！」

「お、お前は何を言っているんだ!?」

魔王復活うんぬんの話をしていたのに緊張感がなさすぎだろう。この娘は本当に本能で生きているな。

「おいしいお菓子！　ああっ！　かつてルディア様に献上させていただいていたエルフ族伝説のお菓子のことですね！」

ティオ王女がパッと顔を輝かせた。

「そう、それよ！　それ！　作れるでしょう？」

「もちろんです！」

ふたりの少女は、何やらキャッキャと盛り上がっている。

僕は激しく脱力したが、そこでハッと閃いた。

「村の名物のお菓子を作って、売るのは良いかも知れないな。女神に献上していたエルフ伝説のお菓子というのは、話題性が抜群じゃないか？」

「さすがぁ！　グッドアイデアよ、アルト！　売り上げはすべてガチャにぶち込みましょう！」

ルディアが手を叩いて喜んだ。

7章 名物のソフトクリーム作り！

私――リリーナが大旦那様の部屋に入ると、大旦那様はすっかりやつれたお顔になっていました。

無理もありません。

大旦那様が、アルト様を追放して伯爵家次期当主に選んだナマケル様の悪評は、もはやとどまるところを知りません。

ナマケル様は、王宮テイマーの仕事をなさろうともせず、非合法な仕事を請け負う者たちに声をかけています。

どうやら冒険者ギルドに相手にされないので、裏稼業の者を護衛に雇ってドラゴンをテイムしに行くようです。

しかし、裏稼業の者たちから、相当、足元を見られて、ぼったくられているようです。相手はナマケル様より、何枚も上手なのです。

素直にシレジアの領主となられたアルト様に助けを求めれば良いと思うのですが……それだけは絶対に嫌なのだそうです。

もうオースティン伯爵家に、未来はありません。

私はアルト様の元に向かうべく、大旦那様にお暇《いとま》をいただくために、ここに来ました。

「リリーナ、お前はアルトとは親しかったな」

「はい。アルト様こそ、私の真のご主人様だと思っております。今日限りで、お暇をいただきたく存じます」

「そうか……お前はアルトの元に行くのだな？　ならば好都合だ。この手紙を辺境のアルトにまで届けくれ」

大旦那様はそう言って、封がされた手紙を取り出しました。

「ワシの目が曇っておった……ナマケルでは王宮テイマーは務まらぬ。王女殿下にお怪我を負わせ、ドラゴンをテイムできる目処《めど》も立っていない。そこを質の悪い連中につけ込まれて、金をむしられておる……」

大旦那様は、ここ数日ですっかり白髪の増えた頭をかきむしりました。

「このままでは、ワシの老後……いや、もといオースティン伯爵家はおしまいだ！　王宮のモンスターたちは不満を溜め込んで、いつ暴走してもおかしくない。アルトこそ当主にふさわしかったのだ」

大旦那様は、ご自分の過ちにようやく気づかれたようです。

ナマケル様は大旦那様に対して、ゴマをするのだけは上手でした。そのため大旦那様はナマケル様ばかりをかわいがってきました。

できればもっと早く、アルト様の日々の努力と功績を正当に評価していただきたかったです。

「ワシが代わりにモンスターの面倒を見ているが……手が回りきらん。アルトに戻ってきてもらい、当主の座に着いてもらう以外に道はない」

「承りました。この手紙はアルト様に戻ってきて、ご当主様になって欲しいという内容が書かれているのですね？」

もしアルト様が、オースティン伯爵家を継いでくださるなら、それは私にとってもうれしいことです。この屋敷で、再びアルト様にお仕えできるのですから。

「その通りだ。だが、もしアルトが断るようなことがあれば……全力で説得してもらいたい」

「断る？　アルト様がこのお話をですか？」

大旦那様は不安そうなお顔をしておられます。どうやらアルト様が、このお話を蹴る可能性が高いと考えているようです。

「そんなことは、まずあり得ないと思いますが……王宮のモンスターたちをアルト様は、大変かわいがっておられましたし」

「この際だから、お前にも教えておこう。実はアルトは伝書鳩の手紙で、とんでもないことを報告してきたのだ……なんとエルフの王女を救い、エルフと同盟を結んだというのだ！　友好の証として、エルフの魔法技術を提供されたと言ってきておる！」

大旦那様は、わなわなと震え出しました。

「事実だとしたら、歴史的な偉業だ！　エルフは人間よりも優れた魔法の使い手だ。その魔法技術を、我が国は喉から手が出るほど欲しがってきた。たが、エルフは人間を嫌い、決して国交を持とうとしなかった。魔法技術を奪おうにも、奴らは結界を張った森で暮らしていたので、手が出せなかったのだ」

なるほど、突然、アルト様を当主にするなどとおっしゃったのは、そういう魂胆もあってのことでしたか……。

エルフの盟友となったアルト様を連れ戻せば、エルフの魔法技術も手に入る。そうすればオースティン伯爵家の王国での名声と力は、大きく高まるということですね。

「わかったであろう？　アルトがオースティン伯爵家と縁を切って、エルフの魔法技術とそこから得られる利益を独占するやも知れぬのだ。あやつはワシらを恨んでおるだろうからな……」

「アルト様は、復讐《ふくしゅう》を考えるようなお方ではないと思いますが……」

それにしても、スケールの大きな話になって私も驚きました。

アルト様はシレジアで、大変な功績を上げられていたのですね。やはり、アルト様は偉大なお方です。

「父上、兄貴を当主にするって、どういうことだってばよ！」

その時、ノックもなくナマケル様が、部屋に飛び込んできました。どうやら盗み聞きをしていたようです。

ナマケル様は怒りに顔を赤くしています。

「今、凄腕《すごうで》の暗殺者を護衛に雇う交渉をしているんだ。それができれば、ドラゴンをテイムすることなんて簡単なんだよ！」

「ナマケルよ……お前の【ドラゴン・テイマー】について、ワシは勘違いをしていたようだ。【ドラゴン・テイマー】は無条件でドラゴンをテイムできるスキルではない。テイムに成功できるかは、基礎となるテイマースキルが大きく関係している。だからバハムートのテイムに失敗したのではないか？」

「なっ!?　テイマースキルＬｖ１の俺じゃあ、ドラゴンをテイムできないと言いたいのか!?」

「その可能性が高い……アルトと違い、ずっと怠けていたツケが回ってきたのだ。今のお前ではドラゴンをテイムすることは……おそらくできん」

大旦那様は、過酷な現実をナマケル様に突きつけます。

ナマケル様は屈辱に身体をプルプルと震わせました。

「なあ、ナマケルよ。このままでは、オースティン伯爵家はおしまいだ。アルトに頭を下げて戻ってきてもらうのだ。そして、兄弟仲良く我が家を盛り立てていってはくれぬか？」

大旦那様はナマケル様に、やさしく問いかけます。

私は不覚にも感動してしまいそうになりました。そうですよね。それが一番です。

「ああんっ？　いまさら、何を言ってんだってばよ！　俺の方が、兄貴より優れているんだ！　俺こそ、当主にふさわしいんだよ！」

ナマケル様はバンッ！　と大旦那様の机を叩きました。その拍子に、机に裏返しに置いてあった書類が床に落ちてしまいました。

私が拾い上げると『巨乳メイドとウハウハ暮らすワシの夢の老後計画』と、書かれていました。

そのためには、アルトに戻ってきてもらうのが、一番良い。リリーナは貧乳だから要らんって……な、なんですか、コレ？

思わず絶句です。

「父上、これは……父上の老後のために兄貴に戻ってきてもらいたいってことかよ!?」

「そ、そうだ！　何が悪いのだ！　ワシはやりたくもないモンスターの世話を若い頃からずっとやってきたのだぞ！　せめて老後くらいは、大好きな巨乳メイドちゃんに一日中囲まれて暮らして何が悪い！　もう採用面接もしておるのだ！　お前の方こそ、ワシの夢を邪魔するでない！　この無能者めが！」

「なんだとっ！　それが父上の本音だってか!?」

おふたりは、そのまま醜い言い争いを始めました。

はあ。やっぱりオースティン伯爵家はおしまいのようです。

大旦那様は老後を、アルト様におんぶに抱っこされて過ごすおつもりですか……こう言っては失礼ですが、まさに老害ですね。

こんなおふたりの世話をするくらいなら。アルト様には辺境の領主様として、ご活躍いただいた方が良いですよね……。

ああっ、アルト様。早くお会いしたいです。

「兄さん、もう少し、もう少しでアルト村に着きますよ」

「あぁっ……」

私――魔法使いのリーンは、兄さんを背負ってシレジアの樹海を歩いていました。

私たち兄妹はSランク冒険者パーティ《暁の狼》として王都で有名でしたが、それはもはや過去の話です。

「くやしい……どうして兄さんがこんな目にっ。ナマケル・オースティン……！　私、誰かをこんなにも憎んだのは初めてです！」

「冒険者などしていれば、貴族から理不尽な仕打ちを受けるモノだ……リーン」

「でも、だからって……！」

私たちは王宮テイマー、ナマケル・オースティン伯爵に雇われ、神竜バハムートの棲むダンジョンを探索しました。

ナマケル伯爵がバハムートをテイムするのをお手伝いするのが仕事でした。

でもナマケル伯爵は、バハムートのテイムに失敗。その時、ナマケル伯爵が足を挫《くじ》いたため、兄さんが伯爵を背負って帰還したのですが……。

その道中に兄さんは危険なモンスターから、毒を受けてしまったのです。

その毒は特殊なモノで、どんな薬や魔法でも癒やすことができませんでした。兄さんは手足が痺《しび》れ、まともに動くことのできない身体になってしまったのです。

冒険者をしていれば、このような目に遭うのは仕方のないこと。こんな時こそ、仲間で支え合って兄さんが復帰できるように、あらゆる手を打たねばなりません。

でも、それは私たちに収入があればの話です。

ナマケル伯爵は、バハムートのテイムに失敗したのは、私たちのせいだと吹聴して……。報酬を払ってくれなかったばかりか。私たちに仕事を回すなと、伯爵家と付き合いのある人や組織に圧力をかけたのです。

これによって私たちのパーティは仕事が激減。王都にいられなくなり、散り散りになってしまいました。

私は兄さんと一緒に冒険するのを夢を見て、魔法の修業を必死にがんばってきたのに……その夢は一瞬で壊れてしまいました。

そんな時、辺境の地シレジアで、万病に効く温泉が湧き出たという噂を、冒険者ギルドで聞きました。追放されたナマケル伯爵の兄、アルト様が治める領地です。

兄さんの治療のため、藁《わら》にもすがる思いで、私はシレジアに向かいました。

「アルト様は、あのナマケル伯爵の兄……評判の良い方だそうですが、信用しない方が良いですね。弟の機嫌を損ねたと知ったら、何をされるかわかりません」

「そうだな……」

貴族など、もうまったく信用できません。

Sランク冒険者などという身分は隠して、目立たないように行動しなくては……。

「……っ！　リーン、上だっ！」

兄さんからの警告に空を見上げると。牙を剥き出しにした飛竜が、私たちに襲いかかってくるではありませんか。

「【氷嵐《ブリザード》】！」

度肝を抜かれつつも、とっさにBランク魔法で迎撃します。

極低温の氷の嵐が飛竜を貫きますが、飛竜は構わずに突っ込んできました。

なっ、まさか……この飛竜、通常種よりも強い？

私はある事実を思い出しました。

シレジアでは最近、新しいダンジョンが発見され、そこから強力なモンスターが溢れ出しているというのです。

もしや、この飛竜もその類いでは……？

「リーン、俺を捨てて逃げろっ！」

兄さんが叫びます。

しかし、そんなわけには……。

「我が主の庭で、狼藉《ろうぜき》は許さん！」

その時、黄金に輝く巨大なドラゴンが、飛竜に体当たりしました。飛竜は、はるかかなたに吹っ飛んでいきます。

「えっ、神竜バハムート!?」

私はそのドラゴンに見覚えがありました。

恐怖の象徴のようなその威容。見間違えようがありません。あの【煉獄のダンジョン】で遭遇した神竜バハムートです。

「おい、大丈夫か!?」

ホワイトウルフに乗った若い男性が、私たちに向かって駆け寄ってきました。

その顔を見て、私はさらに驚愕します。

「な、ナマケル伯爵!?」

「えっ……!? ああっ、僕の弟をご存知でしたか？　たまに間違えられるんですが、僕は兄のアルトです」

な、なんと。ここのご領主、アルト様だったようです。意外なことに、謙虚な印象のお方です。

「我が主アルトよ！　人間を餌にする飛竜どもが集まってきておるようだ。ブレスで一掃して構わぬか？」

「いや、殺さない程度に加減して戦ってくれ。テイムして連れ帰る」

「承知！」

えっ、ま、まさかバハムートを使い魔にしているのでしょうか？

バハムートはアルト様の命令に嬉々《きき》として従います。

飛竜の群れが集まってきましたが、バハムートの腕や尻尾に打たれて、地上にことごとく落下していきました。

あまりのことに、私は言葉を失って立ち尽くしました。

「その人は顔色が悪いみたいですが……もしかして、毒に侵されているのですか？」

「あっ。はい！　兄はモンスターの毒を受けてしまいまして……」

アルト様に声をかけられて、私は我に返りました。

「シレジアの領主。アルト様でありますか？　我ら兄妹をお救いくださり、かたじけない……」

兄さんが苦しそうな息を吐きながら、貴族様に失礼のないようあいさつします。

「無理をしないでください。これは……多分、ビリビリクラゲの猛毒ですね。エリクサーでもない限り、治療は難しいと思います」

「そ、そうなのですか!?」

さすがは、元王宮テイマーのアルト様です。すぐにどんなモンスターから受けた毒であるかを言い当てました。

ですが、究極の霊薬エリクサーが必要となると……大金が必要です。今の私では、とても手が出せません。

「いや、なんとかなります【世界樹の雫】！」

「なっ……!?」

アルト様が兄さんに触れると、兄さんが驚きの声を上げました。

兄さんは私の背中から降りて、アルト様の前にひざまずきます。

「まさか……平民である私のためにエリクサーを使ってくださるとは！」

「えっ、ええっ……!?」

兄さんが、動けるようになったのも驚きでしたが……エリクサーを与えてくれた？

「いや、これはエリクサーではなくて、僕のスキルです。72時間のクールタイムが終わればまた使えるようになるので……そんなにかしこまらないでください」

「はっ！　し、しかし、なんとお礼を申し上げれば良いか」

「あ、あっ、ありがとうございます、アルト様！」

私も感極まって、その場に平伏しました。

ナマケル伯爵の兄だから、きっとヒドイ人なのだと、アルト様のことを決めつけていた自分が恥ずかしいです。

見ず知らずの私たちのために、ここまでしていただけるなんて……な、なんとすばらしいお方なのでしょうか？

「私はSランク冒険者パーティ《暁の狼》のリーダーを務めておりましたエルンスト・ミレーと申します。こちらは妹のリーンです」

「はじめまして、アルト様！」

「《暁の狼》のミレー兄妹と言えば、凄腕の冒険者ではないですか？」

「これはお恥ずかしい。凄腕の冒険者などと……神竜バハムートを従えておられるあなた様の前では、我らの技など児戯に等しいでしょう」

兄さんは、うやうやしく告げます。

「アルト様は命の恩人です。聞けば、アルト様はこの危険な辺境を開拓されておられるとか。どうか我ら兄妹をアルト様の手足として、使ってはいただけないでしょうか？」

「お気持ちはありがたいのですが、Sランク冒険者を雇うほどの余裕はなくて……ガチャに課金しなくてはなりませんし」

ガチャ？　聞き慣れない言葉です。何かのマジックアイテムでしょうか？

「いえ、報酬など。食事と寝床さえいただければ十分です。妹のリーンはまだ15歳の若輩ですが、Aランクまでの魔法が使えます。どうか妹を従者として身の回りのお世話や護衛などさせていただけないでしょうか？　きっとお役に立てると思います。なにより、アルト様の下で学べるとなれば、妹にとって大きな財産となります」

「に、兄さん！　わ、私ごときが、アルト様の従者になんて……！　身のほど知らずにもほどがあります。す、すみません。今の兄の言葉は忘れてください！」

アルト様の従者になれるなんて、天にも昇るような気持ちでしたが、あまりにも厚かましすぎます。

兄さん以上の男性など、この世にいないと思っていましたが、このお方は別格です。

さっきから胸がドキドキして、アルト様のお顔をまともに見ることができません。身体も熱いし、私はどうかしてしまったのでしょうか？

「魔法使い……それは確かにありがたいです。氷の魔法も使えますか？」

「あっ！　はい、できます！　私の得意分野です！」

「それなら、ぜひ頼みたいことが……」

「な、なんでしょうか？　私がお役に立てることであれば、なんなりと！」

アルト様に必要とされている。そう思うと、胸が高鳴りました。

「それじゃ、名物として開発しているソフトクリーム作りを手伝ってください。リーンは今日からアルト村の『ソフトクリーム担当大臣』だ！」

えっ？　ソフトクリームとは何でしょうか？　ガチャ同様、初めて聞く言葉でした。

◆

「さすがSランク冒険者の魔法使いさんですね。飲み込みが早いです！」

「えっ、は、はい。こんな感じで、牛乳を冷やしながら、かき混ぜれば良いんですね？」

エルフのティオ王女が、魔法使いのリーンにエルフ秘蔵の魔法技術『ソフトクリーム作り』を教えていた。

リーンは木製の容器に入れた牛乳を、氷の魔法で冷やしながら一生懸命かき混ぜている。

「るるーんっ、楽しみだなぁ……！」

ルディアがヨダレを垂らしながら、ふたりの少女を見守っていた。

ルディアは試作品の味見をしたいと、頼んでもいないのに押しかけてきた。豊穣の女神は甘い物に目がないらしい。

「なあソフトクリームって、そんなにおいしいのか？」

僕にとっては、初めて知るデザートだった。これを村の名物にする予定なのだから、真剣勝負だ。

ソフトクリームを作るには、高度な氷魔法の制御能力が必要だった。これはエルフでも難しいらしく、Sランク冒険者のリーンがやってきてくれたのは、まさに渡りに船だった。

「当たり前でしょ！　高度な魔法文明で栄えたエルフが、その技術の粋を集めて生み出した『氷菓子』よ！　私はソフトクリームが大好きで、２０００年前は毎日のようにエルフに献上してもらって、よくお腹を壊していたわ！」

おい、ダメじゃないか……。

「しかも、使う素材はモウモウバッファローの搾りたて牛乳に、ハチミツベアーのハチミツ！　はぁ〜〜っ、もう聞くだけで、ほっぺたが落ちそうになってしまうわ!?」

ルディアはひとりで悶絶《もんぜつ》している。

「できました！　どうでしょうか？」

「わぁ。いいですね！」

ティオが、お墨付きを与える。

リーンが容器に入ったソフトクリームを人数分、テーブルの上に並べた。

グルグルと渦を巻いた形のソフトクリームの上には、ヒールベリーの果汁がかけられていた。香りも良いし、見るからにおいしそうだな。

「待ってました！　ああっ、地上に降臨して良かったわ！」

ルディアがスプーンを片手にかじりつく。

「いくら食べてもお腹を壊さないよう、健康に配慮したヒールベリーの果汁入りです。伝説では女神ルディア様は、ソフトクリームの食べすぎで体調を崩され、それによって作物が凶作になった年もあったそうです」

ティオ王女が解説する。

それには古代のエルフ族も困っただろうな……と思ったが口には出さない。

「なるほど。従来のソフトクリームの欠点を改良し、村にやってきた観光客にいくらでも食べてもらえるようにしたんだな」

「アルト様のお口に合えばよろしいのですが……ど、どうぞ」

ティオに勧められるまま、僕も一口食べてみる。その瞬間、今まで感じたこともない甘味に全身が震えた。

「ううんっ、こ、これは……」

「うーーまーーぁぁあいいいいいわよぉおおおおおお！！！！！！」

隣でルディアが絶叫した。思わず椅子から転げ落ちそうになる。

「このふんわりと柔らかい食感っ！　舌でとろける甘味とハチミツの香り！　まるで、花畑で蜜蜂と戯れているようだわ！　そして……このヒールベリー果汁の酸味がそれらをさらに引き立てる！完璧な工夫だわぁあああああ！」

なにやら大興奮して、ルディアはまくし立てた。その容器は一気に空になっている。

「おかわり！」

「えっ？　まだ食べるの？」

これ試作品なんですけど……。

「女神様に喜んでいただけて光栄です」

「私もこんなにおいしいデザートは食べたことがありません！」

ティオ王女とリーンも満足そうだった。

気づけばみんな笑顔になっていた。

僕は最近気づいたんだが……。

みんなで食卓を囲むと、食事が何倍にもおいしくなるんだよな。

実家にいた頃は、家族で食事をするようなことは、まずなかったからな。いつもひとりでご飯を食べて、仕事に出かけていた。そして、夜遅くに帰ってくるサイクルの繰り返しだった。

実家を追放されてからは、食事の時は、ルディアがいつも隣で大騒ぎしてくれるおかげで、寂しさを感じたことがない。

「うん、うまいな。これ、うまいな……っ」

思えばこのソフトクリームは、テイムしたハチミツベアーとモウモウバッファロー。偶然助けることになったティオとリーン。ルディアが成長させたヒールベリーの実。

ここで出会った仲間たち、みんなの力が合わさって生まれたデザートだ。なんというか感動もひとしおで、つい同じ言葉を繰り返してしまう。

「これならアルト村の名物として、申し分ないな。リーン、よろしく頼むよ」

「はい！　アルト様のお役に立てるよう、がんばります」

リーンはなぜか、ぽっと顔をリンゴのように赤くした。

「おーい！　大将！　イヌイヌ族の商人どもが、注文したモンスターフードを大量に積んでやってきましたぜ！」

ガインが来客を告げた。

「あっ、そうだ。このソフトクリームもイヌイヌ族に売り込んでみるか」

「それはグッドアイデアだわ。きっと高く売れるわよ！」

この時、僕は予想もしていなかったが。

やがてイヌイヌ族を通して、このソフトクリームが話題となり、アルト村には若い女性が殺到してくることとなる。


「アルト様、お久しぶりでございますワン」

犬型獣人イヌイヌ族の商人が、礼儀正しく腰を折ってあいさつした。

その背後では、荷馬車に満載されたモンスターフードを雇われ冒険者たちが降ろしている。

「ゴオオオオン！（うまそうなご飯だぁ）」

テイムした五匹の飛竜たちが、荒い鼻息を吐いて、その様子を見守っていた。

「ややや、やっ！　すごいですワン！　こちらは気性の荒い飛竜。テイムしてしまったんですか、ワン!?」

「お久しぶりです。飛竜は下位の竜族なんで、なんとかテイムできました」

もっともバハムートの助力がなければ、無理だったろうけどな……竜族のテイムは最高難易度だ。

でも、飛竜をテイムできた恩恵は大きい。空を飛ぶことのできる飛竜は、輸送、偵察、攻撃と、あらゆることに役立つモンスターだ。

「やはりボクたちの目に狂いはありませんでしたワン！　この村の軍事力はすでに、一国の騎士団にも匹敵していると思いますワン！」

イヌイヌ族が興奮気味に告げる。

「おい、アレはソロ冒険者の剣豪ガインと、Sランク冒険者の魔剣士エルンストじゃねぇか!?」

「やべぇ、本物だ！　な、なんで、王都でツートップの最強冒険者が、そろってこんな辺境にいるんだよ!?」

雇われ冒険者たちが、僕の警護についたふたりを見て目を丸くしている。

僕は冒険者の事情に疎かったが、ガインも有名人らしい。

「なんでって、決まってんだろ？　勝ち馬の尻に乗るは当然の処世術だぜ！　ガハハハッ！」

ガインがなにやら、勝ち誇った笑い声を上げた。

「まさか貴様が、アルト様の家臣となっているとはな……」

そんなガインにエルンストは、うさんくさそうな目を向ける。

「魔剣士エルンスト。言っとくが俺様がアルトの大将の筆頭家臣だからな？　ここじゃデカい顔すんなよ？」

「貴様こそ、もしアルト様を裏切るようなことがあれば、命はないモノと思え。それと貴様なんぞに、あのお方の右腕は務まらぬ」

「言ってくれるじゃねぇか、シスコン野郎！　俺は大将に惚《ほ》れ込《こ》んで、ここにいるんだ。誰が裏切ったりするかよ！」

ガインとエルンストが、なにやらバチバチ睨み合っている。

どうも、ふたりはお互いに意識し合うライバルらしい。喧嘩は冒険者にとっては日常生活の一部のようだが、問題を起こされては困るな。

「ガイン。とりあえず、飛竜たちに購入したモンスターフードを与えてくれ。この子たちは、とにかく食べるからな」

「ガッテンでさぁ！」

ガインが笑顔で応じた。

「エルンスト。キミは今日からアルト村の『シレジア探索大臣』だ。この樹海にはまだ未調査の領域が多い。その探索。特に魔王ベルフェゴールのダンジョンのマッピングと、許可なくダンジョンに立ち入る者がいないか監視を頼みたい」

Sランク冒険者のエルンストにピッタリの仕事だ。彼がクズハの温泉でパワーアップすれば、ソロ探索でも魔王のダンジョンを攻略できるんじゃないかと思う。なにより、魔王の復活を阻止するためにダンジョンを調査、監視する人員が必要だった。

「心得ました。必ずやアルト様のご期待に応えてみせましょう」

エルンストはうやうやしく腰を折った。うーん、頼もしいな。

「ありがとう。ひとりじゃ手が足りないだろうから、いずれ部下も付けられるようにしたいと思う。ダークエルフが魔王を復活させようとしているようだから、何かあったら報告を頼むよ」

「ダークエルフが、そのようなことを……？　かしこまりました」

ダンジョン探索を仕事にさせておけば、『防衛担当大臣』のガインと顔を合わせることもないだろう。よし、これで魔王対策についてはほぼ万全だな。

「ところでイヌイヌ族のみなさん、実は村の名物のお菓子を作ったんで、試食してもらえないですか？　できれば、これを王都などでも販売してもらえるとありがたいんですが」

「それは楽しみですワン。ぜひ、ご試食させていただきたいですワン」

イヌイヌ族は全員、尻尾を振っている。彼らも甘い物は好きなようだ。

僕が呼ぶとティオ王女とリーンが、ソフトクリームを持ってやってきた。

「あれ！　かわいいエルフの女の子ですワン!?」

「ゴブリンだけでなく、エルフの方々とまで仲良くなってしまったのですかワン!?」

「初めまして。エルフの王女ティオと申します。私、獣人さんと会ったのは初めてです。どうか仲良くしてくださいね」

ティオ王女が優雅に微笑《ほほえ》むと、イヌイヌ族だけでなく、荷物を降ろしていた冒険者たちにまで動揺が走った。

「え、エルフの王女様ですかワン!?」

「失礼ですが、ほ、本物でしょうかワン？」

「我が姫にいささか無礼ですぞ、イヌイヌ族の方々」

ティオ王女の護衛として付き従ったエルフの戦士が、厳しい目を向ける。

「こ、こ、これは失礼しましたワン！」

「できれば、エルフの方々とも商売をさせていただきたいので。なにとぞご無礼のほど、お許しをですワン！」

イヌイヌ族は恐縮して頭を下げた。

「無礼だなんて、とんでもありません。私はアルト様の元で、エルフ王国を再建するつもりです。みなさんとも、ぜひ仲良くさせていただければと思います」

「ワン!?　何かよくわからないけど、すごいことになっていますです、ワン！」

ティオの言葉に、イヌイヌ族は目を回している。彼らには後で、事情をよく説明しないとな。

「それはともかくとして。まずは名物の試食をお願いします。溶けてしまいますので」

「そ、そうでしたワン！　えっ、これ、溶けるんですかワン？」

イヌイヌ族には、野外に設置した木のテーブルに座ってもらった。

彼らはティオから、めちゃくちゃ緊張した様子で、ソフトクリームを受け取った。

「エルフのお姫様からお菓子をちょうだいできるなんて、一生の記念になりましたワン」

「それでは、いただきます、ワン……っ!?」

ペロッとソフトクリームを舐めたイヌイヌ族の顔色が変わる。

「うーーまあああーいいぃいいい、ワァアアアンンンン!!」

彼らは全員で雄叫びを上げた。中には、ひっくり返ってしまった者もいる。だ、大丈夫か？

「冷たいー！　体験したことのないおいしさが、脳髄を直撃してくるワン！」

「素材に使われているのは、ハチミツベアーのハチミツに、モウモウバッファローの搾りたて牛乳！　しかもアルト様のテイマースキルの効果でしょうかワン!?　素材のおいしさが何倍にもなっているワン!?　これらが織りなすハーモーニーは、まさに天上の女神も微笑む味だワン！」

「し、しかし、これ溶けてしまうと、王都まで運べないのじゃないのかワン？」

イヌイヌ族が首をひねって、疑問を口にする。

「大丈夫です。輸送の途中で溶けないように、エルフに伝わる古代魔法【絶対凍結《アイスシェル》】の魔法を使います。永遠に溶けることのない氷を生み出す魔法です。それで冷やし続けて、溶けないようにします」

ティオが説明すると、イヌイヌ族はさらに驚愕した。

「各国が喉から手が出るほど欲しがっているエルフの魔法技術！　それをこのお菓子の輸送に使っちゃうんだワン!?」

「アルト様！　コ、コレの独占販売権をいただけないでしょうかワン!?　契約金として毎月30万ゴールド払いますワン！　とりあえず、最初に手付金として100万ゴールドをお支払いしたいと思いますワン！」

イヌイヌ族が必死の形相で詰め寄ってきた。目が血走っていて、なんか怖い。

「100万ゴールド!?　よっしゃあああ！　これでまたガチャに課金できるわね！」

背後でルディアが、喜びの雄叫びを上げた。

独占販売権として、ソフトクリームの売り上げの他に毎月30万ゴールドが入ってくる。さらに手付金として、最初に100万ゴールド。

これはメチャクチャ良い条件だったが……。

「でも今のところ、リーンとティオ王女しかソフトクリームを作れる人材がいなくて。牛乳が搾れるモウモウバッファローも1頭ですし。そんなに大量生産できませんが？」

もともと、村にやってくる観光客を相手にした小さなビジネスのつもりだった。

僕が問題点を正直に口にすると、イヌイヌ族たちは大騒ぎとなった。

「な、なんと!?　『エルフのお姫様の手作りソフトクリーム』ですかワン！」

「す、すごい付加価値だワン！　1個3万ゴールドくらいの値段にして、王都の富裕層に吹っかけて売るワン！」

「容器のデザインなんかも凝ったモノにして……ゆ、夢が広がるワン！」

「大儲《おおもう》け！　大儲けだワン！」

イヌイヌ族たちの目がギラギラと輝き、興奮から息を荒らげている。普段はカワイイ彼らが、なにか怖かった。

「えっ？　でもティオ王女は、そのうちエルフの国に帰ってしまいますし。『エルフのお姫様の手作りソフトクリーム』として売り出すというのは、後で困るのでは？」

「大丈夫ですワン！　最初はお姫様が実際に手作りしているところを観光客に見てもらって、ブランドを作って、あとは従業員を雇って大量生産できる体制を徐々に整えますワン！　モウモウバッファローも専用の牧場を作って管理しますワン！」

「つまり、ティオ姫様には最初だけお手伝いいただいて。あとは監修者として、お名前を貸していただければ良いんだワン！」

「えっ、大丈夫なんですか、それ？」

「他の商会はどこもふつうにやっていることですワン！　まったく問題ありませんワン！」

「中身も大事ですが、キャッチコピーとブランドイメージで商品は売れますワン！　ボクたちと未来永劫、お金儲けしましょうですワン！」

イヌイヌ族は浮かれまくって小躍りしていた。

「なにか、よくわかりませんが……みなさんに喜んでいただけて良かったです」

ティオ王女は、キョトンとした顔をしながらも、口元をほころばせた。

「金だワン！　金だワン！」

と叫ぶイヌイヌ族に、王女の護衛のエルフたちはドン引きしている。

世間知らずのお姫様に、毒の強いモノを見せてしまったかも知れない。

「それじゃ！　イヌイヌ族のみんな！　今すぐ１００万ゴールドちょうだい！　ガチャに課金するのよ！」

「ワン!?」

ルディアが必死の形相で、イヌイヌ族に詰め寄った。

「わかりました、ワン。契約を早くすませたいのは、ボクたちも一緒。すぐにご用意しますワン」

「ご領主様！　ボクたちは王国の法律に則《のっと》った正しい商売を心掛けていますワン！

どうか安心してソフトクリームの独占販売を任せて欲しいですワン！　これはみんなを幸せにするお仕事なんですワン！」

「そうですか。それなら良いんですが……」

尻尾をちぎれんばかりに振るイヌイヌ族に、やや不穏なモノを感じるが。

彼らは正直者だと評判も良いわけだし真っ当な商売をしているというのなら、大丈夫だろう。

なにより、僕は領主としてダークエルフに対抗するための力が欲しい。

この前、村の仲間の死を目の当たりにして、戦力強化の重要性を改めて思い知った。金で命が買えるなら、安いモノだ。

「ワン！　それではこの契約書にサインを！」

僕は差し出された契約書にサインする。すると目を輝かせたイヌイヌ族が100万ゴールドの入った箱を持ってきた。

「よし。さっそくガチャに課金してみるか！」

毎回、100万ゴールドを突っ込むのは、わりと勇気が要るんだけどな。だんだん、金銭感覚が麻痺してきそうで怖い。

だけど、どんな神様が出現するか、ワクワクする気持ちも抑えられないんだよな……。

特に3パーセントの確率でしか出現しないというSSRの神様が気になる。

SSRの女神であるルディアは『死者蘇生《そせい》』と『豊穣の力』という、とんでもない能力を秘めていた。そのルディアと同格であるわけだ。

3パーセントなんて低確率じゃ、まず当たらないだろうけどね。

「ひゃぃあああっ！　やったわよアルト！　今、特別キャンペーン中で、SSRの出現率が2倍ですって！」

ルディアが大喜びで僕に抱きついてきた。

僕の目の前に、光の文字が浮かぶ。


『領地開拓、応援キャンペーン！

日頃のご愛顧に感謝しまして、今から1週間。バトルにも領地開拓にも役立つSSRの神の出現率を、なんと2倍にアップさせていただきます！

この機会にガチャを回して、一気にライバルに差をつけよう！』


「う、うん？　よく意味がわからないんだけど……」

領地開拓を応援してくれるというなら、なぜSSRの出現率を100%にしてくれないんだろう。

初回では100%だったのに。

『SSRの出現率がなんと2倍！』なんて目立つデカい文字で書いてあるけど……。

６％って、かなり低くないかな？

当たりを確実に出すためには２０００万ゴールドは、注《つ》ぎ込《こ》む計算になるよね、コレ。

「それに、ライバルに差をつけようって何だ？」

「そこはテンプレの煽《あお》り文句《もんく》なんで、気にしなくて良いわ！　さあアルト、気合い入れてガチャを回すわよ！」

１００万ゴールドの金貨を前に、ルディアが頬を叩いて、気合いを入れている。

「祈るのよ！　真摯な祈りがガチャに届いて奇跡を呼ぶの。ＳＳＲよ出ろ！　ＳＳＲよ出ろ！」

【神様ガチャ】は、すごいスキルだと思うけど……。

ＳＳＲをゲットしたいがあまり、課金しすぎないように自重しなくちゃな。下手をすると本気で破産しそうだ。

ルディアの入れ込み具合に、若干、薄ら寒いモノを感じた。おかげで、僕は冷静になれた。

イヌイヌ族に頼めば、お金を貸してくれるだろうが。結果はどうあれ、今回はこれ以上、課金しないようにしよう。

「１００万ゴールド課金、投入！　ガチャ、オープン！」

僕の目の前で、幾何学模様の魔法陣が出現した。魔法陣から紫電が放たれ、まばゆい光の柱がそびえ立った。

光の中から現れ出たのは、巨大なハンマーを持った美しい少女だった。

「鍛冶の女神ヴェルンド。マスターの召喚に応じ、参上しました。神をも屠《ほふ》る至高の武器をマスターに献上いたしましょう」

ハンマーが振り下ろされると、すさまじいパワーと重量に地面がクレーター状に陥没した。

『レアリティＳＳＲ。鍛冶の女神ヴェルンドをゲットしました！』

『ヴェルンドを使い魔にしたことにより、ヴェルンドの能力の一部をスキルとして継承します。スキル【神剣の工房】を獲得しました。

【神剣の工房】は指定したひとつの武器の攻撃力を５倍にアップする、武器強化スキルです』

名　前：アルト・オースティン
○ユニークスキル
【神様ガチャ】
【世界樹の雫】継承元。豊穣の女神ルディア
【神炎】継承元。神竜バハムート
【薬効の湯けむり】継承元。温泉の女神クズハ
【スタンボルト】継承元。巨人兵。
【神剣の工房】継承元。鍛冶の女神ヴェルンド（ＮＥＷ！）
○コモンスキル

【テイマーLv11】


「お、おい、なんだっ、この露出狂みたいなネーちゃんは？」

剣豪ガインが、出現した鍛冶の女神ヴェルンドを見て、呆気に取られた。

彼女は水着みたいな布面積の少ない服を着ていた。僕も目のやり場に困ってしまう。

「ヴェルンドの持つ【創世の炎鎚《えんつい》】は、炎の力を宿した宝具だからよ。少しでも涼しく過ごすために、ヴェルンドは薄着をしているの」

ルディアが鍛冶の女神ヴェルンドについて、解説する。

そういば、あの巨大ハンマーからはジリジリとあぶられるような熱気を感じるな……。

あっ、ソフトクリームが熱で溶けて、ゆっくり食べていたイヌイヌ族が涙目になっている。

「【創世の炎鎚】のような宝具を持っている神は、ＳＳＲの中でも激レアよ！　それになんといってもヴェルンドは……」

「私は武器を作る鍛冶の女神です。マスターにふさわしい武器を作って差し上げたいのですが。この村にはオリハルコンや神鉄はないのでしょうか？」

ヴェルンドが僕に尋ねてきた。

「そんな神話に登場するような激レア金属はないな」

さもあるのが当然のように言われて、当惑してしまう。

「困りました。では、ミスリルくらいなら、ありますでしょうか？」

「それもない……」

ミスリルは最高級の武具が作れる魔法金属だ。

かなり高価であり、Sランク冒険者くらいの稼ぎがないと、ミスリル製の装備は買えなかった。

オリハルコンや神鉄は、さらに希少な伝説級の金属だ。１０００万ゴールドかけても手に入る物じゃない。

「それではマスターの手元にあるのは、鉄くらい？　それだと、せいぜい古竜を一撃で屠る程度の武器しか作れませんが……」

「『いや、それで十分だから！』」

ルディアを除いた、その場にいた全員からツッコミが入った。

それ以上の性能を求めるなんて、一体何と戦うつもりなんだろうか？

「えっ？　魔王と戦うにはもっと強い武器が必要でしょう？」

ルディアは、なにやら首を傾《かし》げて、とんでもないことを言っている。

「いや魔王と戦うつもりとかはないから。そのために復活を阻止するわけだし。僕はここで、モンスターたちとの楽園を築いて、ノンビリ楽しく暮らすつもりなの」

そのための自衛の戦力は必要だが、古竜を倒せるほどの武器があれば、武装についてはもう十分だ。

「や、やりがいがありません。より強い武器を、もっともっと強い武器を作るのが、私の生き甲斐《いがい》なのに……その程度の武器で満足されては」

鍛冶の女神ヴェルンドは、シュンとしていた。

女の子に残念そうな顔をされると、ちょっと罪悪感が湧くな。

「イヌイヌ族さん。ミスリルも用意できますか？」

僕はミスリルを注文できないか、尋ねる。

「もちろん。ご用命とあらば、最優先でご用意させていただきますワン！」

イヌイヌ族は、さらなるビジネスチャンスに目の色を変えた。

「ミスリルのお値段は、1キロ、20万ゴールドほどが相場になりますワン！」

げぇっ。やっぱり高い。

ロングソードの一般的な重量が1・1kg〜1・8kg。ミスリル製の剣を作ろうとしたら、材料費だけで、一本25万ゴールドはかかる計算だな。

鍛冶の女神ヴェルンドにミスリルをプレゼントしてあげたいのはヤマヤマだけど……。

「うーん、それならガチャに課金した方が、費用対効果が良さそうだな」

今回も【神剣の工房】という指定した武器の攻撃力を5倍にアップするスキルが手に入った訳だし。

古竜を倒せるほどの剣をこれで強化すれば、もう無敵だと思う。

「そうでしょう。そうでしょう！　お金があったらガチャにつっ込む！　世界を救うために、それはとっても正しいことだわ！」

「グスッ……ルディア、希少金属が手に入らないと私の存在意義が……」

ルディアを見つめる女神ヴェルンドは、なにやら涙を浮かべていた。

「ああっ、まあ、それもそうよね。魔王と戦える武器も用意しておきたいところだし、お金のやり繰りが大変だわ」

ルディアが腕組みして悩んでいる。

「それでしたら、出血大サービスでミスリルの剣を一本、無料で差し上げますワン。アルト様たちと、今後ともぜひ長くお付き合いさせていただきたいですし。これでいかがでしょうかワン？」

「こ、このワンちゃん。イイ子……！」

提案したイヌイヌ族のリーダーを、女神ヴェルンドが抱きしめた。

「て、照れるって……痛いワン！」

なにやら、イヌイヌ族が絶叫している。強く抱きしめすぎたようだ。

「イヌイヌ族は力が弱いんだから、ダメだって！」

僕は慌てて、ヴェルンドを引き剝がした。こ、これまた個性的な女神が仲間になったな。

とりあえず鍛冶の女神ヴェルンドには、アルト村の『鍛冶担当大臣』になってもらうとしよう。

8章 温泉宿にお客を呼ぼう

次の日——。

僕は朝風呂を浴びて、牛乳を飲むという最高に贅沢《ぜいたく》な時間を過ごしていた。

クズハの温泉宿が営業を開始したんで、お客に交じって、そのサービスを堪能しているんだ。

領主として、ずっと気を張り詰めてばかりでは疲れてしまう。ここでは、王都のように時間に追われることもない。たまにはスローライフを楽しまなくちゃな。

それにお客として使うことで、温泉宿をどう経営すべきか良いアイデアも湧いてくる。

宿はすでに多数の冒険者で賑《にぎ》わっていた。

「リーンちゃん！　ソフトクリームひとつ！」

「は、はい。ただいま！」

「きゃぁああ、コレコレ！　まさに極上の味だわ！」

「お、おい、めちゃくちゃかわいいエルフの女の子が働いてるんだけど……どうなってんだよ。この店？」

「『エルフのお姫様の手作りソフトクリーム』って……えっ、マジかよ」

僕たちが開発したソフトクリームも飛ぶように売れている。特に女性冒険者からの支持がすさまじく、宿内に設けた売り場では、行列ができていた。

売り場では、リーンとティオが接客とソフトクリーム作りをこなしている。もっともイヌイヌ族のように、ソフトクリームに高額な値段はつけておらず、湯上がりに手軽に食べられるようにした。

「師匠！　モンスターの餌やり終わったス！」

僕の元に、若者が報告にやってくる。シロの元ご主人様だったテイマーだ。彼は僕を師匠と呼んで慕い、アルト村に移住してきていた。

「お疲れ。じゃあ、温泉で休んで良いよ。また夕方になったら、餌やりと掃除を頼む」

「マジッすか！　めっちゃホワイトな職場でありがてぇっす！」

若者は顔を輝かせた。

彼はモンスターの世話係だが、四六時中、モンスターに張り付いてもらってはいなかった。モウモウバッファローなどは、むしろ人間にずっと近くにいられるとストレスになる。

このあたりを勘違いして、ずっとテイマーにモンスターを監視させているギルドなどがあるが、僕に言わせれば間違いだ。それでは信頼関係が得られない。

僕の飼育方法が正しいことは、モウモウバッファローから搾れるミルクが、最高品質であることが証明している。のんびり、ゆっくりで結果的にモンスターも人間も幸せになれるんだ。

「さてと、今日の昼ご飯は何かな？」

宿の日替わりランチメニューに目をやった。今日の日替わりランチは、畑で採れたカボチャとニンジンを使ったスープだ。村娘たちが、腕によりをかけて作ってくれている。

ルディアの豊穣の力で、大きく育った野菜は、どれもうまいんだよな。

ああっ、早く昼ご飯にならないかな。それまでは横になって、ゆっくり過ごそう……。

温泉宿には休憩所として、昼寝スペースも設けられていた。

見れば先客のルディアが、お腹を出しながらグーグー寝ている。

おいっ、ヘソが見えているんだが大丈夫か？

「うう〜んアルト、やったわ……またSSRよ……っ」

何か心地よい夢を見ているようだが、男の視線を集めている。ルディアは、外見はとんでもない美少女だからな。

「まったく、風邪ひくぞ」

休憩所で貸し出しているブランケットを取ってきて、ルディアの上にかけてやった。

「むにゃむにゃ、アルト大好き……」

ルディアはモゴモゴ、寝言を言っていた。

「マスター！　『温泉担当大臣』として、大事な話がありますの！　集客についてですの！」

すると温泉の女神クズハが声をかけてきた。『女将』と書かれた浴衣姿のかわいい格好をしている。

「集客なら、新ダンジョンの噂を聞いた冒険者たちが集まってきているから。問題なさそうだけど？」

王都から腕自慢の冒険者たちが、続々とやってくるようになっていた。

魔王ベルフェゴールが封印された新ダンジョンを攻略するための拠点として、アルト村は重宝されているのだ。

「それだけじゃダメですの！　一般人のお客さんも呼びたいですの！　お金をガンガン稼いで、クズハの温泉宿をもっと広くて立派にしたいですの。卓球台やマッサージ施設、ゲームコーナー、和風庭園、一流の料理人なんかも欲しいですの！」

ルディアはお金があったらガチャに課金したい派だが、クズハはなにより温泉宿の設備とサービスに投資したい派だった。

「いや、しかし、そんな豪華設備や従業員を雇えるだけの余裕はないぞ。お金があったら、ガチャへの課金が優先だし」

「やぁー！　クズハの温泉は1日の利用者数が300人を超えたら、レベルアップしますの。ステータス上昇効果が、2倍から3倍に上がりますのよ」

「えっ！　それはすごいな……」

この村の人口はエルフたちも加えて220人くらいになっていた。この村が気に入って定住を申し出てくれた冒険者もいる。全員がほぼ毎日、温泉に入るので、あと100人ほど外から集客すれば良い。それだけで、どーんと温泉の効能がアップだ。そうすればさらに、この温泉が有名になって、お客がやってくるという好循環が生まれるだろう。

「神は人間から信仰され、敬われれば敬われるほど、その力を増しますの！　クズハの場合は温泉のお客が増えたら、温泉のバフ効果が上がりますのよ。えっへん！」

「なるほど。それなら、ぜひとも集客したいところだな……だけど、こんな危険な樹海の中にどうやって一般人のお客さんを呼ぶんだ？」

「最大の問題はそこですのね。外には危険なモンスターがウヨウヨですの」

僕は考え込んだ。他にはイヌイヌ族くらいしか、ここにはやって来ない。

あっ、そう言えばイヌイヌ族が、モウモウバッファローの牧場を作るための資材を運び込むのに、飛竜を貸して欲しいとか言っていたな。

「そうだ。この前、テイムした飛竜が五匹もいるじゃないか。空飛ぶ送迎サービスを行って、近隣の街から人を連れてくれば良いんだ！」

「ああっ！　マスター、グットアイデアですの。日帰り温泉ですのね！」

飛竜をテイムしたのは良いけれど。予想以上に食べるんで、餌代が他のモンスターの3倍はかかっていた。飛竜を使ってお金を稼げるとしたら、願ってもないことだ。

「これはクズハが作った温泉宿のチラシですの！　まずはこれを近隣の村や街に撒いて、宣伝しますの！」

そう言ってクズハは、チラシを取り出した。

『浸かるだけでお肌がスベスベ！　美容の温泉！　ここに入れば、あなたも女神のような美しさに！』

かなり過激な煽り文句と一緒に、笑顔のクズハのイラストが描かれていた。

「外見だけは良いルディアお姉様にチラシを撒いてもらえれば、説得力がありますの！　ぐふふっ！　湯上がりにはお客さんにソフトクリームを召し上がってもらうという戦略で、女性層を狙い撃ちしますのよ」

「……かなり具体的な集客計画を立てていたんだな」

クズハ、恐るべし。商魂のたくましさは、イヌイヌ族に勝るとも劣らない気がした。

「でも、立地の悪さはどうしようもなくて困っていましたの！　マスターのおかげで、最大の問題が解決しましたの！」

「空を飛ぶなら、安全性にはかなり配慮が必要だな。命綱を用意するとか……そのあたりもちゃんと考えよう」

「さっすがマスター、頼りになりますの！　大好きですの！」

クズハは大はしゃぎで僕に抱きついた。クズハはやっぱり、かわいい。その頭を撫でてやる。

「マスターっ……なでなで気持ちイイの。もっと、もっとして欲しいの！」

うっとりと目を細めて、クズハは気持ち良さそうにしていた。

よし、昼ご飯を食べたら、さっそく行動するか。それまでは、ゆっくりと昼寝しよう。

「ひゃあああっ！　高いわ！　高いわっ！　ちょっとぉお！　これ私、無理なんですけどぉおおお――っ！」

ルディアが恐怖に目を回しながら、僕にしがみついてくる。

飛竜に乗って空を飛び、僕たちは近隣の街を目指していた。温泉宿の宣伝のためだ。

道を覚えさせるべく、5匹の飛竜をすべて引き連れて飛んでいた。

「そんなに高いところが苦手なら、村で待っていれば良かったじゃないか？」

「私はアルトと、一秒でも長く一緒にいたいの！　それにビラ配り要員も必要でしょう？　って、もうちょっい、ゆっくり飛んで、お願いだから！」

ルディアは泣きそうになっている。

眼下には広大な樹海のみどりが広がり、絶景だ。

その中を風を切って飛ぶのは、実に気持ちがいいのだが……ルディアにとっては拷問のような状態らしい。

仕方がないので、ルディアのリクエストに応じて、少し速度を落とす。

「ルディアお姉様！　女神なのに空が怖いとか情けないの」

温泉の女神クズハが、ため息混じりに告げた。

クズハも飛行送迎サービスの乗り心地を試すために同乗していた。

「んなぁこと、言ったたってぇーっ！」

「でも、ルディアみたいな高所恐怖症の人もいるわけだし。対策は必要だな……そうだ。馬車のような箱型の客室を用意して、飛竜に運んでもらうとか。どうかな？」

「グッドアイデアなの！　さすがはマスター！　安全に空の旅を満喫できるというだけで、集客に繋がりますの」

クズハが手を叩いて賛同する。

「ひぃいいいいっ！　アルト、死んだら来世でまた一緒になりましょう！」

「いや、死なないから。大丈夫だって……」

ルディアは僕にしがみつきながら、ずっと泣きわめいていた。

しばらくすると樹海の外に、壁に囲まれた小さな街が見えてきた。僕の領地の外にある街だ。

飛竜に、門の前に降下するように命じる。

その時、異変に気づいた。地上で、チカチカと輝く光が見える。

ライオン型モンスター、サンダーライオンの群れが、街の守備兵たちに雷撃をぶつけていた。サンダーライオンは、電撃を発する能力を持ったモンスターだ。

「街には一匹も入れるな！」

「し、死守しろ！　俺たちの家族を死んでも守るんだ！」

「冒険者ギルドにも応援を要請しろ！」

門の前に陣取った守備兵たちが、懸命に戦っている。

どうやら、サンダーライオンの群れが、街の門を突破しようとしているようだ。

サンダーライオンは、通常種より強力のようだった。おそらく魔王のダンジョンから、這《は》い出《で》てきたモンスターだろう。

「お前たち！　火炎のブレスだ。サンダーライオンを焼き払え！」

「グゥオオオオン！（了解しました。ご主人様）」

僕は5匹の飛竜に命じて、火炎のブレスをサンダーライオンの群れに浴びせた。

飛竜は下位の竜族とはいえ、ドラゴンブレスの威力はすさまじい。しかも、僕のテイマースキルで、飛竜たちの能力値は1・5倍近くに引き上げられていた。

ギャァオオオ!?

サンダーライオンたちは悲鳴を上げ、大混乱におちいる。

「ひっ、ひ、飛竜だと!?」

「樹海の凶悪モンスターだ!」

「対空迎撃、用意! 弓隊、急げ!」

守備兵たちは、上を下への大騒ぎになった。

「驚かせてしまって、すみません! 僕はシレジアの領主アルト・オースティンです! この飛竜たちは、僕がテイムした使い魔なので危険はありません!」

「あっ、ああっ! シレジアの新領主。元王宮テイマーのアルト様ですか!」

「ご領主様、自ら援軍とはありがたい!」

「まさか飛竜ほどのモンスターを従えておられるとは!?」

僕が叫ぶと、守備兵たちから歓声が上がった。

「いやぁあああ! 落ちる! 死ぬ! 死んじゃうぅううう――っ!?」

無茶な急加速をしたために、ルディアが絶叫を上げていた。

「……困ったな。いったん下に降りよう」

ルディアの安全のために、街の城壁の上に飛竜を着地させる。僕はルディアを抱いて、壁上に降りた。クズハもそれに続く。

「あ、ああっ、ありがとうアルト！　こ、腰が抜けたわっ」

ルディアを降ろすと、彼女はその場にへたり込んだ。

「飛竜！　ルディアとクズハを守ってくれ」

「グォオオン！（了解っ！）」

飛竜が頭を下げた。ここにいれば、ふたりは大丈夫だろうが念のためだ。

僕はサンダーライオンたちの相手をするために、城壁から飛び降りた。クズハの温泉バフで能力値が2倍になっているおかげで、難なく着地できる。

「マスター！　がんばってなの！」

クズハが手を振って応援してくれた。

「ガァオオン！（人間、お前が飛竜どもを束ねているのか!?）」

奴らのボスだと思われるサンダーライオンが、僕めがけて突撃してきた。

ヤツは、口から電撃を発射してくる。

「バハムートの【神炎】！」

僕はその雷光を【神炎】のスキルで、迎撃、消滅させた。神炎は対象が、魔法やスキル攻撃であっても焼き尽くす。

「ガォオオオ！（お、おのれ、何をした!?）」

僕を噛み殺そうと、サンダーライオンが飛びかかってくる。

僕は全ステータスを2倍にアップするクズハのスキル【薬効の湯けむり】を発動。サンダーライオンの突進を素手で受け止めた。

「な、なんという怪力か!?」

守備兵たちが、驚きに声を震わせる。

「テイム！　サンダーライオンよ。僕に従え！」

サンダーライオンを地面に転がしながら命じる。

彼らを殺すのではなく、できればテイムして連れ帰りたかった。街を襲ったとはいえ、殺すのは忍びない。

「がぁおおおん……（ち、力勝負に負けてしまうとは。飛竜が従うわけです。俺も、あなた様に従います）」

サンダーライオンのボスは、身体を地面に伏せて、服従のポーズを取った。

ボスの姿を見て、他のサンダーライオンたちも、抵抗をやめて大人しくなる。彼らは全員、僕のテイムを受け入れた。

「よし。また仲間が増えたな！」

サンダーライオンは、Bランクに分類される強力なモンスターだ。その強化タイプを、20頭近くも使い魔にできてしまった。

テイマースキルがレベルアップしました！

【テイマーLv11　⇓　Lv12（UP！）】

使い魔の全能力値を1・5〜2倍にアップできるようになりました。相手との信頼度によって上昇率が変わります。


システムボイスが、スキルレベルのアップを知らせた。

どうやら、上級モンスターを一度にたくさんテイムしたため、スキル経験値が大量に獲得できたようだ。

「まさかサンダーライオンを、服従させてしまうなんて!?」

「これが超一流のテイマーですか？　お、おみそれしました！」

「シレジアの領主アルト様、バンザイ！」

勝利に守備兵たちが熱狂する。

「し、してアルト様。本日は、どのようなご要件で、参られたのでありましょうか？　ごあいさつが遅れて申しわけありません。この街の守備隊長にございます」

体格の良い男が、僕の前に進み出て片膝をついた。

「実は、村の温泉を宣伝するためにやってきました。このチラシを門の近くや街中に貼ったり、配ったりしたいのですが、ご許可願えますか？　町長にお取り次ぎいただけると、助かります」

クズハの作ったチラシを見せる。

「拝見させていただきます……女神の温泉⁉　ひ、飛竜による飛行送迎サービス⁉　エルフの魔法技術で作られた氷菓子ですと⁉」

守備隊長は、その内容に度肝を抜かれていた。

クズハが壁の上から飛び降りて、告げる。

「くふふふっ！　クズハの温泉は、傷の治療と体力の回復にも効果てきめんですのよ！」

「キ、キミは獣人か？」

守備隊長は面食らって尋ねた。クズハはキツネ耳とモフモフの尻尾を持っている。

「温泉宿の女将、アルト村の『温泉担当大臣』クズハですの！　隊長さん。守備兵のみなさんは、さぞお疲れでしょうなの。本日はぜひ、クズハの日帰り温泉ツアーに参加して欲しいの！」

「確かに、怪我をされた方が多いようですね。クズハの温泉に浸かれば、傷が全快するので、すぐに職場復帰できますよ」

僕の提案に、守備兵たちは目を白黒させた。

その後、僕たちは町長の許可をもらい、チラシを街中に貼ったり、ターゲットとなる女性に配ったりした。

「恋の病にも効く、美容の温泉よ！」

今回は良いところなしだったルディアが、声を張り上げて温泉の宣伝をしてくれた。

彼女の美貌に、通行人は老若男女問わず足を止める。

「街をモンスターから救ってくれたシレジアの領主様だ！」

「アルト様が来てくれなかったら、危なかったそうだぞ！」

僕が街を守るために協力したことが知れわたっていたので、みんな喜んでチラシに興味を持ってくれた。

「この温泉に入ればキレイになれるって、ホントなの!?」

「もちろんですの！　ルディアお姉様は温泉に浸かったおかげで、こんなにも美人ですのよ」

クズハが女性たち相手に、意気揚々と話している。

さらに街の守備兵たちが、飛竜の送迎による日帰り温泉を満喫したことで。クズハ温泉の噂は、近隣一帯に一気に広がっていくのだった。


「……アルト様。実は折り入ってお願いがあるのですが」

次の日、飛竜たちに餌やりをしているとエルフの王女ティオが、おずおずとした様子でやってきた。たくさんのエルフたちが、深刻そうな様子で王女に付き従っている。

「村にサウナを作っていただけないでしょうか？　エルフ族は、1週間に一度はサウナに入らないと死んでしまうんです！」

「国が滅ぼされてから我らはもう1週間近く、サウナに入っておりません。そろそろ死者が出そうになっております。かくいう私も禁断症状が……！」

実直そうなエルフの戦士が、ガクガクと身体を震わせていた。

「それは大変……！　って、なあ、サウナってなんだ？」

隣で飛竜に腕を噛まれそうになっているルディアに尋ねる。聞いたこともない単語だった。

「こらっ、飛竜！　豊穣の女神に対する敬意が足りないわよ！　ああっ、サウナっていうのは、蒸し風呂のことね。熱した蒸気で満たした部屋に水着で入って、我慢大会するの。とっても気持ち良いのよ！」

「我慢大会がなんで気持ち良いのか、わからないけど……エルフの文化ってことか」

とりあえず、放置しても死者が出るような類いのモノではなさそうだった。

「アルト様も一度、体験してみればわかると思います。健康にも美容にも良いんですよ。エルフに美形が多いのも、すべてサウナのおかげです」

「そんなにすごいのか……。クズハ温泉と併設したら効果的かもな」

僕は興味を惹《ひ》かれて、考え込む。

「はい。できれば水風呂もあると、うれしいです。エルフの国では、サウナの後に清らかな湖に飛び込んで、身体を冷やしていました。これが最高なんですよ」

「ああっ、話を聞いてたら、さらに禁断症状がぁ！」

エルフたちが身悶《みもだ》えし、ガンガンと頭を壁に打ち付けた。おい、大丈夫か……。

サウナの説明をティオ王女から聞いたところ、サウナに入る前に身体が洗うのがマナーらしい。風呂との相性はますます良いな。

「わかった。じゃぁ、クズハ温泉宿にサウナ部屋を新設しよう。ティオたちで作業してもらえるかな？」

「ありがとうございます！　最高のサウナ部屋を作りますね！」

「「うぉおおおっ！　やったぞぉ──っ！」」

エルフたちが腕を振り上げ雄叫びを上げた。えらいやる気だった。

「それじゃ、ティオは暫定的だけど『サウナ担当大臣』だな」

「はい！　サウナ担当大臣。すばらしい響きです！」

その時、クズハが息を切らせてやってきた。

「マスター、大変ですの！　温泉にサラマンダーが入り込んで居座っていますの！　このままじゃ、とても営業できませんの！」

「ええっ!?　私とアルトの愛の混浴風呂が使えないなんて、ゆゆしき事態だわ！」

「おい、温泉を私物化するな。わかった。すぐに行こう」

ルディアにツッコミを入れた僕は、さっそく温泉に向かった。

浴場に入ると湯けむりの中に、大きなトカゲの姿をしたサラマンダーが見えた。

「すまねぇ大将！　防衛担当大臣として、コイツをぶちのめそうとしたんだが。コイツ、全身から高熱を発して、近づくこともできなくてよ……！」

すでに到着していた剣豪ガインが苦々しく告げる。他に氷の魔法使いリーンがその場にいた。

「ティオ様から教えていただいた古代魔法【絶対凍結】は攻撃にも応用できます！　私がサラマンダーを氷漬けにしますので、ここは任せてください！」

リーンが氷魔法を放つと、サランダーが口から炎を吐いて、それを打ち消した。サラマンダーは火を操るモンスターの中では最上級だ。

「くっ！　やりますね！」

「やめてくださいの！　クズハの温泉宿が、火事になってしまいますの！」

クズハが泣きそうになっている。

「きゅきゅきゅ！（せっかく見つけた温かい場所、ボクの住み処。絶対に手放さない）」

サラマンダーが鳴き声を発した。

「そういう事情か。サラマンダーは、温かい場所が好きなんだよな……」

温泉は地下水が地熱で温められたものだ。サラマンダーにとって、温泉が噴き出すこの場所は住み処として理想的な環境だろう。だとしたら、無理に追い出すのはかわいそうだ。

「サラマンダー。ここが気に入ったのかい？　なら、ちょっとだけ移動してくれないかな？　そうしたら、飛竜の炎のブレスを毎日、プレゼントしてあげるよ」

「きゅきゅ？（ホント？　そんな最高の癒やしをくれるの!?）」

サラマンダーは炎を浴びると元気になる変わった性質を持っていた。僕の交渉に乗ってくる。

「それだけじゃなく、最高品質のモンスターフードも毎日あげるよ。だから、僕の使い魔になってくれないかな？」

「きゅきゅ！（いいよ。その約束を守ってくれるなら。使い魔になってあげる）」

「ありがとう。それじゃ、キミが暮らすための専用の小屋を用意してあげるよ。人間やエルフがいっぱい入ってくるんだけど……サウナ部屋はどうかな？」

「きゅきゅ？（サウナ……？）」

サラマンダーは首を傾げた。僕は考えていることについて説明した。

その日の夜、エルフたちにより急ピッチで作られたサウナ部屋に、僕は水着を着て入っていた。

あちー、肌がヒリヒリするこの感覚が気持ち良いとは、ちょっと思えないけれど。ティオ王女は、ご満悦のホクホク笑顔で汗をかいている。

「サラマンダーサウナ、すごく気持ち良いですね！」

サウナ部屋には、サラマンダーが寝そべっていた。絶えず高温を発しており、いい感じに部屋を温めてくれていた。

「きゅきゅ！（熱が逃げない構造のこの部屋は最高だよ）」

サラマンダーにとっても、ここは居心地が良いようだった。熱が高くなりすぎないようにだけ、注意してもらっている。

「もう、ダメだわ。私、限界ぃいいい！」

ルディアが熱さに耐えかねて、外に飛び出していった。僕も我慢の限界に達して、それに続く。

どっぷーん！　とルディアは水風呂にダイブした。水風呂には古代魔法【絶対凍結】で生み出した永遠に溶けない氷塊がいくつも浮いている。

これは気持ち良さそうだなぁ。僕もさっそく体験しよう。

「ルディアお姉さま！　水風呂には汗を流してから入ってくださいな！」

「うっわぁあああーっ。気持ちいい。これ、癖になりそうだわ！」

クズハがマナー違反を注意するが、ルディアは聞いちゃいない。プールのように広い水風呂の中で水泳を始めている。そこに、後からやってきたエルフたちが、掛け水もそこそこに次々に飛び込んでいった。ドボン、ドボンと、水柱が上がる。

「水風呂に頭まで潜る！　これがエルフの伝統ですぅ！」

水風呂から頭を出したティオ王女が叫ぶ。エルフは意外とフリーダムだった。

9章 ガチャにまつわる世界の真実を知る

ナマケルは禍々《まがまが》しいオーラを発するダンジョンの入り口を見て、生唾を飲み込んだ。

「へっ！　こっ、ここが魔王ベルフェゴールが眠るダンジョンかよ。やっぱヤバそうだな……」

彼は宮廷魔導師の大魔法【空間転移】によって、この地までワープしてきていた。

シレジアで魔王のダンジョンが発見されたこと。そこには、凶悪なモンスターがひしめいており、魔竜などの上位ドラゴンも生息していると聞いたのだ。

魔竜をテイムできれば、ゴミを見るかのような目を向けてきたアンナ王女を見返すことができる。王宮テイマーの地位も守れるだろう。

その時、ふとナマケルはダンジョンから自分を呼ぶ声が聞こえた気がして、ギクリとした。

背中に冷たい汗が流れる。

「ククク、ご安心。ナマケル様、我ら闇鴉《やみがらす》が、お守りします故……！」

ナマケルの背後には、黒いローブを頭からすっぽり被《かぶ》った不気味な男たちが付き従っていた。

王国に昔から巣食っている最強の暗殺組織『闇鴉』の連中である。ナマケルが大金を叩《はた》いて護衛に雇ったのだ。

「グランドマスター！　この魔王のダンジョンは推定危険度Sランク以上……やはり全ステータスを2倍にするというアルト村の温泉に浸かった方が良いのでは？」

魔王のダンジョンを目の当たりにして、怖気《おじけ》づいた男が進言した。

その瞬間、男は目を見開いて倒れる。

グランドマスターと呼ばれたリーダー格の男が静かに動き、配下の首に針のようなモノを突き刺したのだ。

「アルト村を拠点には使わない。そういう契約だと、何度も説明しましたでしょう？　クライアントの信頼を損なうようなことを言うバカは、部下には必要ありませんね」

「はっ……！」

他の男たちは、恐怖に一斉に頭を下げる。

恐怖をさらなる恐怖で塗り潰して従わせる。それがこの暗殺組織のやり方だった。

「わかってんじゃねぇか。大金を積んだ甲斐があったぜ。そうだ。アルトの兄貴の世話になるなんざ、俺は死んでもごめんなんだ！　魔竜をテイムして、俺こそオースティンの当主にふさわしいと証明するんだ！」

「ククク、ご安心を。たとえ、どのようなモンスターが現れようと、瞬殺してご覧にいれます。ナマケル様は、ドラゴンのテイムにご集中ください」

安心したナマケルは、上機嫌で魔王のダンジョンに足を踏み入れようとした。

さきほどの不気味な声は聞こえなくなっていた。

「ところでよ、さっき変な声がしなかったか？」

「はて？　声っ？」

グランドマスターが首をひねったその時……。

「待たれよ。失礼だが、あなた方は、ご領主殿にダンジョン探索許可をいただいて、おられるか？」

ふいに声をかけてくる者がいた。

「おまえは……あの役立たずの魔剣士エルンスト！」

茂みから現れたのは、かつてナマケルが神竜バハムートをテイムするために雇ったSランク冒険者パーティのリーダーだった。

権力を使って仕事を干してやったハズだったが、こんなところにいたのか。

「これはまさか、伯爵閣下でありましたか」

エルンストも驚いたようで、眉間にシワを寄せる。

「おまえらが冒険者ギルドに俺の苦情を言い立てたせいで、俺は冒険者ギルドを出禁になったんだぞ！　おかげで、苦労するはめになっただろうが！」

「それは伯爵閣下の自業自得というものです。冒険者ギルドは、立場の弱い冒険者を不当に扱うことを許しておりません。特に私の妹の身体にむやみに触れようとしたことは、許しがたいことです」

エルンストの身体から、怒気が立ち昇った。

「はっ！　ちょっと、かわいがってやろうとしただけじゃねぇか!?　そういや、あのリーンって娘も一緒にいるのか？　あの娘を差し出せば、今、この場でお前の命だけは助けてやってもイイぜ！

ギャハハハッ！」

ナマケルは美少女リーンのことを思い出して、舌舐めずりした。最強の暗殺者集団を率いたことで、ナマケルは気が大きくなっていた。

「残念ですが伯爵閣下。リーンは大事な妹。あなたのようなゲスにくれてやるわけにはまいりませんな。それにリーンは今、アルト様に従者としてお仕えしています。兄君に逆らうおつもりですか？」

「なんだと!?　そうかお前ら兄妹は、今、兄貴に雇われているのか!?」

「雇われているのではありません。アルト様に忠誠を誓っているのです。さて、魔王のダンジョンに許可なく入ろうとした者は、ひとり罰金5万ゴールド。さらにシレジアの外への強制退場。これがアルト様が新たに定められた法です。従っていただきましょうか？」

エルンストが凄みのある目で、ナマケルを睨んだ。

「バカが！　誰が兄貴の作ったド田舎領地の法なんかに従うもんかよ！　おい、闇鴉。コイツを血祭りにあげろ！」

「ククク、かの有名なSランク冒険者、魔剣士エルンストですか。これは楽しめそうですね」

グランドマスターが手を上げると、エルンストを包囲した暗殺者たちが、一斉に襲いかかった。

風のような素早い動きだ。

エルンストの手が腰の剣に伸びた。

その瞬間。銀光が閃き、暗殺者たちは全員その場に崩れ落ちた。

「バ、バカな⁉　この我が見えなかっただと⁉」

グランドマスターが愕然としている。

「私の全ステータスは、クズハ殿の温泉バフによって、2倍にアップしているのでな。たとえ魔竜であっても、今の私の敵ではない」

「お、おい。グランドマスター、勝てるんだろうな⁉」

ナマケルは心配になって尋ねた。

「き、きぇえええっ！」

グランドマスターは奇声を発すると、ナマケルの胸倉を摑んだ。ナマケルは声を上げる暇もなく、エルンストに向かって投げつけられる。エルンストは、それをひょいとかわした。

「ぐぇっ⁉」

ナマケルは木に顔面から激突して、鼻血がブッシャーと吹き出す。

グランドマスターは脇目も振らずに逃げ出していった。

「……疾風剣！」

エルンストが剣を振り下ろすと、発生した衝撃波がグランドマスターの背中を貫いた。グランドマスターは、悲鳴を上げてぶっ倒れる。

なんと、数秒もしないうちにエルンストは、闇鴉を全滅させてしまった。

「それにしても伯爵閣下。【ドラゴン・テイマー】のスキルを得たと言いながら。未だにドラゴンを一匹も連れておられないのですね」

剣を収めたエルンストが、哀れみの視線をナマケルに向けてきた。

「い、いてぇ……！　そ、それがどうした⁉　ドラゴンなんて、そう簡単に見つからねぇんだから仕方がねぇんだよ！　何か文句でもあんのか⁉」

「左様でありますか。アルト様はすでに飛竜を5匹もテイムしてしまっておりますが」

「あ、兄貴が飛竜をすでに5匹も⁉」

飛竜は下位の竜族とはいえ、テイムするのは至難の業だ。それを成し遂げてしまったというのか？

「くそう！　くそう！　俺は究極のテイマー【ドラゴン・テイマー】！　本当は兄貴よりずっと格上なんだぞ！」

エルンストが邪魔しなければ魔竜をテイムして、アルトより優秀であることを証明できたのだ。

「なんと無様な……」

エルンストは深いため息を吐いた。

「さて、伯爵閣下。しめて50万ゴールドの罰金を払っていただきましょうか？　持ち合わせがないようでしたら、そうですね。その高価そうな服と装飾品をすべてお渡ししていただきましょう」

「こ、こんな樹海の中で裸になれって言うのか⁉」

こんな場所で身ぐるみ剝がされたら、モンスターの格好の餌になってしまう。

ナマケルは恐怖に後ずさった。

「なに、ご安心を。樹海の外まで、丁重に叩き出して差し上げますので。いただいたお金は、アルト様がガチャの課金に使うのです。兄君のお役に立てるのですから、伯爵閣下としても本望でしょう？」

「ひぃいいい！　やめろぉおおお！」

いつの間にか、エルンストの背後にゴブリンたちが付き従うように現れていた。

ゴブリンたちはナマケルに、一斉に襲いかかった。

ナマケルはゴブリンたちによって、武器も防具も装飾品もすべて奪われた。

「ちくしょおお……！　兄貴がゴブリンどもまで従えているって話は、ホントだったのかよ！」

パンツ一丁の情けない姿で、ナマケルは叫んだ。

「よせ！　やめろ！　俺を放せぇええ！」

ナマケルは縄でグルグル巻きに拘束される。そのままゴブリンたちに担がれ、樹海の外に叩き出された。

「げはっ！」

ポイッとナマケルは、ゴミのように地面に投げ出される。

帰ろうとするゴブリンをナマケルは必死に呼び止めた。

「おい、俺を置いていくな！　モンスターに喰《く》われちまったら、どう責任を取るんだ！」

「エルンストさんを殺そうとしておいて、よく言うゴブ」

呆れたような答えが返ってきた。

（ヤバい……このままだとマジで死ぬ！）

これだけは言うまいかと思っていたが、ナマケルは破れかぶれで叫んだ。

「俺はアルト・オースティンの弟だぞ！」

兄の威を借りることは、兄の力を認めるということ。ナマケルにとっては、屈辱以外の何物でもなかった。

ナマケルは激しく歯ぎしりした。

「どうするゴブ？」

ゴブリンたちは、足を止めて顔を見合わせる。

「コイツ、ご主人様の弟らしいぞゴブ」

「顔は似ているゴブが。こんな弱っちくて情けないヤツがアルト様の弟、ゴブか？」

「モンスターに喰われるって。自分の身も守れないヤツが、魔王のダンジョンに入ろうとするなんて頭がおかしいゴブ」

「ご主人様は実家から追放されたというし。弟と言っても関係ないんじゃないかゴブ？」

「ご主人様を追放するようなヤツは、どうなっても知らんゴブ」

「でも見殺しにして、後で問題になっても困るゴブ」

「じゃあ、近くの街まで連れていくか？　ゴブ」

「多数決を取るゴブ！」

ゴブリンたちは、なにやらワイワイ話し合いを始めた。

やがて結論が出たのか、ナマケルに向き直った。

「特別に近くの街まで連れていってやるゴブ。アルト様に感謝するゴブ」

「はん！　お前らクズどもが、俺を助けるのは当然だぜ」

「……やっぱり助けるのはやめるゴブ。大人しく、モンスターの餌になれゴブ」

冷たく突き放した口調で言うと、ゴブリンたちは回れ右した。

「ま、待ったぁ！　今のは冗談だっつうの！」

「笑えない冗談ゴブ」

「お前、笑いのセンスないゴブ」

ゴブリンたちから貶《けな》されたが、ナマケルは懸命に愛想笑いを浮かべて、機嫌を取ろうとする。

ここで見捨てられたら、死は確定だ。

「次に舐めたことを言ったら、ご主人様の弟でもブチのめすゴブ。わかったかゴブ？」

「は、はいっ！」

ナマケルは必死に頭を下げた。


「これはアルト様の使いのゴブリン殿たちではありませんか？」

近くの街に到着すると、守備兵たちがゴブリンを丁重に迎えた。

「して、その者は？　うん、もしや……」

守備隊長が、ナマケルの顔をマジマジと見つめる。

「アルト様の定めた法を破って、許可なく魔王のダンジョンに入ろうとした愚か者だゴブ」

「俺は、王宮テイマーのナマケル・オースティン様だぞ！」

ようやく自分の権力が通用する場所にやってこられて、ナマケルは尊大に言い放った。

「俺にふさわしい豪勢な服と食事を用意しろ！　それから酒と女だ！　このゴブリンどもは俺に無礼を働いたゴミどもだ、今すぐ殺せ！」

「コイツは、ご主人様を辺境に追放したバカの弟だゴブ」

「ああっ、なるほど……」

ゴブリンの言葉に、守備隊長は蔑んだ目をナマケルに向けた。

「残念ですが、ナマケル様。シレジアの法を破った犯罪者を丁重に扱うことは、できません」

「はっ!?　なんだとっ!?」

予想外の言葉に、ナマケルは耳を疑った。

「この街はモンスターに襲われていたところを、シレジアの領主アルト様に助けていただきました。アルト様は魔王ベルフェゴールの復活を阻止するために、魔王のダンジョンを厳重に管理するとのことです。我らもこれに賛同し、協力する所存なのですよ」

守備隊長は、ナマケルの要求を平然と突っぱねる。

「服と食事はご用意いたしますが、それ以上の要求についてはお断りします。おい、作業着を貸してやれ」

「はっ」

ナマケルは、あ然とした。

兵が差し出した薄汚れた服を見て、怒りが爆発する。

「伯爵である俺の命令を無視するってのか!?　なんだ、このボロ服は！　こんな物を着ろって言うのか!?　お前、死刑にされたいのか!?」

「今すぐ用意できる服はこれだけです。それに、このゴブリン殿らはアルト様の配下。彼らを殺せなどという命令には、とても従えません。我らはこの街の英雄アルト様に、大きな恩義を感じております。不服とあらば。私を死刑にしたいとおっしゃるなら、どうぞ王宮に掛け合ってください」

たとえ王宮に話を持っていっても、第一王位継承者のアンナ王女は、アルトを婚約者候補に考えるほどの期待を寄せている。

ナマケルはアルトの定めた領内法を破り、アルトの配下を殺せと命じたのだ。とてもナマケルの主張の正当性が認められるとは思えなかった。

「よう。また会ったな伯爵様よ」

その時、冒険者風の男たちがやってきて、ナマケルを取り囲んだ。

「なんだお前ら……って、まさか!?」

彼らの顔には見覚えがあった。王都の冒険者ギルドの前で、ナマケルをボコボコにした冒険者たちだ。

確か侍女のリリーナが、ヤツらは王都から出ていったと言っていた。こんなところにいたのか。

「あんたとケンカして、王都に居られなくなっちまったから、辺境までやってきたんだが。あんたも懲りねえな。まさに害虫って感じだぜ」

「俺たちは、お前みたいな威張りくさった貴族様が大嫌いでよ。また、ボコらせてもらうぜ」

冒険者たちは、拳をボキボキと鳴らした。

「ま、待て！　俺は、この街の英雄アルト・オースティンの弟……っ！」

「それしか自慢することがねーのかよ！」

冒険者たちは、一斉にナマケルをボコボコにした。

「ごばぁっ！」

数分後……。

地面に倒れ伏したナマケルが、身体をピクピクと痙攣させていた。

ナマケルは町長のはからいで馬車を用意されて、王都に戻ることになった。

ナマケルは今回も、何の成果も得られなかった。

そして、いよいよタイムリミットの時が……。

テイムの切れた王宮のモンスターたちが、暴れ出すその日が間近に迫ってきていたのである。

◆

朝、目が覚めるとルディアの顔のドアップがそこにあった。

「おおぅっ……!?」

思わずギョッとして、ベットから転がり落ちてしまう。

「すぅすぅ〜。うーん、アルトぉ、大好きぃ……」

ルディアの幸せそうな寝言が聞こえてきた。

ど、どんな夢を見ているのだか。

それにしても、僕のベッドに潜り込んでくるなんて非常識だな。何か間違いがあったら、どうするんだ？

「おれっ？　アルト。おはようっ」

ルディアが目を開けて、うーんと伸びをした。クズハお手製の浴衣がはだけて、ドギマギしてしまう。

「おはよう……って、なんでこんなところで寝ているんだよ」

「ええっ？　夫婦が一緒に寝るのは当たり前でしょ？」

「いや、だから、結婚していないし。部屋に勝手に入ってこないでくれよ」

鍵をかけていたハズなんだが……。

「それより、はい。今日のログインボーナスの【神聖石】よ！」

ルディアが懐から虹色に輝く石を取り出して、渡してくれる。

「おめでとう！　これで【神聖石】が、10個貯まったわね！　2連ガチャが回せるわ」

「確か2連ガチャ以上なら、無課金でもレアリティSRの神様が出現する可能性があるんだよね？」

「その通りよ！　ガチャは、連続で回せばレアリティの高い神が出るようになっているの。無課金でも10連ガチャなら必ずSSRの神が1体もらえるわ」

この話を聞いて僕は【神聖石】を10個貯めていたんだ。

本当は10連ガチャに挑戦したいけど、それには【神聖石】を貯めるのに2ヶ月近くかかってしまうので、あきらめた。

エルフのティオ王女をかくまっている以上、ダークエルフがいつ襲ってくるかわからない。戦力アップは、なるべく早く行っておきたかった。

それに最近は、ガチャを回すのが楽しみになってきている。無課金ガチャにはリスクがないしね。

「じゃあ。さっそく、神を召喚してみましょう！」

「そ、その前に、ちゃんと服を着ろぉおお——っ！」

立ち上がったルディアのあられもない格好に、僕は慌てて目をそらした。

まったくルディアは無防備すぎるな……。


朝ご飯を食べた後、ルディアと一緒に外に出た。

「神聖石、投入！　2連ガチャ、オープン！」

【神様ガチャ】を発動させると、まばゆい光が弾ける。

これ、これ。この瞬間が、一番ワクワクするんだよな。

『レアリティR。巨人兵をゲットしました！』

『レアリティR。巨人兵をゲットしました！』

「あれっ？」

……すでに手に入れている巨人兵が2回出た？

「ガガガガガ！　神々の最終兵器、巨人兵！　第3段階まで強化されました！　新たなスキル解放がされました」

喚んでもいないのに、巨人兵がカードより実体化して叫んだ。

『巨人兵が強化されました！

巨人兵が新スキル【魔物サーチ】を獲得しました！

【魔物サーチ】のスキルを継承、使用可能になりました！

【魔物サーチ】は半径5キロ以内にいる魔族、モンスターの存在を感知できるスキルです』

名　前：アルト・オースティン

〇ユニークスキル

【神様ガチャ】

【世界樹の雫】継承元。豊穣の女神ルディア。

【神炎】継承元。神竜バハムート。

【薬効の湯けむり】継承元。温泉の女神クズハ。

【スタンボルト】継承元。巨人兵

【魔物サーチ】継承元。巨人兵（強化型）（ＮＥＷ！）

【神剣の工房】継承元。鍛冶の女神ヴェルンド

○コモンスキル
【テイマーLv12】


「あっ、アルト。説明していなかったけど。ガチャで同じ神や神獣が当たることもあるのよ。その場合は、もともとの使い魔が最大5段階まで強化されて。３段階目と5段階目に、新たなスキルが獲得できるの！」

ルディアが得意そうに説明する。

ああっ、なるほど。同じ巨人兵が出たのは、決してハズレだったのではないわけだ。

【神様ガチャ】は奥が深いスキルだな。もともと強い巨人兵がさらに強化されたのには驚きだ。

でも、なんだろう……。

「できれば新しい神獣が欲しかったな」

「ええっ!?　でも使い魔がドンドン強化されて、レアリティRの神獣でもSSRの神に匹敵するほど強くなれるのよ！」

『キミのお気に入りの神や神獣を、最大レベルまで強化しよう！』

システムボイスが、ルディアの解説を補足してくれた。

えっ、ちょっと待てよ……神様が強化されるのは良いけれど。

SSRの神は、課金ガチャで3パーセントの出現率だから。5つ同じSSRの神を当てようとしたら、天文学的なお金が必要になるんじゃないか？

「ガガガガッ、マスター。巨人兵は強くなったのです。うれしくないのですか？」

巨人兵は心なしか、肩を落としているようだった。

「あっ、いや。うれしくないわけじゃないんだ。新しいスキルも手に入ったし。それじゃ、カードに戻ってくれ」

「ガガガガッ、任務完了につき帰還します。巨人兵は、必ずお役に立ちます」

巨人兵は光の粒子になって溶け崩れ、僕の手に収まってカードになった。

わ、悪い。本音を言えば、バハムートが当たって欲しかったのだけど……。

【魔物サーチ】のスキルか。

「モンスターの中には、姿を隠す能力を持ったモノもいるし。【魔物サーチ】はなかなか便利そうなスキルだな」

「テイマーのアルトにぴったりの力ね！」

ルディアも笑顔になっている。

確かにその通りだ。後でさっそく、試してみるか。

すると、鍛冶の女神ヴェルンドが、ロングソードを持ってやってきた。

「マスター。量産品の鉄の剣が、とりあえず10本できました。限界まで鍛え上げたつもりですが……試してみて欲しいです」

ヴェルンドには武器を作ってもらっていた。SSRランクの神はルディア同様、『自立行動スキル』を持っているらしい。

実体化させ続けるのにMPを消費しなかった。

「古竜の鱗《うろこ》くらいなら、簡単に切り裂ける性能になったと思いますが……この程度のショボい剣で申し訳ないです」

ヴェルンドは、すまなそうに頭を下げた。

「量産型の鉄の剣で、古竜にダメージを与えられるって……十分、すごいと思うんだけど」

そんな武器を大量生産できたら、世界を征服できるじゃないか？　古竜は1000年以上の時を生きて、強大な力を持った最強クラスのドラゴンだ。

「今、気合いを入れて鍛えているマスター専用のミスリルの剣は、魔王にも通用する武器にするつもりです。魔法的な加護も加えて、限界まで強化しています。本当ならドラゴンマウンテンを真っ二つに斬り裂くほどの性能にしたかったのに……魔王にダメージを与える程度で申しわけないです」

鍛冶の女神ヴェルンドは、いたたまれなそうにしている。

「はあっ……？」

ドラゴンマウンテンは標高9000メートルの世界で一番高い山だ。そんな物を両断するなんて、それはもう剣の領域を超えているんじゃ……。

冗談だよね？

「おうおう！　俺様はミスリルの剣を持つCランク冒険者様だぞ！　なんで新ダンジョンの探索許可が降りねぇんだよ！」

その時、男の怒鳴り声が聞こえてきた。

「残念ですが、あなたでは魔王のダンジョンの探索は無理です！」

見れば村に設置された『魔王のダンジョン探索許可証発行所』のテントで、エルフの受付嬢と冒険者の男がもめていた。

「この村の温泉に浸かった俺様はAランク冒険者並みのステータスになったんだぞ！」

その俺様がミスリルの剣を持ってんだ。誰だろうと、どんなモンスターだろうと俺様にかなうものかよ！」

「ちょっと何をもめているんだ？」

「あっ、実はこの方が、魔王のダンジョンの探索許可をどうしても出せと……！」

僕が仲裁に入るとエルフ娘は、泣きそうな目を向けてきた。

この娘は、だいぶ気が弱そうな感じだった。荒っぽい冒険者の相手は荷が重そうだな。

「魔王のダンジョンは、凶悪な強化型モンスターがひしめく危険度S以上の場所なので。下手に人を近づけさせないようにしているんですよ」

魔王の依り代になりかねない人間に近づかれては困るという理由もある。

能力と人格、どちらかに難がある者には、ダンジョン探索許可を出さないようにしていた。

その代わり、許可を出した場合は、マッピングが終わった領域の地図や、出現モンスターの情報をわかっている範囲で提供している。

また冒険者たちがダンジョン探索で得た利益の一割は、アルト村に納めるというシステムにしていた。これでドンドンお金が稼げる仕組みを整えていた。

ダンジョンは迷宮資源とも呼ばれる。領地の大事な財産だ。うまく活用して、僕はアルト村をさらに発展させるつもりだった。

「あん？　なんだお前は？　鉄の剣しか買えねぇような貧乏人が、何の用だ？」

冒険者の男は、僕を見下したように笑った。

僕はあんまり服とかにお金をかけないので、一見すると貧乏に思えるようだ。

お金があったら、ガチャへの課金や領地開拓、モンスターの餌代に回したいから、どうしても身なりはみすぼらしくなるんだよな。ヴェルンドの作る武器の素材を買う必要も出てきたし。

「申しわけありませんが、あなたには新ダンジョン探索許可は出せないので、お引き取りください」

僕はキッパリとお断りした。

ソロでAランク並みのステータスでは危険だ。強力な武器があっても魔王のダンジョンに潜るのはあきらめた方が、本人のためだ。

「なんだと、てめぇ!?　何の権利があって俺様にケチをつけてやがる！　俺様が弱いとでも抜かしやがるのか！」

男は激怒して、僕に詰め寄ってきた。

「えっ!?　ちょっ、ちょっとそのお方は……！」

エルフ娘が慌てて男の腕を摑むが、男は彼女を乱暴に突き飛ばした。

「きゃあ!?」

「小娘。お前は黙ってろ。ちょうど良い機会だ。剣術、免許皆伝の俺様の実力を見せつけてやるぜ！」

男はなんと剣を抜いた。ギラリと、ミスリルの剣が危険な輝きを放つ。エルフの娘が小さい悲鳴を上げた。

「そら、お前も抜けよ。剣士としての格の違いってヤツを思い知らせてやるぜ」

「いや。僕は剣士じゃなくて、テイマーなので。免許皆伝なら、あなたの方が剣士としては格上だと思います」

「ギャハハハッ！　なんだテイマーかよ！　モンスターも連れていないテイマーなんざ、怖くもなんともないぜ！　とりあえず、痛い目を見とけや！」

男は僕に剣を振り降ろしてきた。

手加減してくれているのか？　意外と遅い動きだ。

僕は男の斬撃を、剣で弾いた。

「あっ……？」

その瞬間、男が自慢していたミスリルの剣が、スッパンとたいした手応えもなく切れた。

切り飛ばされた刀身が回転して、地面に突き刺さる。

「ま、真っ二つになった？　借金までして買った40万ゴールドの名剣が!?」

男は顔面蒼白となった。

「て、鉄の剣で……んなバカな!?　しかも、今の動き……て、てめぇ、一体、何者だ!?」

「まあ、天界の名匠ヴェルンドの鍛えた武器に突っかかったたら、こうなるわよね」

そのやり取りを見ていたルディアが肩をすくめる。

「ヴェルンドの鉄の剣、すごい攻撃力だな」

「いえ。剣の力を引き出すのは、あくまで使い手です。マスターは、剣士として見事な腕前です。

これは武器の作り甲斐がある……っ」

ヴェルンドが満足そうに頷いた。

どうやら剣豪ガインなどと、やり合ったりおかげで、僕の剣の腕前も向上しているようだ。

「大将！　ここでもめているバカがいるって聞いてきたんですが」

ガインが、走り寄ってきた。

「あ、あんたまさか、悪名高い剣豪ガインか!?」

男が驚きの声を上げる。

「ガイン、遅いわよ。コイツなら、もうアルトが片付けちゃったわ」

「すまねぇ嬢ちゃんって……おい、コラ。てめぇまさか、アルトの大将に剣を向けたのか？　百叩きじゃすまねぇぞ、こらぁあっ！」

ガインは男の胸倉を摑んで、締め上げた。

「へぇっ!?　アルトの大将って……まさか、こいつ！　いやこのお方が、ここのご領主様!?」

「知らなかったじゃ、すまされねぇぞ！　飛竜の餌にでもなるか!?」

「ひぃいいい!?　ごめんなさい、ごめんなさい！」

男は泣きながら平謝りした。

ガインはすごい迫力だった。

「ガイン、その男の処罰は任せる」

「了解です！」

村の中で、安易に剣を抜くような乱暴者には、それなりの灸《きゅう》をすえた方が良いだろう。

人が集まれば、トラブルを起こす者も出てくる。トラブルを未然に防ぐためにも、毅然とした対応を取る必要があった。

さてと。次は巨人兵から得た新スキル【魔物サーチ】を試してみるかな。珍しいモンスターが見つかったら、テイムしてみよう。

【魔物サーチ】のスキルを発動すると、脳裏にこの周辺の地図が浮かび上がった。地図には赤いマーカーが点滅し、その上にモンスターの名前が表示されている。

「これは便利なスキルだな」

周辺のモンスターの位置が、すぐにわかるようになっていた。

その中で気になる表示があった。ダークエルフの反応が5つ、この村の近くに固まって存在している。

もしかして、この村の様子をうかがっているのか？

「ヴェルンド、一緒に来てくれ。近くにダークエルフがいるみたいだ」

「了解です。マスター」

鍛治の女神ヴェルンドが、僕の呼びかけに頷く。

彼女はバトルでも役立つと、システムメッセージに表示されていた。ならここはヴェルンドを連れていくべきだろう。

僕たちはダークエルフの反応を追って、村の外に駆け出した。

◆

オースティン伯爵家に侍女として仕えていた私――リリーナは、馬車を乗り継いでシレジアの樹海までやってきました。

アルト様にもう一度、お会いし、お仕えさせてもらえるようお願いするためです。

大旦那様から、アルト様を当主に迎えたいという手紙も預かっています。伯爵家への最後のご奉公として、私はこの手紙をアルト様にお渡しするつもりです。

大旦那様から口止めされていますけど……大旦那様の『巨乳メイドとウハウハ暮らすワシの夢の老後計画』についても、キチンと申し上げるつもりです。

老後は追放した息子におんぶに抱っこで暮らしたいなんて。ヒドイにも程がありますよね。

ハァ……っ。

「わざわざ、辺境に追放された元ご主人様にお仕えしに行くなんて。よっぽど、良いご主人様だったんだな？　お嬢ちゃん？」

「はい。アルト様こそ、貴族の中の貴族様だと思っております」

護衛に雇った冒険者さんたちに、アルト様との思い出話を聞いていただきました。

「はぁ〜っ。落ち着いて聞いて欲しいんだが。実は俺らは、そのアルト様の弟をボコっちまってな。王都に居られなくなったんだけどよ。お家騒動で負けた兄の治める領地なら、ナマケルの野郎から守ってもらえるんじゃないかと思って。これから移住しようと思っていたんだよ」

驚いたことに、ナマケル様をボコボコにして、王都から出ていった冒険者の方々だったようです。

「そんなに良い領主様なら、俺らも安心だぜ！」

「はい！　アルト様なら、この危険な辺境を豊かな土地にしてくれると思います。一緒にがんばりましょう」

「おう！」

気の合う方々と、一緒に旅ができてホントに良かったです。この方たちとは友人として、きっと仲良くやっていけると思います。

もう少しでアルト様が治める村に到着できると、期待に胸を高鳴らしていた時でした。

私たちは、ダークエルフの集団に襲われてしまったのです。

相手は圧倒的な強さでした。

護衛をお願いした冒険者さんたちは、あっと言う間に壊滅。私は悲鳴を上げることもできないまま、拉致されました。

わけもわからないままに連れてこられたのは、ひんやり冷たい空気の漂う地下牢獄です。

私以外にも何人もの若い女性や、エルフたちが閉じ込められていました。

拘束された彼女たちは、みんな死んだような絶望の表情を浮かべていました。

「ククククッ……なかなか良い女ではないか。魔王ベルフェゴール様の生け贄とするのに、ふさわしいな」

頭からフードを被ったダークエルフが、私を見て、くぐもった笑い声を上げます。

私は手足を鎖で拘束され、壁にはりつけにされていました。

「生け贄を捧げれば捧げるほど、ベルフェゴール様は我らに力をお与えくださる……我らが進化を果たせば、アルト・オースティンなど恐れるに足らずだな」

アルト様の名前が出てきて、私は驚きました。

ダークエルフたちの目的がなんなのか、わかりませんでしたが……口調からしてアルト様と敵対しているようです。

「あ、あなたたちは、アルト様に何かするつもりなのですか……っ!?」

「ほう、娘よ。お前はもしやアルトの知人か？　見たところメイドのような格好をしているが……」

「族長、この娘の荷物を調べましたところ。オースティン伯爵家の紋章で封蠟《ふうろう》がされた手紙が見つかりました」

「ほう？　この娘、オースティンのゆかりの者か。これはおもしろい」

ダークエルフたちは愉快そうな笑みを浮かべました。

私は恐怖に息を飲みます。

「アルトには煮え湯を飲まされたからな。この娘、ベルフェゴール様の生け贄とするのも良いが。いろいろと楽しませてもらった上で、ヤツへの人質として利用してやるか……」

「い、いや、やめてください……！」

「ククク、この世のモノとは思えぬ快楽と苦痛を味わうが良い」

ダークエルフが、私に手を伸ばしてきます。

必死に身をよじって逃げようとしますが、拘束されていて為《な》す術《すべ》がありません。

頭に思い浮かぶのは、アルト様のお姿です。できれば、もう一度、アルト様にお会いしたかった。

このダークエルフたちは危険な集団です。

人質などにされて、アルト様にご迷惑をおかけする訳にはまいりません。

アルト様への最後のご奉仕として、舌を噛んで死ななくては……。

「リリーナ……っ！」

その時、聞こえてきたのは、懐かしいアルト様の声でした。

アルト様を想《おも》うあまり、幻聴が聞こえてしまったみたいです。

で、でも最後に、アルト様のお声が聞けてよかった。私はギュッと目を閉じて……。

「アルト・オースティン!?　な、なぜ、この場所が！」

「貴様、どこから入ってきた!?」

なぜかダークエルフたちが、ひどく慌てふためきました。

【スタンボルト】!」

いえ、幻聴ではありません。この声は紛れもなく……。

バチバチバチッ!

石壁で覆われた室内に電撃が走り、ダークエルフたちが悲鳴を上げました。

「ぎゃあああああっ!?」

彼らはブスブスと煙を上げて、倒れます。

「おい、リリーナ無事かっ!?」

姿を見せたのは、私が会いたくて会いたくて、たまらなかったアルト様でした。

「……あ、アルト様!? はい、大丈夫です!」

思わず涙がこぼれてしまいました。


僕は【魔物サーチ】のスキルで、ダークエルフの反応を追跡した。

すると地面の下に反応が移った。どうやら地下道があるようだ。

「ダークエルフは、確か地下に都市を作る種族だったよな」

「はい。私を信仰するドワーフたちと、その点は似ていると思います」

僕に付き従った鍛冶の女神ヴェルンドが頷く。

ルディアがエルフに信仰されているように。ヴェルンドは鍛冶を得意とするドワーフに信仰されているようだ。

そう考えると、ヴェルンドもすごい神様だな……。

しかし、困ったことに地下道への入り口が見つからない。うっそうとした草木が、どこまでも広がっているだけだ。

【魔物サーチ】のスキルは、魔族の居場所はわかるが、隠し扉のような仕掛けを発見することはできない。

「アルト村の近くに、ダークエルフの拠点があるのは見過ごせない。なんとしても、探し出さないと」

温泉にやってきた観光客が、被害にあうかも知れないし。エルフの王女ティオを狙って、ヤツらが何か仕掛けてくる可能性もある。

早急に調査して、潰す必要があるな。

「地下は私の得意分野。地盤をブチ抜いてしまって良いでしょうか？」

「そんなことができるのか？　じゃあ頼む」

「はい！」

するとヴェルンドのハンマー【創世の炎鎚】の尖端《せんたん》が円錐形《えんすいけい》に変形した。

えっ、なにこれ？

「はぁあああぁーっ！　ブチ抜けぇえええぇ！」

ヴェルンドがハンマーを振りかぶると、尖端が、ぎゅいいいいん！と音を立てて高速回転する。

地面に勢いよく突き立てられたハンマーは、大地をえぐり、大量の土砂を巻き上げた。

「えっ、ハ、ハンマーで地面を掘っている……っ？」

ヴェルンドは地面にもぐっていき、姿が見えなくなる。

あまりのことに、僕は言葉を失ってしまった。

ポッカリ開いた大穴から下を覗《のぞ》くと、地下道に立ったヴェルンドが手を振っている。

「マスター、ダークエルフの地下道です！　思ったより、地表近くにありましたね」

「ま、まさか、こんな穴を開けてしまうとは驚いたな」

「はい。モード【ドリルハンマー】です」

ヴェルンドは胸を張って誇らしげだ。

さすがは地下に住むドワーフが信仰する女神というべきか。彼女は鍛冶だけでなく、土木工事もできそうだな。

僕は地下道に飛び降りる。

周りを見回すと、一定間隔に置かれたランタンの光が奥まで続いていた。

【魔物サーチ】の反応に従って、ダークエルフたちのいる方向に向かう。

途中で通路がいくつも枝分かれしており、ちょっとしたダンジョンだった。

「い、いや、やめてください……！」

若い女性の悲鳴のような叫びが聞こえてきた。同時に、恐怖を煽るかのように笑うダークエルフの声も。

「まさかリリーナ……っ!?」

悲鳴は、僕の実家で働いていたリリーナのものだった。

急いで駆け出した僕は、現れた扉を蹴破る。

「アルト・オースティン!? な、なぜ、この場所が！」

室内にいたダークエルフたちの視線が、一斉に僕に集まる。

「なにっ!? 貴様、どうやって入ってきた!?」

「ドリルで入ってきたぁあ！」

僕の後をついてきたヴェルンドが、代わりに答えた。

僕は壁に無惨にはりつけにされたリリーナを見て、怒りが沸騰した。

ここは地下牢のようで、鉄格子の中に何人もの若い女性が閉じ込められている。全員、かなり衰弱している様子だった。

「【スタンボルト】！」

僕は全方位に敵を麻痺、気絶させる電撃を放った。巨人兵のスキルだ。

「ぎゃあああああっ!?」

薄暗い室内が光に満たされ、ダークエルフたちは、糸が切れたように倒れる。

よし。全員を一度にノックアウトできたな。

「リリーナ無事かっ!?」

「……あ、アルト様!? はい、大丈夫です！」

僕は急いでリリーナに駆け寄る。

剣を抜いて、リリーナの手足の拘束具を断ち切った。

「アルト様！ アルト様っ！」

リリーナはわんわんと泣いて、僕にしがみつく。

見たところ、怪我などしていないようだ。何かされる前で良かった。

「よし、よし。もう大丈夫だから……」

リリーナが落ち着けるように、背中を擦ってやる。

「リリーナ、でも一体どうしてここに？」

「は、はい。アルト様にまたお仕えさせていただきたくて……うっ、うぇ～ん！」

いろいろと聞きたいことがあったが。リリーナは興奮して、しゃっくりをしており、まともにしゃべれそうになかった。

それにしても、さっきから強く抱きしめられて、胸の鼓動が伝わってきているんだよな……。

あまり、こういう経験がないのでドキドキしてしまう。

なんとなくルディアが『アルトは私のものなのよ！』と怒ってる顔が、頭に浮かんだ。僕は慌てて離れようとする。

「とりあえず、僕の村に帰ろう。そこで話を……」

「もらったぁ！」

その時、気絶したと思われたダークエルフのひとりが跳ね起きて、リリーナごと僕を槍で貫こうとした。

巨人兵のスキル【スタンボルト】を喰らって動けるだと？

リリーナにしがみつかれていたために、反応が一瞬遅れた。

「マスター、危ない！」

ヴェルンドが間一髪、ハンマーで敵の攻撃を弾いてくれる。

僕はリリーナを抱えて後ろに下がって、距離を取った。

「フハハハッ！　ひさしぶりだなアルト！　貴様に復讐できる日を楽しみにしていたぞ！」

高笑いしたダークエルフは、僕がティオを助けた時に殴り飛ばした族長だった。

「うん？　ひさしぶりだな、とは……マスターお知り合いですか？」

鍛冶の女神ヴェルンドが小首を傾げる。

「うおっ！　な、なんだ、その水着みたいな服を着た、うらやまけしからん娘は!?　い、いや、この美しさ……ク、クハハハッ。こやつもまた魔王ベルフェゴール様の生け贄にふさわしい！」

ダークエルフの族長の身体が、内側から大きく膨れ上がった。筋肉が盛り上がり、額から角のような物が生えて体格が2倍近くになる。

僕は驚きに息を飲んだ。

「どうなっている!?」

僕はモンスターや魔族についての知識は、人一倍あると自負している。

子供の頃は、実家の魔物図鑑を片っ端から読んで、日がな一日過ごしていた。

だが、変身した族長の姿は、僕が知るどんな魔物にも該当しなかった。そもそもダークエルフにこんな能力はないハズだ。

「ハーッハッハッハ！　これぞ魔王様に娘たちを生け贄に捧げることによって得た力。この俺はハイ・ダークエルフに進化したのだ！」

族長が右手を掲げると、あたりの床が一気に凍結した。牢獄に捕らわれた娘たちが、凍傷を負って悲鳴を上げる。

「【氷槍《アイスジャベリン》】！」

凍えた床から、何十本もの氷の槍が僕に向かって伸びた。

「【神炎】！」

僕は【神炎】のスキルで、それらをまとめて破壊する。

一瞬でも遅れていたら、抱えたリリーナごと串刺しにされていただろう。

「ア、アルト様！　いつの間にこんなスゴイ魔法を!?」

リリーナが驚きに目を瞬《しばたた》く。

「ほぅ！　ギリギリ防いだか。そうでなくては、おもしろくない。あの時の屈辱、晴らさせてもらうぞ！」

「ヴェルンド、リリーナを頼む！」

「了解です」

リリーナをヴェルンドに預けて、僕は族長に向かって突進した。

同時にクズハのスキル【薬効の湯けむり】で、僕たちの全ステータスを2倍に引き上げる。

「ぉおおおおおお――――っ！」

この狭い地下室では、巨大なバハムートや巨人兵を召喚しては戦えない。僕自身の力でケリをつける必要がある。

なによりヤツに魔法を使うスキを与えてはダメだ。

下手をすれば今のように、捕らわれた女の子たちに危害が及ぶ。彼女たちの身も守らねばならない。

僕はヴェルンドの鍛えた剣を、族長の胴体に叩き込んだ。

だが、それは硬い手応えとともに跳ね返される。

「ぬぅっ。この俺に痛みを与えるとは、信じがたい剣と力だが、残念だったな！　進化した俺の肉体は、究極の金属『神鉄』並みの強度となっているのだ！」

族長が猛烈な勢いで、槍を突いてくる。

僕はそれを剣でガードしたが、大きく弾き飛ばされた。

「ぐぅうううっ!?」

壁に叩きつけられ、一瞬、意識が飛んだ。

族長は肉体の強度だけでなく、パワーも尋常でないレベルまでアップしている。

「アルト様ぁ!?」

リリーナが悲痛な声を上げた。

「クハハハハッ！　何人ものエルフや人間の娘を生け贄に捧げてきた甲斐があったな。すばらしい力だ！　俺は古竜にも匹敵する戦闘能力を手に入れたぞ！」

この部屋に入って気づいたが、ここにはいくつもの拷問器具が並んでいた。

この男はきっとこれで、罪もない女の子たちを痛めつけて、魔王への生け贄に捧げてきたのだろう。

リリーナも僕の到着が遅れていたら、何をされていたかわからない。こいつは、ここで必ず倒さねばならない。

僕は痛みをこらえて、歯を食いしばって立ち上がった。

「クハハハハッ！　良いことを教えてやろう。我らダークエルフの王は、この俺をも含めて、すでに6人ものハイ・ダークエルフを誕生させている。この力があればエルフの王女を手に入れるなど、造作もないことだ！

我らに逆らった、お前の村も滅ぼしてくれるわぁ！」

族長は尊大な笑い声を上げた。

「マスター。私の力を！」

「ああっ。使わせてもらうぞ【神剣の工房】！」

鍛冶の女神ヴェルンドから継承したスキル【神剣の工房】を発動させる。これは指定した武器の攻撃力を5倍にアップするスキルだ。

僕はこれで手にした鉄の剣を強化した。

剣が赤い輝きに覆われ、刀身が熱を帯びる。

「【神剣の工房】は、この世の始まりの炎で武器を鍛える。我が工房より生まれ出た剣に断てぬモノなし！」

「ふんっ！　こけおどしを。始まりの炎だと？」

族長が鼻で笑って、槍を振るってきた。

「俺はもっともっと力を手に入れるのだ！

やがてダークエルフの王の座さえ、掴み取ってみせる！　貴様はここで消えろ！」

「はぁああああああ――――ッ！」

ヤツの槍と僕の剣が真っ向から激突した。爆《は》ぜる火花の明滅。

「なにぃいいっ!?　バカなぁっ!?　竜の牙より作られし魔槍が！」

族長の槍が、真っ二つになって宙を舞う。

「終わりだぁあああっ！」

僕は渾身《こんしん》の斬撃を族長に叩き込んだ。族長はその場に倒れる。

「お見事です。マスター！」

「あっ、アルト様。まさか、こ、こんなにお強くなっておられるなんて……っ！」

リリーナが感激の涙を流し、僕に抱き着いてきた。

「……俺を倒した程度で、ぅ、浮かれおって。いい事を教えてやろう」

息も絶え絶えの族長が、最後の力を振り絞って告げた。

「我らが王の力は、俺の比ではない。神々に仕えし伝説の神獣たちすら、上回る力をすでに備えておられる。絶望しながら滅びの時を待つのだな！　ハーッハッハッハ！」

死を目前にした壮絶な脅し文句に、リリーナはたじたじになった。

僕も気圧《けお》されそうになったが、ひとり、まるで空気を読まない娘がいた。

「うん。神鉄並みの強度を持った肉体とは、驚いた。お前の身体……特に角は、神鉄の代用品になったりはしないか？　だったら、うれしいのだが……」

鍛冶の女神ヴェルンドが、族長にスタスタ近づいていって、その頭の角を摑んだ。

「な、なんだっ……？　やめろ、そんなわけないだろ!?」

「ドラゴンの牙や角は、武器に加工することができる。お前の槍と同じだ。だったら、お前の角でも同じことができるのではないか……？」

ヴェルンドはハンマー【創世の炎鎚】を振り上げた。

「とりあえず、その角をへし折って、いただく。せっーの！」

「はぁあああああっ!?」

族長は恐怖に大きく目を見開いて動かなくなった。

「……あっ、息絶えてしまったようです」

ヴェルンドが困ったような顔になった。最後はショック死か。計らずも彼女がトドメをさす格好となった。

「残念です。魔族の身体は、死んでしまうと、魔力が急速に失われてしまいます。この角を生きたままへし折って、手に入れたかったのですが……」

「そ、そうか」

どうやらヴェルンドにとって族長は、生きた武器素材に見えていたようだ。なんというかカルチャーショックだな。

「あ、あのアルト様。気になっていたのですが、こちらの美しい女性は？」

「私は鍛冶の女神ヴェルンド。マスターの使い魔です。あなたはマスターのご友人ですか？」

「使い魔!? あ、あの失礼ですが、モンスターさん、なのでしょうか？　私はアルト様にお仕えしていた侍女のリリーナです」

リリーナは戸惑った様子だった。無理もない。

「僕のスキル【神様ガチャ】は神様や神獣を喚んで、使い魔にするというものだったんだ。ヴェルンドは、【神様ガチャ】で喚び出した鍛冶の女神なんだよ」

「えっ！　そ、そんな、まさか……鍛冶の女神ヴェルンド様と言えば鍛冶師やドワーフの方々が信仰する神ではありませんか？　アルト様のスキルが、外れスキルであるハズがないと思っていましたが……か、神様を使い魔にする!?」

「本当です。この魔族を倒したマスターの剣は、私が鍛えました。鍛冶の女神ヴェルンドは、この身のすべてを捧げてマスターにお仕えしています」

「こ、この身のすべてを捧げて？　な、なぜ、そこまで……ま、ま、まさかっ」

リリーナは仰《の》け反《ぞ》りながら、唇を震わせた。

「マスターは、創造神様の作ったガチャシステムを補完するお方だからです。おそらくマスターにしか正しく【神様ガチャ】は使えません」

「……創造神の作ったガチャシステム？　なんだ、それは？　僕にしか正しく【神様ガチャ】が使えないとは、どういうことだ？」

意味深なヴェルンドの言葉に、引っかかりを覚えて尋ねた。

もしやと思うが、僕の前世に関わる話か？

僕の前世うんぬんは、あの後ルディアに深く尋ねていなかった。僕がかつて、最強の魔王だったとか言われても困ってしまう。

「ルディアのいない良い機会ですので、マスターに真実をお伝えしておきましょう。ルディアは『ガチャの闇』について触れるとムキになるので、今まで話せなかったのです」

「ガチャの闇？」

「はい。あの娘はガチャの光の面を信じきっていますから。ガチャはみんなを幸せにする力。この世界を維持するために必要なシステムだと。確かにその通りなのですが……」

ヴェルンドは静かに語り出した。

「この世界は２０００年前、創造神様がお創りになったお布施集約システム【精霊ガチャ】によって繁栄の絶頂を迎え……同時に月収10万ゴールドなのに、月に１００万ゴールドもガチャにつっ込んで、人生終了になってしまった者【ガチャ廃人】を大量に生んで滅びかけたのです」

ヴェルンドが語ったことは、僕の知っている神話や歴史とはまったく異なるモノだった。

ガチャなどという言葉は、【神様ガチャ】のスキルを得るまで聞いたこともなかった。

リリーナも目を丸くしている。

「魔王の配下たる魔族とは、ガチャ廃人となった者が、創造神様を憎むあまり闇に堕《お》ちた存在なのです。『確率操作でSSRが出ないようになっていたなんて、あんまりだぁああ！』そう叫んで、神を呪うようになった者がいかに多かったか……」

ヴェルンドは悲しそうに目を伏せた。

「ガ、ガチャが魔族を生み出したというのか？」

「その通りです。エルフが【ガチャ廃人】となって神を呪い、魔王の眷属となった存在。それがダークエルフです」

衝撃的な事実だった。

「それに2000年前の【精霊ガチャ】とは、僕の【神様ガチャ】のようなモノか？」

「はい。【精霊ガチャ】とは、課金するとランダムで、役立つかわいい精霊が手に入るスキルです。マスターの【神様ガチャ】のプロトタイプですね。かつて古代人は誰もが【精霊ガチャ】のスキルを生まれながらにして与えられていました。みんな喜んでSSRの精霊を手に入れようとガチャに課金しました。そして廃課金の罠《わな》に落ちて、人生が終わってしまう者が続出したのです」

腑《ふ》に落ちる話だった。

【神様ガチャ】を使って思ったのが、とにかく課金させようとする仕組みがスゴイことだ。

SSRの出現率が2倍になる一週間限定のキャンペーンとか。

同じSSRの神を5つ集めて、最大レベルまで強化しようとか。

今思えば、最初にSSRの女神ルディアが現れたのもSSRの神のすごさを体験させて、課金を促すためだったのではないかと思う。

も、もしや……これが『ガチャの闇』か。

限界以上まで課金してしまえば、確実に人生が終わる。

「魔王ルシファーは、ガチャこそ人々を破滅させる諸悪の根源だと言いました。『俺はガチャを許さない！』と。そしてガチャシステムを破壊しようと創造神様に戦いを挑んだのです」

「魔王ルシファーは、創造神の光の力を奪い取るべく天界に戦いを挑んだんじゃ、なかったのか？」

魔王ルシファーは天より光を奪い、光さえも支配する究極の魔王となった。驕《おご》り高ぶった光の魔王ルシファーは、この世のすべての種族を支配しようとした。

それが僕がよく知る神話だ。

「どうやらガチャに関することは、後世に伝えられていないようですね。魔王ルシファーは、創造神様と戦って敗れ、女神ルディアに命を救われました。魔王ルシファーはルディアによって、ガチャがこの世界の維持に必要なシステムであることを教えられました。そして人生終了してしまうガチャ廃人が現れないように。悲劇を防ぐために……魔王ルシファーは、すべての種族を支配して管理しようとしたのです」

『あなたは、ガチャは人を破産させる力だと言っていたけど、ガチャの本質は違うわ！　ガチャは人と神を……みんなを幸せにする力なの！』

『お願い！　ガチャを信じてアルトォオオオ！』

かつてルディアから言われた言葉が、頭に蘇った。

ゴブリンたちと戦った時に言われたハズだが、これと同じセリフをずっと昔にも聞いたような既視感があった。

「『SSRの精霊の出現率1・5パーセント？　出るまで課金すれば100パーセントだからね。1・5パーセントなんて嘘さ！』

『期間限定の水着バージョンのウンディーネちゃんが欲しいんだぁよおおお——っ！』

などと言う廃課金ユーザーを創造神様は、信者として大事にしました。無論、この世界を維持、管理するためには、人々の神への信仰が、なによりお布施が必要です。

でも、それが行きすぎた結果……魔王たちによる神への反逆が起きたのです。魔王たちは、ガチャをこの世から完全に消し去ろうとしました」

そうか。だから、ガチャに関する記録や文献が残っていないのか。魔王たちは神々と相打ちになったが、その目的は達成されたらしい。

「じゃあ、僕がこの【神様ガチャ】のスキルを授かったのは？」

「ガチャは正しく使えば、人々を幸福に導く力です。それはルディアの言う通り……しかし、心の弱い者は、ガチャの闇に飲まれて破滅してしまいます。ガチャはこの世界を繁栄に導くと同時に、人々を破滅させかねない危険な力なのです。創造神様は、あなたならガチャを正しく使いこなして、神々を復活させることができると思って【神様ガチャ】をお与えになったのです」

その時、牢獄に捕らわれた女の子が、苦痛の声をもらした。

少し長話をしすぎた。

「ヴェルンド、この娘たちを助け出すのが先決だ。話はまた後で聞かせてくれ」

「はい。了解ですマスター」

ヴェルンドは、コクリと頷いた。

僕は剣で鉄格子を斬り裂いて、女の子たちを解放した。

「ど、どなたかは存じませんが……ありがとうございました」

やつれた様子だったが、彼女たちは口々にお礼を述べた。

みんな、とびきりかわいい娘たちで20人近くはいた。

こんな娘たちを生け贄に捧げて、力を得ようなんて。ダークエルフの連中は、とんでもないな。

「お姉ちゃん、私たち帰れるの!?」

「ええっ。もう大丈夫よ……！」

姉妹と思われるエルフの少女らが、抱き合って号泣している。

姉のエルフの身体には、鞭で打たれたような見るに耐えないアザがあった。

「これは回復薬です。飲んでください」

「ほ、本当に何から、何まで！」

姉のエルフが感激した様子で、僕が取り出した回復薬を受け取る。彼女は、妹にそれを譲り渡した。

「さっ、飲んで」

「お、お姉ちゃん、いいよ。お姉ちゃんが飲んでよ。お姉ちゃんは私をかばって、いっぱい鞭で打たれたんだから」

「あなたは小さいんだから、遠慮しなくて良いのよ。これで体力を回復しなさい」

しまった。怪我人がいるとは思っていなかったので、回復薬をあまり用意してこなかった。

「ヴェルンド、手持ちの回復薬が足らない。人を呼んできてくれ。回復魔法の使えるリーン……それとシロとサンダーライオンたちも頼む。ここにいる娘たちを背負って運んでもらおう」

「承知しました。マスター」

鍛治の女神ヴェルンドは、胸に手を当てて了承の意を示すと、外に出ていく。ここには衰弱した怪我人が多く、歩くのもままならない娘もいた。

その中でも、妹に回復薬を譲ろうとする少女の怪我はひどかった。エルフであるため、ダークエルフたちの敵意を一身に浴びたのだろう。

僕は彼女の肩に手を触れると、スキルを発動させる。

「【世界樹の雫】！」

「……えっ？　あれっ!?」

死者すら蘇生させる女神ルディアの究極の回復スキルだ。少女の身体から怪我がキレイに消え去って、顔に血色が戻った。

彼女は驚いて身体を見下ろしている。

「お、お姉ちゃんの傷が一瞬で!?」

「アルト様、まさかエリクサーを使われたのですか!?」

妹のエルフと、リリーナが素っ頓狂な声を上げた。

「いや。これは【神様ガチャ】で手に入れた回復系スキルなんだ」

さきほどヴェルンドから、ガチャの闇について教えられたけど……【神様ガチャ】のおかげで、僕は力を手に入れ、こうして誰かを助けることができている。

ルディアの言う通り、ガチャは正しく使えば、人を幸せにする力になるんだと思う。

「アルト様とおっしゃいましたか？　まさか、まさかとは存じますが……い、今の力はっ」

姉のエルフが、全身をわなわなと驚愕に震わせながら尋ねてきた。

「お兄ちゃん、ありがとう！　お兄ちゃんはスゴく強いだけじゃなくて、回復魔法までスゴいんだね！　カッコいい！」

妹のエルフが無邪気な笑顔を向けてくる。この娘は僕が回復魔法を使ったと誤解したようだ。

僕は姉のエルフに告げる。

「今の力について説明すると長くなるので。あとで、ティオ王女から聞いてもらえますか？」

「ティオ王女!?　姫様もご無事なのですか!?　私は姫様にお仕えしていた侍女です！」

「ティオ王女は、僕の村で保護しています。エルフの戦士たちも一緒なので安心ですよ」

「ああっ！　姫様っ……！　アルト様、このご恩は、決して決して忘れません！」

彼女は、その場に泣き崩れた。

「実はアルト様、大事なお話が。大旦那様から、手紙を預かってきております。どうかご覧になってください」

リリーナが手紙を差し出してきた。

「父さんから？」

エルフと同盟を結んだ話など、重大だと思われる事柄については、伝書鳩で報告していたけれど……。

父さんの方から、何か連絡してくるとは思わなかった。

中身を開くと、僕をオースティン伯爵家の当主に迎えたいので、一刻も早く戻ってきて欲しいと書かれていた。

さすがに驚きだった。

弟のナマケルでは王宮テイマーが務まらないこと、このままではオースティン伯爵家が取り潰される恐れもあること、なども書かれていた。

「大旦那様は、その……自分好みのメイドに囲まれて老後をお過ごしになりたいと、おっしゃっておられまして。そのために、アルト様に伯爵家を盛り立てていただきたいと……」

リリーナは眉をひそめた。

「父さんの考えはわかった。でも僕はもうオースティン伯爵家に戻るつもりはないな」

すでに僕はここで、かけがえのない多くの仲間に囲まれている。アルト村が手掛ける様々な事業も、ようやく軌道に乗り出したばかりだ。

エルフのティオ王女を救って、魔王の復活を阻止するとも約束した。

それらをほっぽり出して、王都に戻ることなどできない。

「父さんには、伝書鳩で断りの手紙を送ろうと思う。僕はここに、僕の理想郷。モンスターと人間が共存する楽園を築くつもりなんだ。それは王宮テイマーをやっていたら、できないことだ」

「はい。アルト様！　それでは、どうかこのリリーナめを、またおそばでお仕えさせてはいただけないでしょうか？　そのために、私はここまでやって参りました」

「もちろんだとも。今、温泉宿の従業員なんかも不足していて。いろいろな仕事を手伝ってもらいたいんだけど、大丈夫かな？」

「はい。アルト様のお役に立つこと。それがリリーナの生き甲斐であり、幸せですから！」

花が綻ぶような極上の笑顔でリリーナは告げた。

僕のために、そこまで言ってくれるなんて、ありがたいことだ。胸がジーンとする。

「ここには他のダークエルフたちがやってくるかも知れない。脱出は応援が到着してからにしよう。さすがにこの人数を守りながら移動するのは、無理があるしね」

「はい！」

地下は狭くて召喚獣を喚べないというのが痛い。今の戦力は僕だけだ。

【魔物サーチ】のスキルで、敵がもう潜んでいないことは確認ずみだが、敵地である以上、敵がいつやってくるかわからない。

僕は牢獄の唯一の出入り口に立って見張りをする。ここを押さえておけば、中にいる娘たちは安全だ。

気絶したダークエルフたちは、リリーナに縄で縛ってもらう。コイツらからは、後で情報を聞き出さなくちゃな。

「アルト！　助けに来たわよ！　捕まった女の子たちはそこにいるのね？」

しばらくすると、ルディアが興奮し息を切らしながら、やってきた。

その後ろには、ヴェルンドやリーン、村の男らが続いている。シロたちも一緒だ。

「うん、ここだ。全員アルト村に連れていって、療養させて欲しい。まずは怪我の治療を頼む」

「はい、アルト様！」

「わかったわ！　回復薬は、いっぱい持ってきたから」

ルディアは大きなバックパックを背負っていた。

彼女はそれを降ろして、女の子たちに回復薬を配り出した。リーンも回復魔法を怪我のひどい娘たちから順にかけていく。

「それでねアルト！　さっき来る途中に偶然、シロが隠し部屋を見つけて！　なんと50万ゴールドくらいのお金があったわ！

これで、またガチャに課金できるわね！」

10章 王都からの使者

やっとの思いで、辺境から帰ってきたナマケルが、自室でくつろごうとした時。ついに恐れていた悪夢が現実となった。

「た、大変でございます！　今、王宮より知らせが届きまして……王宮のモンスターたちが暴走しているそうです！」

執事がノックもせずに部屋に飛び込んでくる。

「なんだとっ!?」

ナマケルは頭をハンマーで殴られたような衝撃を受けた。

「アンナ王女殿下から、すぐに王宮に来るようにとのお達しです。来なければ、ナマケル様を公開処刑にすると！」

王宮に行ったところで、ナマケルにできることは何もない。いっそ逃げようかと思ったが、逃げ道も塞がれた。

「ちくしょぉおおっ！　あのクソ王女！　オースティン伯爵家が、今までどれだけ王国に貢献してきたと思っていやがるんだよ！　公開処刑だと!?」

頭を抱えながらも、ナマケルは馬車を用意するように執事に言いつけた。

「ああっ！　アルト様が……我らが王宮テイマー、アルト様がやってこられたぞ！　助かったあ！」

ナマケルの顔を見た衛兵が、喜びの声を上げた。

衛兵たちは城門前で、巨大スライムにのしかかられて、身動きができなくなっていた。

「アルト様！　お助けください！　この事態をなんとかできるのは、あなた様をおいて他におりません！　クソォオオ！　あの無能のナマケルが、アルト様を追放なんてするから！」

「誰が兄貴だぁ！　俺はナマケル様だぞ！」

顔が同じために、アルトと間違えられたナマケルは怒鳴り返した。

「なっ!?　この事態を招いたアホの弟の方かよ！」

衛兵たちは、激しく落胆する。

門をくぐったナマケルは、血の気の引く思いとなった。

王宮に到着したは良いが、どこもかしこも手がつけられない状態になっていた。

「きゃぁあああああ――――っ!?」

メイドたちが猫型モンスター、トラトラキャットに追いかけ回されて悲鳴を上げている。

貴族の男性が熊型モンスター、スモウベアーに襲われて、無理やり相撲を取らされている。

「ああっ、やめてくれ！　それは姫様が大事にされている花壇……っ！」

うさぎ型モンスター、ビッグラビットの群れが、花壇の花々をムシャムシャ食べていた。

「クソっ、やべぇな……」

王宮のロビーに入ると、飾られた国王夫妻の肖像画に猿型モンスター、モンキッキーが落書きをしていた。王家を完全にコケにした所業だった。

鎮圧に当たったと思われる兵士たちが、そこらじゅうに倒れている。

壮麗な王宮が荒らされ放題で、花瓶などの調度品や窓が割られ、壁に穴が開いていた。

もうムチャクチャである。

「ナマケル殿！　王宮テイマーなら、なんとかしてくだされ！」

「あなたが、まともに仕事をしないから、こんな事態に！」

右往左往する人々は、口々にナマケルをののしった。

「うるせぇえ！　って……こ、こいつはもう弁償できる被害じゃねぇ……」

ナマケルは自分へのダメージを減らす方法を必死に考える。

一番良いのは部下に責任を押し付けることだ。

「そうだ俺は悪くない！　全部、モンスターの世話をしきれなかった下っ端のテイマーと世話係どもが悪いんだ！」

王宮テイマーは多種多様なモンスターの状態を把握し、適切なケアや世話の指示をするのが役目だ。

ナマケルはしっかり指示を出していたが、部下が無能で対応できなかったことにすれば、傷は多少なりとも浅くなる。

とにかく部下たちを見つけ出して、口裏を合わせなければならない。部下とは失敗の責任を取らせるために存在しているのだ。

しかし、そこでナマケルは気づいた。

(あれっ？　俺の部下の顔と名前がわからねぇぞ……)

まったく王宮テイマーの仕事をしてこなかったためだ。

血筋にあぐらをかいて、怠惰に過ごしてきたツケが、一気に回ってきた。

「はぅあああああっ⁉　やめろ、キサマら命令を聞け！」

王宮内を駆け回っていると、ナマケルの父の悲痛な声が響いた。

見れば父がゴリラ型モンスター、ベースボールゴリラの群れに捕まり、キャッチボールの球にされていた。

父の身体がゴリラの間で、空中を行ったり来たりしている。

これにはナマケルもあ然とした。

ベースボールゴリラは、野球を趣味とする変わった性質を持つ。しかも、彼らは人間をボールに見立てて遊ぶ、危険極まりないモンスターだった。

一度野球を始めた彼らを止めることは、上位テイマーでも難しい。

「巨乳メイドハーレムを作って暮らす、ワシの夢がぁあああっ⁉」

「ホームラン、うほ！」

父はバットを持ったゴリラに、かっ飛ばされて庭園の池に落ちた。

「オースティン卿《きょう》がやられたぞ！」

「駄目だ！　元王宮テイマーのあの人がどうにかできないなら、もうどうにもできん！」

「オースティン卿、しっかり！　か、完全に気絶している!?」

ナマケルの父は、兵士に助け出されていたが、もう戦力としては期待できそうになかった。

「うほ！　うほ！」

ベースボールゴリラが、手を叩いて喜んでいる。

標的にされる前に、ナマケルは逃げ出すことにした。

「近衛《このえ》騎士団は!?　宮廷魔導師団は何をやっているか！」

「近衛騎士団はすでに全員ノックアウトされています！　宮廷魔導師団は、城内で魔法を使うと城に損害が……」

対応に追われる武官たちの怒声が響く。

まさか近衛騎士団が、すでに負けてしまっているとは……。

王宮のモンスターたちは、王国最強の独立遊撃隊『獣魔旅団』と呼ばれている。その力は、すさまじかった。

だが、不思議なことに、モンスターたちは人間に致命的な怪我を負わせたりはしていなかった。

じゃれて遊んで、ストレスを発散させているようだった。

「くうううっ……！　これは人間を傷つけるなというアルト殿の教育が行き届いていたおかげね。不幸中の幸いだわ」

アンナ王女が触手モンスターに両手両足を拘束されて、うめいていた。ドレスが破れて、あられもない姿になっている。

彼女の周りには、護衛の騎士たちが倒れていた。

「ああっ！　お、王女殿下っ!?」

ヤバい場面に出くわした。

ナマケルは王女に怒られないうちに、その場を離れようとした。

だが、伸びた触手に絡め取られて身体の自由を奪われた。

「げぇ!?　なんだこりゃ、気持ち悪《わり》ぃ！」

「ナマケル！　ホントに役立たずな男ね！　なんとかできないの!?」

「無理ッス！　こいつらアルトの兄貴に訓練されて、野生種よりもずっと強くなってやがりますからね。並のテイマーじゃ、言うことを聞かせるのは……」

「他人事《ひとごと》みたいに言わないでちょうだい！　あなたの責任でしょ!?　市中引き回しの上で公開処刑にされたいのかしら!?」

「そ、それだけはご勘弁を！」

アンナ王女に氷のような目を向けられて、ナマケルは危うく失禁しそうになった。

「こんなことなら、あなたをさっさと更迭して、アルト殿を無理にでもシレジアから呼び戻せば良かったわ！　あなたなんかにチャンスを与えたのが、間違いだったのよ！」

アンナ王女が憤激に身を震わせた時だった。

「アルト、シレジアにいる！　アルト、シレジアにいる！　向かえ、シレジアに！」

人語がしゃべれるオウム型モンスターが、城内を飛び回って叫んだ。

すると好き勝手に暴れていたモンスターたちが、ピタリと動きを止めた。

「な、何……っ？」

アンナ王女を触手で締め付けていたモンスターも、興味を失ったように彼女を解放した。

アンナ王女が、怪訝《けげん》な面持ちになる。

そのまま、すべてのモンスターたちが、怒濤《どとう》の勢いで城内から立ち去っていった。

ドドドドドドッ！

アンナ王女とナマケルは、それを呆然と見送った。

後には、さんざんに荒らされ汚れきった王宮が残った。

目もくらむほどの美しさを誇った王宮は、もはや見る影もなかった。

「……ナマケル殿。王宮の修繕費、及び人的被害の補償は、すべてあなたに請求させていただきますわね。私財のすべてを投げ売って、身売りしてでも、この不始末の責任はとっていただきますわ。公開処刑にするなどと言いましたが。ごめんなさい、撤回いたします。そう簡単に死ねるとは思わないことね」

アンナ王女が、底冷えするような酷薄な目で告げた。

ナマケルにとって、これはさらなる地獄の入り口にすぎなかったのである。

王座に腰掛けたダークエルフの王ゲオルグは、部下からの報告に歯ぎしりした。

「ナウムの族長が討たれ。生け贄として捕らえていた娘たちを全員、奪われただと？　大失態ではないか……！」

王の怒りに、その場に居並んだダークエルフたちは、震え上がっている。

唯一、平然としているのはダークエルフの上位種へと進化した3人の族長たちだけだった。

「ゲオルグ陛下、ヤツめは独断専行がすぎておりました。効率を重視してアルト村の近くに拠点を移し、村を訪れた者を拉致していたのです。いずれこのような目に遭っていたでしょう」

「左様。ヤツめは、さらなる力を手に入れようと躍起になっておりましたからな。やがて我が君に取って代わろうなどと、よからぬ野心を燃やしていたに違いありませぬ。むしろ、死んでくれてよかったかと」

「それに……くっくっく。ヤツは我ら五部族長の中でも最弱。人間ごときに敗れるとは、ダークエルフのとんだ面汚しよ」

「まったく。魔王様から力を下賜される器では、なかったということですな」

ダークエルフたちは5つの部族から成り立っている。

族長たちは、それぞれの部族の首長だ。他の族長は仲間であると同時に、自分の部族の利益を奪うライバルだった。

ナウムの族長が倒れたことは、他の族長たちにとっては、喜ばしいことでもあった。

その分、自分の部族が優位に立てると思って、彼らは愚かしくもほくそ笑んでいるのだ。

「魔王ベルフェゴール様から絶大な力を授けられたハイ・ダークエルフが、倒されたのだぞ！　笑っている場合か!?　シレジアの領主アルト・オースティンは、神竜バハムートを召喚したという信じがたい報告があったが……事実であったか！」

ゲオルグは、込み上げてくる怒りに我を忘れそうになる。

族長たちは倒されたナウムの族長を格下と見ているが、ゲオルグに言わせれば彼らの実力に大差はない。

「しかも、アルトは魔王様のダンジョンに大量の冒険者を送り込んでおる！　聞けばアルト村には、浸かるだけで全能力値を2倍にする神がかった温泉があるとか……本来なら魔王様の寝所に入り込んだ愚か者は、すべからく魔王様への供物となり果てるハズだが。冒険者どもの良いレベルアップと、財産稼ぎの場所となっておる！　こんなことは許されない！」

魔王のダンジョンとは恐怖の象徴であるハズなのだが、今では『世界最速でレベルアップできるダンジョン』などと呼ばれ出していた。

ゲオルグや族長が出撃すれば冒険者たちを蹴散らせるが、そうそう手が回らない。

「アルトは元王宮テイマーであり、飛竜やサンダーライオンなどの強力なモンスターを多数、従えているとの報告もございます」

ゲオルグは頭痛を覚えた。

「だとしたらヤツは、最強のテイマーであると同時に、究極の召喚士だ。ナウムの族長を倒したことといい、その実力は本物と見るべきだ」

個人的武勇だけでなく、アルトは単なる辺境の領主とは、とうてい思えない戦力を備えている。

エルフ王国の残党だけでなく、Sランク級の冒険者を複数、配下に加えているという報告もあった。

生け贄の娘たちを捕らえていた地下牢を、どうやって探り当てたのかも気になる。

「ここのままにはしておけん。エルフの王女ティオを手に入れるためにも、我らの総力をあげて叩き潰さねばならん！」

「さすがは、我が君でございます」

賛同の声を上げたのは、たった今、王座の間にやってきた最後の族長イリーナだった。

腰まで届く銀髪、赤い瞳。年の頃、15歳くらいの儚《はかな》げな美少女だ。ダークエルフは褐色の肌が特徴だが、この娘は白い肌をしていた。エルフの血が混じっているためだ。

「『白混じりのイリーナ』今頃、遅れてやってきおって……」

他の族長たちが、苦々しい視線を向ける。

イリーナは、それを涼しげに受け流した。

「まずはご報告を。魔王ベルフェゴール様の依り代にふさわしき人間を見つけましたわ」

「なに？　まさかご託宣があったのか!?」

「はい。魔王様より、お言葉を賜りました。魔王様のご寝所に、偶然その者が近づいてきたと……」

イリーナは封印された魔王と唯一、対話することができる巫女《みこ》だった。

どよめきがダークエルフたちから湧き上がった。

「その者とは？」

「シレジアの領主アルト・オースティンの弟ナマケルです。かの者の歪《ゆが》んだ怠惰の精神は、魔王様の極上の糧となりましょう」

「アルトの弟だと？　それはまた何という偶然か……」

優秀な兄とは比べモノにならない、駄目な弟のようだ。

魔王の依り代となる人間とは、業が深い者でなければならない。

「私はこれよりナマケルに接触いたします。かの者は、兄アルトに異常なコンプレックスを抱いているようです。そこを刺激してやれば、簡単に操り人形にできると思いますわ。できれば自発的に依り代になってもらえた方が、めんどうがありません」

「なるほど。では依り代の確保は、お前に任せる」

「はっ」

ゲオルグの命令に、イリーナはうやうやしく頷いた。

「くうっ……おのれ。魔王様の巫女だからと調子に乗りおって」

他の族長が、吐き捨てるかのようにつぶやく。

イリーナもまた上位種へと進化した存在であり、『魔王の巫女』としてダークエルフの中で王に次ぐ地位にあった。

族長たちにとって『白混じり』が自分たちの上に立つなど、腹立たしいことこの上ないようだった。

ゲオルグは、イリーナが使える配下であるなら、エルフのハーフだろうと何だろうと構わない。魔王ベルフェゴールを復活させ、その庇護《ひご》の下で、ダークエルフの王として絶大な権勢が振るえれば、それで良いのだ。

「我が君は、その間にアルトを倒し、エルフの王女ティオの身柄を確保していただけないでしょうか？　アルトの元に、有能な者たちが集まりつつあるようです。これ以上、かの者に力をつけさせるのは得策ではありませんわ。我らが総勢3万の兵力をすべて動員して、決着をつけましょう」

「良かろう」

ゲオルグは二つ返事で頷いた。

ダークエルフは魔王のダンジョンに生息する凶悪なモンスターたちをテイムしている。

本来なら、テイマーレベル的に無理であるが、魔王に生け贄を捧げ、その加護を得たおかげだ。

数で押し切れば、どうとでもなるだろう。

◇

この時、ゲオルグはまだ気づいていなかった。

アルトを慕って、王国の王宮で飼われていたモンスターたち。近隣諸国から最強と恐れられる『獣魔旅団』が、アルト村に押し寄せてきていることを……。

私の名はシリウス。王家を守護する近衛騎士団の若き副団長です。

私は映えある騎士の家系に生まれ、幼少より剣を磨き、王家に忠誠を誓ってきました。

私はアンナ王女からの密命を受け、3人の部下とともに、辺境のシレジアに向かっていました。

全員が冒険者風の出で立《いた》ちに変装し、身分を隠しています。私は変身魔法で、顔も変えていました。

すべてはシレジアの領主アルト・オースティン殿について調査するためです。

アルト殿は神竜バハムートを召喚獣とし、エルフの姫君を助けてエルフと同盟を結んだという、信じがたい報告が上がってきました。

前者が事実なら、人間離れした力の持ち主であり、後者が事実なら歴史的偉業です。これらの事実確認が、私の任務のひとつです。

そして、報告に嘘偽りがないのであれば、より重要な任務を遂行しなければなりません。

辺境に強大な武力を持ち、他種族と強い繋がりを持つ領主がいるというのは、王国にとって不安要素なのです。

歴史を紐解《ひもと》けば、内乱などで中央が乱れた際、辺境領主が治安維持を名目に武力介入してきて、国を乗っ取った例があります。

もしアルト殿が野心を持っているのであれば、これ以上、力をつける前に早急に始末する必要があります。

そのために、私が派遣されました。

暗殺など騎士の道に反する行いなれど、王国に忠誠を誓った身ならば、是非もなし。

逆にアルト殿に逆心がなく、かつ統治者としての器量を備えているのであれば、アンナ王女の婚約者になっていただく。

私はアンナ王女より、そのような命令を受けました。

強く気高い英雄の血を王家に取り込む。王国の繁栄のために必要なことです。

元王宮テイマーのアルト殿とは、顔を合わせたことがありますが、深い付き合いはありませんでした。

モンスターを大事にする方で、野心的な人物ではなかったように思えましたが……環境は人を変えます。

強大な力を得れば、よからぬ野望に目覚めてもおかしくありません。

それを見極めるのが、私の使命です。

「アルト村への道を教えて欲しい？　ハハハハッ！　あんたら、魔王のダンジョンに挑戦したくて来たクチかい？」

「はい。我が剣にかけて不埒《ふらち》な魔物どもを討伐すべく、参りました」

「不埒な魔物って……騎士様みたいな物言いをする兄ちゃんだな」

早朝に尋ねた冒険者ギルドのマスターは、不審そうな目をしました。

「副団長、副団長っ。もっと下品に振る舞わないと、怪しまれますよ」

部下の少女騎士が、小声で私の袖を引っ張ります。

「あっ、もしかて、元騎士様ってかい？　まあイイ。余計な詮索をしないのが、俺たち冒険者の流儀だ。アルト村に行くなら、この街から3時間に一本の割合で、飛竜の無料送迎サービスが出ているから、それに乗っていくと良いぜ」

「ひ、飛竜の無料送迎サービスですか？」

一瞬、何のことかわからず、私たちはポッカーンとしました。

「ああっ。シレジアの領主アルト様がテイムした5匹の飛竜がやってきて、アルト村まで安全に連れていってくれるんだよ。樹海には恐ろしいモンスターの他に、ダークエルフなんかもいて、若い娘をさらっているって噂もあるしな。そこのカワイコちゃんなんかは、絶対に樹海を歩かねぇ方がイイぜ」

「カワイコちゃんとは、私のことですか？　もうお上手なんだから！」

紅一点の少女騎士は、お世辞に浮かれた様子でした。

「温泉に日帰りで行けて便利！　魔王のダンジョンまでの道もショートカットできるってんで。開始された飛竜の送迎サービスの話題で、このあたりはもちきりになってるぜ」

「し、信じられません！」

私も部下たちも、呆気に取られました。

飛竜をテイムして言うことを聞かせるなど、たとえ元王宮テイマーだとしても難しいハズです。

それを5匹も……。

おそらくアルト殿は王宮テイマーをクビになってからもテイマースキルを磨き続けているのです

ね。

並ならぬ努力家であることが、うかがえます。私も騎士として見習わねば……。

私たちは、礼を言って冒険者ギルドを後にしました。

「それにしても5匹の飛竜だなんて……下手をしたら、それだけでも我が騎士団に匹敵しうる戦力ですね」

少女騎士が身をすくめました。

「そうですね。アルト殿のテイマースキルで強化されていることを考慮に入れると。とても戦いたくはない相手です」

「辺境の危険なモンスターどもから領地を防衛するためでしょうが。侮れぬ戦力を持っていることは間違いありませんな」

「それを村への一般人の送迎に使うというのは、驚きの発想だわ。しかも無料だなんて。シレジアを観光地化するつもりなのかしら？」

「あの村には浸かるだけで、全ステータスが2倍になる温泉があるといいます。美しくなれるとも宣伝されていますし……何から何まで規格外ですね」

「副団長！　美容の温泉には絶対に入るつもりなんで、よろしくね！」

私たちは、街の城門前まで移動しました。飛竜の定期便は、城門前の広場から発着しているらしいのです。

「アルト様について知りたいってかい？　あの方は、数日前にこの街をモンスターの襲撃から救ってくれてね。もう足を向けて寝られないさね」

道中、人々にアルト殿について尋ねると、街を救った英雄らしく、大変な人気でした。

「どうやら、アルト殿は騎士道精神に溢れた立派な御仁のようだ」

「そうですね。他領の街まで助けるなんて、ふつうはリスクを負ってまでしないものです。まして、領主自らが先頭に立って戦うなんて……」

私の部下たちも、アルト殿の活躍に感じ入っていました。

「快適な空の旅を楽しみながら、お菓子や飲み物など、いかがでしょうかワン！」

城門前広場では、犬型獣人イヌイヌ族の商人たちが、屋台で食べ物などを売っていました。

周りの人に話を聞くと、どうやら彼らは、シレジアの領主アルト殿の御用商人であるらしいです。

屋台に目を向けると、目玉商品として『エルフのお姫様の手作りソフトクリーム』なる氷菓子があるようでした。しかも、3万ゴールドという高値です。

私は仰天して尋ねました。

「聞いたこともないお菓子ですが、本当にエルフの姫君がお作りになったのですか？」

「はい、もちろんですワン！　でも申し訳ございませんワン。ティオ姫様が真心を込めて、一つ一つていねいにお作りなられているので。毎日、限定5個しかお売りすることができませんワン」

「残念ですが、本日の分は、すでに売り切れてしまいましたワン！　王都でも売り出す予定ですので、ぜひ、ぜひ、ごひいきにしていただきたいですワン」

「キーッ！　くやしいっ！　もう売り切れなんて信じられませんわ！　お母様、今日はクズハ温泉まで行って、直接ソフトクリームを買いますわよ！」

「ええっ！　もちろんよ！」

金持ちの母娘《おやこ》と思われる華美な服を着た女性らが、くやしがっていました。

エルフの姫君が本当にお作りになったというなら、私もぜひ、ひとつ頂いてみたいものです。

3万ゴールドというのは、かなり痛い出費ですが……。

しばらくすると5匹の飛竜が、天空に雄大な姿を見せました。

馬車の客室のような大型の箱を、4匹の飛竜がそれぞれロープで吊《つ》り下《さ》げて運んでいます。

もう1匹の飛竜は、仲間を先導しています。どうやら飛行型モンスターが襲ってこないか、周囲を警戒にしているようです。

「本当に飛竜がやってくるとは……」

私たちは、衝撃に言葉を失いました。

周りの人々は待ってましたと、歓声を上げます。

「はーい！　みなさん！　温泉宿の女将クズハですの！　一列に並んで搭乗してくださいの！」

飛竜に乗っていた少女が飛び降りて、元気良く告げました。キツネ耳とモフモフの尻尾を持つ、かわいらしい獣人です。

「温泉宿の女将？　こんな小さな娘が宿を経営しているというのですか？」

私は首をひねりました。

「むっー！　そこの人、クズハはこう見えても年齢は2000歳を軽く突破していますの！　人を見た目で判断しないでくださいの！」

「こ、これは失礼しましたレディ」

私は慌てて頭を下げました。獣人は見た目と年齢が一致しない種族です。

さすがに2000歳というのは冗談でしょうが、騎士としてレディに対する気遣いを欠いていたと反省します。

「お兄さんたちは、冒険者ですのよね？　それなら、うれしいお知らせがありますの！　クズハの温泉は、ついに1日の利用者数が300人を突破！　全ステータスの上昇効果が3倍になりましたのよ！」

バンザイして喜ぶクズハという少女に、私は卒倒しそうになりました。

「それは誠でありましょうか？」

「もちろんですの！　クズハはお客さんに嘘をついたりしませんの。これで魔王のダンジョンの探索がより安全にできるようになりましたの。お兄さんたちも『世界最速レベルアップ』したくて、シレジアに来たのではありませんの？　今まではCランク以下の冒険者さんは、ダンジョンへの入場お断りでしたが、温泉に浸かっていただければ、こちらも解禁ですの！」

「は、はあっ。街で耳にした時は、ステータスの上昇効果は2倍だと……」

初めて聞いた時も、冗談みたいな効果だと腰を抜かしました。

それをさらに上回るとなると……。

「くふふっ！　クズハの温泉はお客さんが集まれば集まるほど、進化しますのよ。今度は利用者

1日1000人突破で、ステータスの上昇効果が3・5倍になりますの！」

何というか開いた口が塞がりませんでした。

いったいアルト殿の領地では、何が起こっているのでしょうか？

私は部下たちと一緒に、恐る恐る飛竜の空中送迎サービスの客室に乗り込みました。

◆

久しぶりにルディアと一緒に、ホワイトウルフのシロのグルーミング（毛づくろい）をした。

「わぉーん！（気持ちいぃ！）」

「ひゃあっ、もうくすぐったいわよシロ！」

ふわふわの毛並みに、ブラシをかけてやると、シロは喜んで尻尾を振る。

ルディアはシロに顔を舐められて、黄色い声を上げた。

顔を舐めてくるのは、ホワイトウルフにとっての愛情表現だ。

最近は何かと忙しかったんだけど、たまにはグルーミングを通して、シロの体調をチェックしなくちゃな。

「うーん！　シロはいい子ね！」

ルディアも一生懸命、シロにブラシをかけてあげている。

さきほどハチミツベアーと、サンダーライオンたちにもグルーミングをしてあげたが、彼らは大喜びだった。

「わんわんっ！（ご主人様、最近かまってくれなくて、ちょっとさびしかった）」

「そっかぁ。ごめんよ」

最近は領主の仕事が増えてきたからな。

でもモンスターたちとの楽園を作る以上、彼らとのスキンシップをおろそかにしては本末転倒だ。

何より、モンスターたちの喜ぶ姿を見るのは楽しい。

「失礼、アルト様。重要なお話があるのですが……」

『シレジア探索大臣』魔剣士エルンストが、神妙な面持ちで声をかけてきた。

エルンストの背後には、黒いローブを被った8人の怪しげな男たちが並んでいる。その姿は、さながら死に神のようで、不吉と死を予感させる。

「誰、その人たち……？」

ルディアとシロも面食らっていた。

「実はこの者らは、魔王のダンジョンに許可なく入ろうとした罪人なのですが。任務に失敗し、王都に帰れなくなったのでアルト様の元で働きたいと申しているのです」

「我らは暗殺組織『闇鴉』にて暗殺術を極めし者。なれどグランドマスターを討たれ……組織の顔に泥を塗ってしまった以上、王都に戻っても組織に消される運命でございます。どうかシレジアの『暗殺担当大臣』として、アルト様のおそばに置いてはいただけませぬでしょうか？」

先頭の男がそう言うとローブの男たちは、一斉に僕にひざまずいた。

『闇鴉』。そう言えば、王国の闇を司る暗殺組織がそんな名前だったような……。

なんで、そんな人たちがこんな辺境にいるのか、わからない。

「キミたちは暗殺者か？　悪いけれど、『暗殺担当大臣』なんて物騒な役職を作る気はないぞ」

「そ、そこをどうにか……っ!?」

「このままでは、我らは組織に、組織に消されます！」

「どうか庇護してください！　ご領主様！」

不気味な黒ローブの集団が、僕の足元にひれ伏して懇願する。若干、怖かった。

「うーん。何かよくわからないけど、かわいそうだから、雇ってあげたら？」

ルディアが適当なことを言ってきた。

「いや。誰かを暗殺するなんて、そんなヤバいことする気は毛頭ないんで」

僕はこの辺境で、権力闘争なんかとは無縁に過ごすつもりだ。暗殺者など必要ない。

「アルト様。暗殺ではなく、暗殺や諜報《ちょうほう》から御身を守るために、この者らを雇われてはいかがでしょうか？　隠密《おんみつ》行動や気配察知、罠回避などのシーフ系のコモンスキルを、この者らは習得しております。

私のシレジア探索、ダンジョン探索にも役立ちますので、私の部下にしていただけないかと考えております」

「エルンスト殿！　ご推挙ありがとうございます！」

黒ローブ集団が歓喜の声を上げた。

「この人たちを雇ったら『闇鴉』と対立するハメになったりしないかな？」

できれば、敵を作るのは避けたい。しかも、相手は相当に物騒な組織だ。

『闇鴉』は金で動く犯罪組織です。失態を犯した構成員に制裁を加えることはあっても。利益にならないことは基本的にいたしません。この者らを雇っても、闇鴉がアルト様に牙を剝いてくることはないでしょう。むしろ、メリットの方が多いかと存じます。蛇の道は蛇ですので」

エルンストは僕が、暗殺者に狙われることを警戒しているようだ。僕のような一辺境領主を殺したい者がいるとは思えないけど……。

暗闇での活動を得意とするダークエルフの中にも、暗殺技術に長《た》けた者がいる可能性がある。防衛策を講じておく必要はあるか。

「わかった。用心のために彼らを雇うことにするよ」

「あっああ……ありがたき幸せでございます！」

「我ら一同、命に代えてもアルト様を守護することを誓います！」

「御身に刃を向けし者に死をっ！」

僕が承諾すると、元『闇鴉』のメンバーたちは、感涙にむせんだ。

「よかったわね、みんな！　アルト、クズハが温泉宿の従業員が足らないってボヤいていたんで。この人たちは、いったん、そっちの応援にも回してもらえる？」

「わかった。クズハの温泉はお客さんが殺到してきて、手が足りなくなっているからね」

ルディアの提案を、僕は承諾する。

「フフフッ……なるほど。我ら普段は温泉宿の従業員に身を扮《ふん》し。怪しい者が村に泊まっていれば即時、ご報告申し上げる。場合によっては消すと、そういうわけですな？」

黒ローブの男が、ほくそ笑んだ。

「いや、消すとかしないから……」

考えてみたら、この村の宿泊施設はクズハ温泉しかないので、不審者を見つけ出すには好都合かも知れない。

もっとも目前の彼ら以上の不審者というのは、そうそういないかも知れないが……。

「ご安心ください。魔法の中には、顔の造形を変えて他人に成りすますモノもございますが、我らはそれを見破る術を持っております。どのような不埒者が近づいて参りましても、たちどころに見つけ出してご覧にいれましょう」

「わかった。よろしく頼むよ」

なんとなく物騒な感じがするので、上司となるエルンストには、ちゃんと彼らの手綱を握ってもらわなくちゃな。

「それと、この者らが魔王のダンジョンに無許可で踏み入った罰として、持ち物を押収したのですが。イヌイヌ族を通して、それらの換金が終わりました。しめて50万ゴールドほど、入っております」

エルンストが、ズッシリと大きく膨らんだ革袋を差し出してきた。

「えっ？　こんなに……」

「やった！　ダークエルフの地下牢で見つけたお金と合わせれば１００万ゴールドよ！　ねっ、ねっ！　アルト、さっそくガチャに課金してみない？」

ルディアが躍り上がるように膝頭を叩いた。

「ガチャに課金する前に……リリーナ！　今のアルト村の財政状況を教えて欲しい」

「はい！　アルト様、ただいま！」

僕が助けを呼ぶと、一分の隙もなくメイド服を着こなしたリリーナが飛んできた。

彼女は帳簿を手に持っている。

「えっ、この娘は？」

「リリーナは僕の実家に昔から仕えてくれていた侍女で、アルト村の『財務担当大臣』に任命したんだ。数ある大臣の中で、もっとも重要なポストだね」

様々な事業を手掛けるようになり、人も増えてきた。なので、ぶっちゃけ今の財政状況がどうなっているか、わからなくなってきていた。

儲かっているようにも思えるが、闇鴉やテイマーの助手も雇ったし、モンスターも増えてきている。こういう状況で、うかつにガチャに課金するのは危ない。

財務を任せるなら、信頼できる人間でなくてはならない。わざわざ、僕のために辺境までやってきてくれたリリーナなら適任だった。

「はいアルト様！　もっとも重要なポストをお任せいただけるほど、私を愛してくれているなんて……光栄でございます！　リリーナはご期待に応えてみせます！」

リリーナは僕に危ないところを助けられてから、若干、様子がおかしい。

『アルト様は、私を愛してくださっている！』などと言っている。

間違いではないのだけど、恋愛をしているわけではないので、周囲に誤解されかねない気がした。

「はぁっ!? な、なにこのメイド。誰がいつ、あなたを愛しているなんて言ったのよ!? アルトは私の旦那様なのよ！」

ぽっと頬を桜色に染めるリリーナに、ルディアが食ってかかる。

「失礼ですが、ルディア様。誰がいつあなた様を娶《めと》られたのでしょうか？ 冗談はお慎みください」

いつもは控えめなリリーナが、静かな怒気を込めて言い返した。

「なっ、なんですってぇええ!? 私とアルトは前世からの恋人同士なのよ！ 切れない固い絆《きずな》で結ばれているんだから！」

「……ステキな誇大妄想でございますね？ アルト様、それで財政状況なのですが」

ルディアを残念な娘扱いでスルーして、リリーナは語り出した。

「まず収入が、イヌイヌ族とのソフトクリーム独占販売契約料がひと月30万ゴールド。温泉宿の収入が諸々《もろもろ》含めて現在までに12万ゴールド。魔王のダンジョンからの収入が20万ゴールド。ヒールベリーや農作物を売った収入が10万ゴールド。合計72万ゴールドです」

おっ、初月から、そんなに収入があったのか。かなり良い成績だぞ。

「支出はモンスターの餌代が10万ゴールド、人件費20万ゴールド、雑費5万ゴールド……合計で35万ゴールドです。アルト様の手腕により、収支は見事なまでの黒字となっております。臨時収入が、

合計100万ゴールドありますので。一度だけなら、ガチャに課金していただいて問題ありません」

『【神様ガチャ】は基本無料でお使いいただけますが、一部コンテンツが有料となっております。課金する際は、無理のない範囲で行ってください』

リリーナの説明が終わると、目の前に光の文字で注意書きが表示された。

創造神様も2000年前、ガチャ廃人を生み出しすぎて、世界を崩壊寸前まで追い込んでしまったことを反省しているらしい。

「ルディア様は、豊饒の女神様とうかがっておりますが。100万ゴールドものお金を軽々しく使うのをオススメするのは、どうかおやめください。財務状況に照らし合わせて、無理のない範囲で課金しなければ、領地経営はままならなくなります」

「ぐぅむむむむっ!?」

ド正論を言われて、ルディアは押し黙った。

ガチャは正しく使えば繁栄をもたらすが、限度を超えれば人を破滅へと導く危険な力だ。

「ありがとう。リリーナが財政状況をしっかり管理してくれれば、僕はガチャの闇に飲まれずにすむと思う」

「はい！　アルト様のお力になれて、リリーナは幸せです！　これからも未来永劫、アルト様のおそばに！」

リリーナは溢れんばかりの笑みを見せた。

「よし、じゃあいくか。100万ゴールド課金、投入！　ガチャ、オープン！」

僕の目の前で、青い稲妻が魔法陣より放たれ、まばゆい光が弾けた。

現れ出たのは、身の丈を超える反った剣を持つツインテールの少女だった。

「剣神の娘アルフィン。マスターの召喚に応じ参上したわ！　お父様から受け継いだ我が剣の誇りにかけて、マスターを守護することを誓います……って、あっ！　そこのルディア！　なに嫌そうな顔しているの!?　お父様じゃなくてハズレとか思っているでしょ！」

『レアリティSR。剣神の娘アルフィンをゲットしました！』

『アルフィンを使い魔にしたことにより、アルフィンの能力の一部をスキルとして継承します。

スキル【剣神見習いLv385】を獲得しました。

【剣神見習いLv385】は剣技を3・85倍の威力で使えるようになるスキルです。スキルレベルが上がると威力もアップします』

名　前：アルト・オースティン
○ユニークスキル
【神様ガチャ】

【世界樹の雫】継承元。豊穣の女神ルディア。

【神炎】継承元。神竜バハムート。

【薬効の湯けむり】継承元。温泉の女神クズハ。

【スタンボルト】継承元。巨人兵
【魔物サーチ】継承元。巨人兵（強化型）
【神剣の工房】継承元。鍛冶の女神ヴェルンド
【剣神見習いＬｖ３８５】継承元。剣神の娘アルフィン（ＮＥＷ！）

○コモンスキル
【テイマーＬｖ12】


「な、なんという美しい見事な佇《たたず》まいか……！」

剣神の娘アルフィンに対して、魔剣士エルンストが目を見張った。

「へぇ～っ。私の実力がわかるなんて。あなたは、なかなかの剣士のようね？　見たところ純粋な剣士じゃなくて、魔剣士。魔法との合わせ技のようだけど」

「ひと目で、そこまでわかるのですか？」

「相手に対して、無意識に間合いをとろうとするのは、遠距離攻撃の手段を持っているからでしょう？　得体の知れない者に対しては、見た目が子供であっても用心する。剣士として理想的な心構えだわ」

アルフィンは腕組みして、うんうん頷いている。

彼女は僕の胸くらいの背丈しかないので、おませな少女が大人相手に背伸びしているように見えて、微笑ましい。

「ええとっ……アルフィンで良いのかな？　キミはもしかしてルディアの知り合い？」

「はい。マスター、私は誉れ高き剣神オーディンの娘アルフィンです。お父様のような立派な剣士となるべく、日々、修業に励んでいます」

パッと輝くような笑顔をアルフィンは見せた。

剣神オーディンとは、剣士たちが崇める武神だ。天界一の剣豪と言われる。

僕も多少は剣を齧《かじ》ったので、オーディンに対しては尊敬の念があった。その娘だなんて、すごいじゃないか。

「はぁ〜〜、できればSSRの剣神オーディン様に出てきていただきたかったわ。今回は微妙にガチャ運が悪かったわね」

「ちょっとルディア、聞き捨てならないわよ！　私はずっと修業を続けて【剣神見習いLv385】まで、ユニークスキルがレベルアップしたんだから！」

ため息をつくルディアに、アルフィンは人差し指を突きつける。

「いつまでも見習いというのが、なんともだけど……」

「【剣神見習いLv385】は剣技を3・85倍の威力で使えるようになるスキルだぞ。かなりスゴイと思うけど？」

指定した武器の攻撃力を5倍にアップさせる女神ヴェルンドの【神剣の工房】とのスキルコンボ

で、剣撃の威力がとんでもなく跳ね上がると思う。

スキルは相乗効果が得られるように考えて習得するのが良い。

例えば【怪力】のユニークスキルを得た者は、【正拳突き】のコモンスキルを習得して武道家になったりする。

本来、ひとつしか手に入らないユニークスキルがコンボできるというのは、破格の優位性だった。

ここにさらに剣技系のコモンスキル【ソードパリィ】なども習得すれば、僕は剣士として大成できそうな気がするな。

「アルフィンの【剣神見習い】は、使えば使うほどスキルレベルがアップしていく成長型みたいだし。将来性が抜群じゃないか？　レベル３８５まで上げているなんて、相当ストイックにがんばっているんだと思う」

「さすがはマスター、よくわかっていらっしゃるわ！　そうよ、背も胸も剣の腕もこれからドンドン伸びていくんだから！」

アルフィンは我が意を得たりとばかりに胸を叩いた。

「この娘のがんばりは、私も立派だと思うんだけれど……身体が小さいから、剣神の技を継ぐのは無理だって言われてて。魔剣士の道に進みなさいって、オーディン様やお兄さんたちから散々、助言されているのに聞き入れないのよね」

「ち、小さいって言わないでよ！　背が足りなくても、お父様みたいに長刀を格好良く振って、敵をバッサバッサとやっつけられるようになるんだからぁ！」

アルフィンは歯を剝き出しにして怒る。

アルフィンの背負う剣は、彼女の身長の1・5倍近くあり、確かにこれを振るうのは物理的に難しいだろうと思われた。

「つまり、アルフィンは適性とは異なる道を歩んでいると？」

「そうよ。この娘は魔法適性が高くて、魔剣士になれば、【剣神見習い】のスキルが、【魔剣聖】に派生進化してもおかしくないって。オーディン様から、お墨付きをいただいているの。でも、ずっと物理攻撃オンリーにこだわっているのよね」

「うるさい、うるさい！　私は純粋な剣士の道を歩んでいくの！　たとえ、何千年かかろうとも！　物理攻撃が効かない敵を、究極の斬撃で細切れにするロマンが、『また、つまらぬモノを斬ってしまった』と言って去っていくカッコ良さが、ルディアなんかにわかってたまるもんですかぁああっ！」

「つ、強さよりカッコ良さを追い求めるというのは、純粋な剣士なのかしら？」

ルディアは呆れたようなツッコミを入れる。

「強い信念を持った良い娘じゃないか」

僕は逆に、アルフィンに好感が持てた。

「ほら見なさい。マスターもこうおっしゃっているわ。やっぱり、わかる人にはわかるのよね！」

「ぐぅむむむっ！」

ルディアはくやしそうにうめく。

「わ、私も別にイジワルで言ってるわけじゃなくてね。永遠に【剣神見習い】というのは、どうかなって……」

「ルディアがイジワルしているわけじゃないのは、わかるよ。自分の適性に沿うことは大事だものな。でも効率度外視で、自分が何をしたいかに重きを置いても良いと思うんだ」

僕がモンスターたちとの楽園を築こうとするのも、譲れない信念があるからだ。

モンスターにそこまで心を砕いてどうするのかと、王宮テイマー時代に陰口を叩かれたことがあった。

でも僕はそうしたいから、するんだ。

「あっ、ありがとうございますマスターっ！ グスッ！ わ、私、ドチビ剣士とか、天界でヒドイあだ名をつけられてバカにされたことも、あってぇ……っ！ そんな風に言ってもらえてうれしいですぅ！」

アルフィンは感激した様子で僕に詰め寄った。

「私はまだまだ修業中の身ですけれど、地上の誰よりも優れた剣士だと、自負しています。私の誇りとするお父様、剣神オーディンの名にかけて、マスターをお守りしてみせます！」

「うん。よろしく頼むよアルフィン」

「はぁいい！」

「アルフィン殿、あなたは相当な剣士だとお見受けしました。ぜひ私に、あなたの技をご教授いただけないでしょうか？」

エルンストが真剣な様子で、アルフィンに頭を下げた。

「えっ……!?　ふふっん。弟子に教えるのも修業のうち！　いいわよ。あなたは、なかなか見どころがありそうだし。では今日から私のことを、お師匠様と呼ぶように！」

アルフィンが薄い胸を反らして、心底うれしそうに承諾する。

「僕も剣術のコモンスキルを習得したいから、ときどき稽古をつけてもらって良いかな？」

「はい！　もちろんです。マスターっ！　やったぁー！　わ、私の弟子がふたりもぉおお！　弟子、弟子！　お師匠様！　いい響きだわ」

アルフィンは顔をだらしなくニヤつかせていた。

「じゃあ、アルフィンは今日からシレジアの『剣術指南大臣』だな」

アルフィンは剣を教えるのが好きそうなので、みんなの剣の先生になってもらうことにした。

◆

「と、とてつもない経験をしました……」

客室から降りた私――近衛騎士シリウスは、深い安堵《あんど》の息を吐きました。

なにしろ飛竜が吊り下げる客室に乗って、空を飛んでアルト村までやってきたのです。

飛竜たちは、本当に従順でした。

アルト殿がテイマーとして桁外れの実力者であることを、痛感させられました。

人々から英雄とたたえられる人格者で、能力も抜群……なぜアルト殿が辺境に追放されたのか、私はまったく理解できません。

「楽しかったですね、副団長！　じゃなくてシリウスさん」

部下の少女騎士は子供のように、ずっとはしゃいでいました。

空から落ちたらどうしよう、という恐怖感は彼女にはないようです。

正直、うらやましいです。

そして、副団長と呼ぶのはやめなさい。今は隠密行動中ですよ。

「皆さん、温泉宿はこちらですのよ！　クズハに付いてきてくださいな。魔王のダンジョンの探索許可が欲しい方は、あちらへどうぞですの！」

キツネ耳の少女クズハ殿が、旗を振って私たちを引率してくれます。

ここは一見すると、モンスターによって簡単に踏み潰されてしまいそうな小さな村でした。

しかし、そこらじゅうに活気がありました。

物見櫓には弓を手にしたゴブリンたちが立って、周囲を警戒しています。

アルト殿が、魔族であるゴブリンすら支配下に入れているという報告は、本当でした。

「まずは噂の温泉の調査をしましょうよ、シリウスさん！」

少女騎士は調査という名目で、温泉を楽しむ気、まんまんでした。

「そうですね。その後で、魔王のダンジョンの探索許可もいただきましょうか。私たちはダンジョン探索に来た冒険者ですので……」

今回の調査対象ではないので、新ダンジョンについては、表層を軽く見て回る程度にするつもりです。

その時、私は意外な物を見つけて、声を失いました。

……村の中央にあるのはヒールベリーの木でしょうか？

季節外れにもかかわらず、大きな実が連なっており、村人たちが収穫をしていました。

「し、し、シリウスさん、アレ!?」

仲間たち全員の視線が、一点に釘付《くぎづ》けにされました。

そこには見惚れるほど美しい少女がいました。彼女が手をかざすと、地面からヒールベリーの木が驚くべき勢いで生えてきたのです。

その木はあっと言う間に、大量の赤い実をならせました。

「ふうっ！　実を収穫できるところまで成長させたわ。さっ、みんなガンガン摘み取っちゃって。『農業担当大臣』こそ、アルト村のかなめだって証明してやるのよ！」

「おおっ！　さすがは我らが豊饒の女神ルディア様！」

ツンと尖った耳をした美形の男女が、その少女を囲み、まるで女神であるかのように崇めています。

少女を囲んでいるのは、間違いなくエルフたちです。

アルト殿がエルフと盟を結んだという報告は、間違いないようでした。エルフは本来、人前に姿を見せたりしません。

では、あのルディアという少女は、一体、何者なのでしょうか？

まさかエルフの王女殿下？　しかし、耳は尖っておらず、見たところ人間のようです。

エルフたちは気位が高く、人間を嫌っているので、人間の少女にひれ伏すなど、あり得ないと思うのですが……。

「クズハ殿！　質問をさせてください！　今、あそこにいる娘さんの目の前に、ヒールベリーの大樹が生えてきたのですが。一体、どういうことで、彼女は何者ですか⁉」

「ああっ！　ルディアお姉様はエルフたちが信仰する豊饒の女神で、植物を操る力を持っていますの」

「おっ……おっしゃっていることの意味がわかりません！」

女神とか何の冗談でしょうか？

「むーっ！　冗談じゃ、ありませんのよ。クズハは温泉の女神で、この村には他に鍛冶の女神。剣神の娘なんかもいますの」

「はぁ……っ？」

その時、すさまじい音がしたので、思わず目を向けると……。

尖端が回転するハンマーを地面に突き刺した美少女が、大量の土砂を巻き上げ穴を掘っていました。

もう、どこからツッコめば良いのでしょうか？

軽く目まいを覚えましたが、私はアンナ王女殿下の密命を受けて、調査に来た身。不可解なできごとを見過ごす訳には、いきません。

「アレは何をやっているのですか？」

「あーっ！　あれはヴェルンドお姉様が、ドリルで避難用シェルターを作っていますの」

クズハ殿に尋ねると、またもや要領を得ない答えが返ってきました。

「避難用シェルター？」

「ダークエルフなんかが攻めてきた時に、村のみんなの身を守れるように、安全な避難所を地下に作っていますの。ヴェルンドお姉様は、武器を作るのと、穴掘りするのが三度のご飯より好きなんですのよ！」

「そ、それはまた変わったお方で、ありますね」

仲間たちも話についていけなくて困惑しています。

「はいなの！　避難用シェルターは、突貫工事で作ってますので、すぐに完成しますの。もし何かありましたら、その時は、クズハの言うことに従って、みなさん避難して欲しいですの！」

どうやら、あの少女は魔物から民を守るための防衛施設を作っているようです。

ご領主アルト殿の民を想う気持ちが伝わってきます。これなら温泉宿にも、安心して泊まれますね。

しかし、初日から常識外のことばかりで、少々、疲れました。

「本格な調査は明日以降にして、今日は温泉宿で休みましょうか……」

「さ、賛成です」

仲間たちも、これに賛同してくれました。

温泉は混浴露天風呂でした。

男女一緒のお風呂に、水着を身に着けて入浴します。

全ステータスを3倍にするという効果は、本当でした。効果は24時間で切れるようですが、この温泉があれば最強の軍隊が組織できますね。

少なくとも、防衛戦では相手が10倍以上の兵力であっても、ものともせずに勝てるでしょう。

ふぅ……ちょっと現実逃避したくなってきました。

アルト殿が反乱など起こしたら、鎮圧するのは、王国の総力を結集しても骨が折れそうです。

豊饒の女神が本当にいたら、兵糧攻めも無意味ですしね。

はあっ、空には満天の星々がきらめいて、絶景です。

「ふぅ〜〜。今日もソフトクリームをいっぱい作りましたね。みなさんに喜んでいただけてよかったです。アルト様にご恩返しするためにも、もっと、もっとがんばらなくては」

見目麗しいエルフの少女らが、連れ立って脱衣場からやってきました。

思わず視線が向かってしまいます。

「ティオ姫様、少々、根を詰めすぎだと思われます。明日あたりは、お休みされては……」

「でも、イヌイヌ族のみなさんから『もっともっと作って欲しいですワン』とお願いされているんです。カワイイあの方たちに喜んでもらえると、うれしくて」

「アルト様にご恩返ししたいお気持ちはわかるのですが……あのイヌイヌ族の商人たちからは、なんというか。不穏な物を感じます」

少女たちの会話が耳に入ってきて驚きました。

どうやら、やってきたのはエルフの王女ティオ様であるらしいです。月夜の中でも目立つ、雪のような白い肌。凛然とした美しさを持つお方です。

水着姿の姫君をあまりジロジロ見て、変に思われては困るので、慌てて視線をそらします。

「でもソフトクリームが人気になれば、アルト様が夢を叶えるお手伝いになります。アルト様のお役に立てるのなら、私はどんなことでもしたいと思っているのです」

「姫様……っ！」

ティオ姫様は、どうやらアルト殿にかなりの恩義を感じているようです。

エルフの姫君の好意と信頼をここまで獲得されているとは驚きました。

アルト殿の夢とは、シレジアを人間とモンスターが共存共栄できる地とすることのようです。

これを知ることができたのは、大きな収穫でした。

できれば、ティオ姫様と直接話してみたいのですが。何分、接点となる話題がありません。

明日、話題作りのために姫様の作ったソフトクリームを買ってみるとしましょう。

風呂から出た私は、名物だという牛乳をいただきました。この牛乳が地下水で冷やされていて、また格別においしかったです。

これは任務とは関係なく、またシレジアに来たくなってしまいますね。

「がっ……!?　ま、まさかっ」

突如、意識がもうろうとして、私は牛乳瓶を床に落としました。

信《しん》じ難《がた》いことに、今、口にした牛乳に睡眠薬が盛られていたようです。急激な眠気が襲ってきます。

「ククッ……顔を変えての変装とは手の込んだことだが。油断しおったな」

温泉宿の従業員が、暗い愉悦のこもった目で、膝をついた私を見下ろしていました。

さきほど『風呂上がりの牛乳は最高ですよ。ぜひお試しになってください』と、人のよさそうな笑顔で、牛乳を勧めてくれた男です。

「何者で何が目的か……洗いざらい吐いてもらうとしようか？」

気がつけば、ただならぬ気配を漂わせた男たちに私は取り囲まれていました。

一体、何者？　という疑問を最後に、私の意識は闇に呑まれました。

◆

温泉から出て休憩室で涼んでいると、氷の魔法使いのリーンが声をかけてきた。

「アルト様！　エルフの古代魔法【絶対凍結】が、完全に使いこなせるようになりました！　見てください。小さな氷塊で冷やしたお水ですよ」

リーンはいくつもの氷が入った水を差し出してきた。

「これはスゴイな……！　風呂上がりにお客さんに提供する牛乳を冷やすのに良さそうだ」

【絶対凍結】は、本来、攻撃魔法なのだが、ソフトクリームや水風呂を冷やす氷を生み出すために使っていた。さらに応用範囲が広がったぞ。


「はい！　アルト様には、兄さんを救っていただいたばかりか、エルフの魔法までご教授いただけて！　ここにやってきて本当によかったです！　私の一生の財産になりました」

リーンは喜びいっぱいの顔になる。

「リーンとエルンストには、本当に助けられているから。僕の方こそお礼を言わなくちゃならないよ」

実際、彼女ら兄妹はこの村になくてはならない人材だ。

「そんな！　もったいないお言葉です！　兄さんも良い剣の師匠に巡り合えたと喜んでいました。私たちにとって、アルト様に出会えたことは人生最大の幸運です」

「そんなっ。大げさだな……」

感謝されて、うれしいけれど。

僕はたいしたことはしていない。

「アルト様、涼むのであれば、私が魔法で冷たい風を送ってさしあげましょうか？　火照った身体に気持ち良いと思います」

「えっ、いいの？　それじゃ頼むよ」

「は、はい！　アルト様。風の強さ、冷たさなど調節できますから、いちばん気持ちの良い力加減を教えてくださいね！」

リーンがはにかみながら、告げた時だった。

「失礼いたします。アルト様。どうやら、どこぞの飼い犬が入り込んだようです。今、飼い主が誰か聞き出しております」

黒いローブを着た男が、ぬっと影のように現れて僕にひざまずいた。

リーンの兄エルンストの推挙で雇った元暗殺者だ。

彼らにはクズハ温泉の従業員として、働いてもらっていた。その彼がクズハ温泉の制服ではなく、黒いローブ姿で来たということは……。

「まさか、村の中にくせ者が入り込んだのか？」

「はい。ですが、ご安心を。彼奴《きゃつ》らの仲間は、すべて捕らえてございます」

「ダークエルフじゃないのか？」

この村に潜入するとしたら、ダークエルフくらいしか考えられない。

だが、僕の【魔物サーチ】のスキルを使っても、村の中にダークエルフの反応はなかった。

「はい、人間でございます。リーダー格の男は、顔の造形を変える高度な変身魔法を使用しておりました。背後に、かなり大きな組織があるものと思われます」

「大きな組織？　一体、何だってそんな連中がこの村にやってくるんだ？」

「リーン殿が習得された『永遠に溶けない氷』に代表されるエルフの高度な魔法技術。鍛冶の女神ヴェルンド殿が鍛えた剣など……。

この村には、神話級の至宝が多数ございます。耳聡《みみざと》い者が、早くもこれらを欲して動き出したとしても不思議ではないかと」

黒ローブの男はうやうやしく腰を折った。

「そして、その犬どもなのですが。女が妙なことを申しております。自分たちはアンナ王女殿下の命令を受けてやってきた近衛騎士団の者だと……誠にそうであれば、公式の訪問ではなく。なぜ冒険者に扮して来たのか、解《げ》せません。ククク、じっくりと我らの流儀でもてなして。真実をつまびらかにしたいと思います」

もてなすというのは、クズハ温泉の従業員としてではなく、元『闇鴉』のメンバーとしてだろう。ヤバい気がした。

「近衛騎士団？　なら、王宮で顔を合せたことがある人がいるかも知れない。アンナ王女の使いを下手に拘束なんかして、後で問題になったら困る。彼らに会おう。案内してくれ」

「はっ！　しかし、ご心配には及びません。非公式の訪問であれば、たとえ命を奪おうとも、アルト様が罪に問われることはありません。近衛騎士団の御一行はそもそもシレジアを訪れなかった。樹海に踏み入って、危険なモンスターに遭遇し、運悪く命を落としたというシナリオを用意すれば良いのです。アンナ王女殿下もご納得されるでしょう」

ほくそ笑む黒ローブの男に、リーンがドン引きしていた。

「お、おい……っ。そんなあくどいことするつもりはないぞ。そもそも誰かを消すとか、そういうことは一切するなと伝えたろ？」

「はっ！　心得ております。我が主を害しようとした愚か者には、死が慈悲に思えるほどの絶望を！」

　ぜんぜん、わかっていない回答が返ってきた。

「だーっ、もう！　とにかく拷問とか絶対にしないでくれ！　リーン付いてきてくれ」

「はい！」

　回復魔法の使い手であるリーンを連れて、僕は近衛騎士たちの元に向かった。


「ひぃやぁあああっ！　いっそ殺せぇえ！」

　近衛騎士たちを監禁したという倉庫に近づくと、女の子の絶叫が聞こえてきた。

「あっあん……っ！　いや、ちょっと無理、やめてぇええ！　キャハッハッハハッ！」

「こら、お前たち！　女の子に何をやっているんだ！」

　仰天した僕は、倉庫の扉を開け放って、リーンと一緒に飛び込む。

「こ、これはアルト様っ！」

　少女騎士を拘束して、天井から宙吊りにしていた黒ローブ集団が一斉にひざまずいた。

　彼らは羽根ペンの羽根の部分で、少女騎士の脇の下や足の裏を、こしょこしょ、くすぐっていた。

「今、コヤツめを、この世でもっとも苦しい拷問『くすぐりの刑』にかけて、情報を吐かせようとしていたところで、ございます」

「ククク ッ……どんな剛の者でも心が折れて、痴態を晒《さら》します」

笑えないことをやっていた。

「その娘を今すぐ、解放しろ。近衛騎士団とは僕が直接、話す！」

近衛騎士の指揮官と思われる男性には、見覚えがあった。副団長のシリウス殿だ。

変身魔法で顔の形を変えていたようだが、すでに魔法は解除されていた。

シリウス殿たちは突然の展開に、鳩が豆鉄砲を食ったようになっていた。

見たところ近衛騎士たちは、怪我などしていないようだ。早めに駆け付けてよかった。

彼らの拘束具を外すように、黒ローブ集団に命じる。

シリウス殿たちは、全員、安堵の息を吐いた。

「配下の者が拷問めいたことをしてしまって、申し訳ありません。ほら、みんなも謝って」

「……拷問してしまって申し訳ありませぬ」

とにかく、全員で頭を下げて許しを請うた。

「いえ、我々も変装などしての訪問でしたので。くせ者と誤解されても致し方ありませんでした。

それに部下も、くすぐられただけですので……」

「あっー！　お客さん、ウチの従業員が手荒なマネをしてしまって、申し訳ありませんですの！

この人たちは最近入ったばかりの新人で、まだ仕事がよくわかっていませんの！」

クズハも倉庫に突入してきて、平謝りする。

「もう少しで、笑い死にさせられるところでしたよ……あっーもう、お腹が痛い……」

目尻に涙を浮かべた少女騎士が、頬をひくつかせた。

「リーン。彼女に回復魔法をかけてあげてくれ」

「はい」

少女騎士が辛そうだったので、リーンに癒やしてもらう。

「ところで、シリウス殿。どうして冒険者になど変装してシレジアにやってこられたのですか？」

「正体が露見してしまった以上、隠し立てはいたしません。私は王家に仕える近衛騎士団の副団長シリウス。この者らは全員、近衛騎士です。アルト殿が神竜バハムートを召喚獣にした、エルフと盟を結んだなど、数々の信じがたい報告を受け、その事実確認のために、我々が王国から派遣されたのです」

「なるほど。もうひとつの質問にもお答えいただけると、ありがたいのですが。なぜ、お忍びで？」

「それは……っ」

僕の追及に、シリウス殿が言《い》い淀《よど》む。

「おおかた、王国にとって突然、辺境に強大な力を持った領主が現れては困るということでしょう」

「アルト様がどれほどの力を持っているのか？　王家に忠誠を誓う気はあるのか？　腹の内を探り、場合によっては暗殺するのが、この者らの使命であったと思われます」

黒ローブ集団が代わって答えると、近衛騎士たちの顔色が変わった。

図星だったらしい。

「アルト様を暗殺って、何も悪いことをしていないのにですか？」

リーンがムッとした表情になる。

「自分たちを滅ぼしうる力を持った相手とは、王家のような権力者にとって脅威なのでございます。いつ寝首をかかれるか、わかりませんからな」

黒ローブの男が、したり顔で答える。

「そういうことか……ではシリウス殿。帰って国王陛下にお伝えください。僕は王家に反逆するつもりなどありません。僕の目的は、この土地をモンスターと人間が共存共栄できる楽園に変えることなんです」

「わかりました。お伝えしましょう。しかし、この地の調査がまだなので、しばらく滞在許可をいただけないでしょうか？　王家に対して、やましいところがないとおっしゃるのであれば、すべてを見せていただきたいのです」

シリウス殿は、転んでもタダでは起きないようだ。

「もちろん、良いですよ」

痛くもない腹を探られるのは、多少、不快ではあるけれど。王家と信頼関係を結ぶためには仕方がない。

「ではダークエルフたちが魔王ベルフェゴールを復活させようとしている件について、伝書鳩でお伝えしましたが。これを阻止するための支援をしていただけないでしょうか？　一領主には手に余る問題です」

領主は王家に忠誠を誓い、王家は見返りに領主を守る。これが理想的な王国の姿だ。

「にわかには信じ難いことですが……それも国王陛下とアンナ王女殿下に進言いたします。また、この場の我々でよろしければ、ダークエルフと戦うために手を貸させていただきましょう」

「えっ、シリウス副団長、本気ですか？」

他のメンバーたちは、怪訝そうな顔をしていた。

「本気もなにも。ダークエルフは、若い娘さんたちをさらっているというではありませんか？　そのような所業、騎士として見過ごせません！」

シリウス殿が義憤に燃えて叫んだ。

その時、鐘の音が、夜の静寂に響きわたった。これは敵襲を知らせる音だ。

「な、なにごとですか!?」

僕の【魔物サーチ】のスキルでは、半径5キロ圏内に魔物の群れの反応はないが……。

うん？　いや……これは村を包囲する形で、とてつもない数のダークエルフたちが、続々と押し寄せてきているぞ。

その数、1000、2000、3000……バカな、まだ増えるだって？

僕は戦慄した。

しかも、相当な数のモンスターも引き連れている。

これは、一刻も早く手を打たなければならない。

「大変だゴブ！　ダークエルフの大軍だゴブ！」

物見櫓で警戒に当たっていたゴブリンの叫び声が聞こえた。

11章　ダークエルフとの決戦

ファイヤーボールを投げつけてやると、物見櫓が爆散した。その場で警戒にあたっていたゴブリンたちが、悲鳴を上げて落下する。

「フハハハッ！　魔族とはいえ、しょせんゴブリンなど劣等種、脆《もろ》すぎるな！」

ダークエルフの族長のひとり、バルコは高笑いする。彼は包囲攻めの南側を担当していた。

アルト村は丸太塀に囲まれた、貧相な村だった。

守備役のゴブリンたちが矢を射掛けてくるが、ダークエルフたちは魔法障壁を展開して弾き返す。

被害は一切なかった。

「温泉効果とやらで、能力値が2倍になっていたとしても、この程度か！」

配下に命じて、雷の魔法を一斉に撃ち込んでやると、ゴブリンたちは痛みに転げ回った。

村の兵力は冒険者、ゴブリン、エルフ、テイムされたモンスターなど合わせても、せいぜいが200くらい。

対してこちらは、使える戦力をすべて投下し、テイムしたモンスター軍団と合わせれば、総数2万5000近い兵力だ。

これなら簡単に勝てる。

強い人間が、多少いようとも、体力、魔力に限界がある以上、数の暴力の前では無意味だ。

奴らを殲滅したら、美しいエルフの娘たちを捕らえて生け贄とし、さらなる力を手に入れるのだ。

この場に『白混じり』のイリーナが参加していないのは、実に好都合だった。戦利品である娘たちは、すべて戦いの功労者である自分たちで独占できる。

特にエルフの王女ティオをこの手で捕らえることに成功すれば、魔王ベルフェゴールから格別な力を与えられるだろう。

「アルト・オースティンか。ふんっ！　人間ごときが調子に乗って我らに歯向かうからだ。身の程知らずが」

アルトは元々がテイマーであるためＭＰが低く、バハムートのような強大な召喚獣を実体化させ続けるのは困難だと予想された。

なら恐れるに足りない。

バハムートが現れたら、配下を時間稼ぎの壁として後ろに下がれば良いのだ。

「戦象部隊！　踏み潰せぇええ！」

象型モンスター、パオパオマンモスの群れをけしかける。パワーなら竜種にも匹敵する戦象部隊だ。

これであの貧弱な丸太塀を破壊して、一気に村の中になだれ込んでやるとしよう。

「ガガガガッ！　神々の最終兵器。巨人兵（強化型）、リーサルモードで起動しました！」

戦象部隊の前に、全身が黒光りする金属で覆われた巨人が出現した。

前触れもなく現れたことから、召喚獣であると思われる。

「ガハハハハッ！　たった一匹で、何ができる!?　粉砕しろ！」

族長バルコは敵の巨大さに一瞬、度肝を抜かれたが、すぐに気をとり直した。

バハムートでないなら、安全策を取る必要もないだろう。

「鎮圧執行！【スタンボルト】発射！」

バチバチバチッ！

巨人から、まばゆい雷撃がほとばしった。並外れたタフさが売りの戦象部隊が、パオーン！　と鳴き声を上げて、一斉に地面に倒れる。

「はぁ……っ!?」

族長バルコは、目を疑った。

戦象部隊が、次々に突進をしかけていくも、無情に倒される。

な、なんだ。コイツは？　バハムート以外にも、こんな強力な召喚獣がいたのか？

「マスターより、モンスターは極力殺すなと、本機は命令を受けております。しかし、ダークエルフはその限りではありません。殲滅開始！」

巨人兵の両目が、ギン！　と凶悪な光を放った。

戦象部隊を倒しきって、逆にこちらに攻めてこようとしていた。

「おのれ、面妖なヤツ！　だが、これでお終いだ」

族長バルコは、とっておきの魔法を発動させる。

巨人兵の周囲に、いくつもの魔法陣が浮かびあがり、それらが同時に大爆発を起こした。

轟音《ごうおん》が鳴り響き、無数の木々が弾け飛んだ。あたりが、もうもうとした煙に包まれる。

「ハーッハッハッハ！　対象を粉微塵《こなみじん》にする【爆裂《エクスプロージョン》】の魔法だ！　跡形も残るまい」

「うぉおおおお！　さすがは族長だ！」

配下からの賞賛に、バルコは気を良くする。

だが、視界が晴れた時、巨人兵は何事もなかったように立っていた。

バルコの笑みが固まる。配下たちも声を失った。

「本機は3段階まで強化され、【魔法無効化フィールド】の出力も上がっています」

巨人兵は誇らしげに語ると、両手をバルコたちに向けた。

「殲滅開始。【エリミネイト・サンダー】発射！」

目を開けていられないほどの強烈な光が、あたりに満ちた。

巨人兵から放たれた雷撃を浴びせられたダークエルフの軍団は、悲鳴も上げられぬまま、倒れ伏す。

「ガァアアアア――――ッ!?　ば、ばかな!?」

バルコはかろうじて気を失わずにすんだが、激痛に膝をついた。

部隊全体に何重もの魔法障壁を展開していたにもかかわらず、今ので一気に1000近い兵力を削られた。

とんでもない威力の攻撃だった。

「な、なんなのだ、おまえは⁉　神竜バハムート以外に、おまえのような召喚獣がいたのか⁉」

「ガガガガガッ！　私は神々の最終兵器です。強化された私は、バハムートより強いのです。マスター、アルトの敵を殲滅！　殲滅します！」

巨人兵は無人の野を行くかのごとく、ダークエルフの軍団を蹂躙《じゅうりん》し出《だ》した。


「それじゃあ。みんな、行くわよ！」

私──剣神の娘アルフィンは、村の西側に布陣した冒険者たちの前に立った。

ああっ、もう。ダークエルフの大軍がわんさか押し寄せてきていて、めっちゃテンションが上がるわ。

「……って、嬢ちゃん、あんた誰よ？　避難用シェルターならアッチだぜ？」

冒険者たちは、指揮を執ろうとする私にうろんげな目を向けてきた。

彼らはSランク冒険者の魔剣士エルンスト、つまりは、私の弟子をリーダーとして、戦うべく集結していた。

その目には、勝てないまでも一矢報いてやろうという悲壮な決意が見て取れるわ。

これは、みんなの前で良いところを見せる絶好のチャンスね。

「私は剣神の娘アルフィン！　マスター、アルト様よりシレジアの『剣術指南大臣』を仰せつかっている者よ。これから私が突っ込んでいって、敵将を討ち取るわ！　その間、あなたたちは、ここを死守するのよ」

私が背負った大太刀を抜いて宣言すると、冒険者たちは大爆笑した。

「こいつは勇ましいお嬢ちゃんだぜ！」

「剣が地面に着いちまってるじゃねぇか！　そいつをどうやって振るっていうんだよ！」

地上最強の剣士である私が加勢しようっていうのに、なんて失礼なヤツラなのかしら？

私は面食らって、次の言葉が出てこなくなってしまう。

……い、今の私がカッコ悪く見えるのは、多少、自覚があるわ。

私の大太刀は2メートル近くあって、私の身長より長い。そして、重い。だから、抜くと刃先が地面に着いてしまう。

本来、コレって馬上での戦いを想定して作られた武器だから、仕方ないのよね。

でも、そんなお腹を抱えて笑わなくても良いじゃない。

「指揮は私が執ります故、お師匠様は敵将を討つことに集中してください」

「……そう、よろしく頼むわね！」

弟子のエルンストが、私にうやうやしく告げると冒険者たちは目を丸くしていた。

エルンストは師匠を立てる良い弟子だわ。

「エルンストさんのお師匠様？　そんなチビ娘が？」

「これから100倍以上の兵力の連中とやり合うって時に、何の冗談でさ？」

そんな私の背後に、棍棒《こんぼう》を振りかざした敵先鋒《せんぽう》のオークたちが、襲いかかってきた。怪力自慢の魔族どもよ。

「おい、バカやっている場合じゃねぇぞ！　とっとと下がれ！」

冒険者たちが、私を守ろうと泡を食って飛び出そうとする。

あら。口は悪いけれど、悪い人たちじゃないみたい。

これは俄然《がぜん》やる気が出てきたわ。

最強の剣士として、この人たちを守ってあげないとね。

「剣神見習いの力、見せてやるわ！」

腰をひねりながら、身体全体で大太刀を振る。疾風のようなその一撃に、巨体のオークたちが一斉に倒れた。

「はぁっ……!?」

冒険者たちが、呆気に取られた顔をした。

オークの群れは猛然と襲いかかってくるが、私の斬撃に数体がまとめて崩れる。

連続で振られる剛剣は、暴風と化して粉塵を巻き上げる。さながら戦場に竜巻が出現したみたいだ。

「す、すげぇ、嬢ちゃん何者だ!?」

くうっうぅ……みんな私の剣技に見惚れているわ。

思わずジーンと、幸せにひたってしまう。

辛く苦しい修業とは、すべてこの瞬間のためにあったのだわ。

「私は今、絶賛、弟子募集中よ！」

そのまま、敵陣に向かって駆け出す。狙うは敵将の首よ。

「エルンスト！　この場は任せたわね」

「はい。お任せください」

エルンストに守りの指揮を任せる。

数で劣る私たちは、敵将をすばやく討ち取って敵を混乱させるしかない。それがマスターの作戦だわ。

エルンストの持つ剣は、鍛冶の女神ヴェルンド様が鍛えた名剣よ。

他にも何人か、ヴェルンド様から武器を与えられた人がいるわ。

クズハの温泉効果も3倍になったし。これなら、ある程度、持ちこたえられるわね。

ああ、そうそう。

私も温泉効果で全能力値が3倍になっている上、マスターのテイマースキルの支援で、さらに能力値が2倍。合計で6倍に強化されているわ。

今は剣神のお父様にだって勝てそうな気がするくらい、力がみなぎっている。

ダークエルフたちが罵り声とともに、私に魔法を撃ち込んできた。それを剣で斬って消滅させる。

「なにぃぃ!?」

敵から驚愕の声が上がる。

私の大太刀は、ヴェルンド様に作っていただいた特別製だ。魔法を斬ることのできる力を付与されている。

これぞ、まさに純粋な剣士のための武器よ。

剣士なんか遠距離攻撃で撃ち倒せば楽勝だなんて、舐めくさっている魔法使いをブチのめす快感……っ。

ああっ、思わず口元がニヤけちゃう。

「魔法が、我らの魔法がまったく通用しないぞ！」

悲鳴がアチコチから上がった。

「純粋な剣士の前に、魔法なんか無力であることを思い知りなさい！」

「ほう、おもしろいことを言うではないか？　下がれ下がれ！　このワシが相手になってやる！」

私がダークエルフたちを好き放題に叩きのめしていると、大音声が響きわたった。

角の生えた大男が、大剣を手にして近づいてくる。

これが噂のダークエルフの上位種ね。

「我こそは、族長ゾーク！　ダークエルフ一の怪力の使い手にして、最高硬度の肉体を持つ者だ。フハハハッ！　小娘。どうやら剣技が自慢のようだが。神鉄を凌駕《りょうが》する防御力を誇る我の前に、斬撃など通用せぬぞ！」

「ひぃやぁあああっ！　まさか、そんな、そんな……っ！　物理攻撃が効かない人なの!?　ホントにそうなの!?」

私は狂喜乱舞して、大男に駆け寄って言った。

「その通りだが……？」

私が恐怖するだろうと思っていた敵将は、完全に戸惑っている。

「物理攻撃が効かない敵を、ぶった斬ることこそ純粋な剣士の本懐よ！　いざ、勝負ぅううう！」

私は大太刀を背負った鞘《さや》に納めた。

「変移抜刀《へんいばっとう》・二天刃《にてんじん》！」

鞘走りを使って超加速させた剣を振り下ろす。敵将の肩に命中するが、硬い手応え。

スゴイ、斬撃が本当に効かない。

私は振り下ろした剣を、地面に付く寸前で跳ね上げる。

「な……なにぃいいい!?」

敵将の顔が歪む。あり得ない軌動を描いた剣は、最初の斬撃をぶつけた箇所に2撃目を加えた。

振り下ろしと、斬り上げの超神速の2連撃よ。

本来、硬い鎧《よろい》を破壊して、刃を届かせる技だけど、どうかしら？　これが通用しなければ、もっと強い斬撃を……！

「あ、あれ……もう終わり？」

敵将は肩より血煙りを上げて、後ろに倒れた。

思ったより呆気なかったわ。

もっと、ギリギリ追い詰められる中で、究極の斬撃に覚醒するような展開を期待していたのに。

まあ、魔王から仮初めの力を与えられた程度の存在なら、こんなモノよね。

2000年以上、剣神見習いとして地道に修業してきた私とは、地力に差があって当然だわ。

「敵将、討ち取ったわ！」

私が剣を掲げると、味方から大歓声が上がった。


僕は南に巨人兵。西に剣神の娘アルフィン。東に鍛冶の女神ヴェルンドを、それぞれ迎撃部隊の隊長として配置した。

『ガガガガッ！　巨人兵、敵将を討ち取りました。これより、残敵の掃討に入ります！』

『アルフィンです！　こちらも敵将を倒したわ！　敵軍は浮き足立っています。全員、剣の錆《さび》にしてやるんだからぁあっ！』

『ヴェルンドです。敵将をハンマーで、お空の彼方にカッ飛ばしました。残りの敵は、私のドリルに恐れをなしているようです』

僕と召喚獣たちは、精神で繋がっているため、離れていても連絡が取れる。これは集団で戦う上での圧倒的な優位性だった。

「よし！　予想以上の戦果だ」

彼らには防衛ではなく、敵将を討つことを優先するように命じていた。

女神ヴェルンドの作った地下シェルターに、ティオ王女や村人、観光客を避難させてある。

近衛騎士のシリウスたちが、避難誘導に協力してくれたおかげで、逃げ遅れた者はいなかった。

その手際の良さは、さすが正規軍の指揮官だ。

敵が村に押し寄せてきても、そこに非戦闘員はおらず、エルフの戦士、テイムしたモンスター、冒険者たちが出迎える。

あとは僕が、北から攻めてきているダークエルフの王ゲオルグを倒せば良い。

北でもすでに戦端が開かれ、敵のモンスター軍団と、僕のサンダーライオンの群れが激しい戦闘を繰り広げていた。

サンダーライオンたちは、数は20匹と少ない。だが、クズハの温泉効果、僕のスキル【薬効の湯けむり】とテイマースキルの重ねがけで、全ステータスが12倍近くアップして究極モンスターと化していた。

ダメージを負う者が現れたら、後衛に配置した魔法使い部隊のリーンや、エルフたちに回復魔法をかけてもらう。

おかげでサンダーライオンたちは、100倍以上もの敵をまったく寄せ付けていない。安心して見ていられた。

「アルト殿！　なぜ戦場にこのような可憐な婦女子を連れてこられたのです!?」

近衛騎士のシリウスが、僕の傍らで抗議の声を上げる。

「可憐な婦女子!?　ふ、ふんっ、人を見る目はあるようだけど、心配ご無用よ。私とアルトは一心同体！　いつだって一緒なんだから」

「ワン！（いざとなったら、ボクが守るので大丈夫）」

ホワイトウルフのシロに乗ったルディアが、微妙に顔を緩ませながら応える。

僕はルディアも連れてきていた。可憐な婦女子とは彼女のことのようだ。

「ルディアは豊饒の女神で【世界樹の雫】という究極の回復スキルが使えるんです。だから、いざという時の切り札として来てもらっています」

死んでも生き返れる、というのは戦略の幅を大きく広げられる。

また、ルディアは植物操作能力で、木々の根を敵軍の足に絡ませるなどして、援護してくれていた。

無論、ルディアを失うわけにはいかないので、シロや飛竜たちに護衛を頼んでいる。もし危なくなったら、足の早い彼らにルディアを連れて逃げてもらう手筈だ。

「は、はぁ。クズハ殿もおっしゃっていたのですが、女神というのは例えではなく……」

その時、ダークエルフの軍団がこちらに突撃してきた。

「あそこにいるのが、敵総大将のアルト・オースティンだ。討ち取って手柄にしろ！」

「ほう。美しい娘たちもいるではないかっ!?　生け捕りにしてくれるわ！」

膠着《こうちゃく》状態に痺れをきらし、一気に勝負を決めるつもりらしい。

さすがに、この数はサンダーライオンだけでは抑えきれない。奥の手を使うことにする。

「【バハムート】よ。敵を蹴散らせ！」

バハムートのカードを摑んで召喚する。まばゆい光が弾け、巨大な神竜が出現した。

「承知した！」

バハムートが翼を広げて、ドラゴンブレスを放つ構えを取る。敵軍に雷に打たれたような動揺が走った。

「バ、バハムートだぁ……っ!?」

「本当に最強のドラゴンを召喚獣にしているぞ！」

すべてを灰燼《かいじん》と化す【神炎のブレス】が、容赦なく敵軍に撃ち込まれた。

大地がめくり上がるように爆散する。轟音とともに、ダークエルフの軍団が弾け飛んだ。

「ぉおおおおおお――ッ！」

味方からは勝利の雄叫びが、敵からは、絶望の悲鳴が上がった。

「驚きました。これが伝説のバハムートですか!?」

シリウスら近衛騎士団のメンバーたちも、その圧倒的な力に驚嘆していた。

僕は【魔物サーチ】のスキルで、敵軍にどれだけの被害が出たか調べる。

ゴッソリと３５００近い敵軍の反応が削れていた。

「降伏しろ！　お前たちの族長もすべて討ち取ったぞ！」

僕は声を張り上げて、降伏を勧告する。

「まだ戦うというなら、もう一発、お見舞いしてやる！」

敵兵たちは、見るからにうろたえた。

大軍とは維持するのが難しいものだ。

劣勢となれば、命惜しさに逃げ出す者が続出し軍は瓦解する。

ダークエルフの王が、降伏を受け入れなくても、もう一発バハムートのブレスを撃ち込めば、逃亡兵が続出しそうな予感がした。

「見事であるな。アルト・オースティン！　この俺、ダークエルフの王ゲオルグが直々に相手をしてくれるわ」

ひときわ目を引く威容のダークエルフが飛び出してきた。

間違いなく、以前戦った族長と同じダークエルフの上位種だ。身にまとった強者のオーラが段違いに強烈だった。

「おおっ！　ゲオルグ陛下、バンザイ！」

落ちていた敵軍の士気が回復する。

「大将同士の一騎打ちか!?　受けて立つ！」

一騎打ちは数で劣る僕にとって、望むところだった。

勝てば一気に形勢逆転だし、何よりこれ以上、血を流さなくてすむ。

剣を抜き放って、僕はダークエルフの王の前に進み出た。

敵軍が下がって、僕とダークエルフの王ゲオルグとの一騎打ちを見守る形になった。

「配下の者に手は出させん。存分に向かってくるが良い」

よほど自信があるのだろうか、潔いヤツだ。敵とはいえ、多少の好感が持てた。

僕もサンダーライオンたちを後退させる。

「アルト、がんばって！」

ルディアが不安そうながらも、声援を送ってくれる。

「一騎打ちこそ戦場の華！　もし、この闘いに横槍を入れる者があれば、この王国近衛騎士団、副団長シリウスがお相手しよう！」

シリウスが剣を掲げて宣言すると、敵軍からどよめきが上がった。

「王国正規軍が介入していたのかっ⁉」

王国正規軍と戦うということは、王国そのものを敵に回すということだ。辺境の一領主と戦うのとでは、わけが違ってくる。

「そうだ！　王国に援軍を頼んでいる！」

僕は便乗する形で、ハッタリをかました。

図らずも、敵軍を動揺させられたのはラッキーだった。

ゲオルグを倒した後、敵兵には逃げ帰ってもらうのが一番良い。そのためのとっさの布石だった。

「援軍だと？　軍隊がシレジアに派遣されてきているという知らせはない。苦し紛れのつまらぬ虚言だ！」

ゲオルグのひと言で、ダークエルフたちのざわめきは、ピタリと収まった。

「すでに策を弄する時ではない。この上は、我らで決着をつけようではないか？」

ゲオルグが手招きをする。

「そうだな。それは、望むところだ！」

僕は突撃しながら、スキル【神剣の工房】で剣の攻撃力を5倍にアップする。挑むなら接近戦だ。

僕は遠距離攻撃の手段は【神炎】のスキルしか持っていない。これでは魔法を得意とするダークエルフと撃ち合っては、分が悪い。

振り下ろした剣が、ゲオルグの剣に弾かれて火花を散らす。

「むぅっ!?」

ゲオルグが目の色を変えた。

アルフィンのスキル【剣神見習いLv385】によって、僕の剣撃の威力は3・85倍になっている。

超一流の剣士並みの斬撃が、繰り出せているハズだ。

「そこよ！　アルト、やっちゃって！」

「テ、テイマーとは思えない見事な太刀筋です！」

興奮したルディアや仲間たちが、エールを送ってくれる。近衛騎士に認められるとは、剣の修業もしていて良かったな。

僕は押し切ろうと、さらに連続で剣を振るう。

ゲオルグはうめきながら、後退していった。ダークエルフたちから、悲鳴のような声が上がる。

これはイケるぞ。そう油断した時だった。

「バカめ、かかったな！」

突然、僕の足元に血のような真っ赤な魔法陣が出現した。

その途端、身体の力が抜けていくような感覚に捕らわれる。

「なんだ、これはっ!?」

僕は慌てて飛《と》び退《の》くが、時すでに遅かった。

「触れた者のＭＰを一定時間、強制的にゼロにする呪いのトラップだ！　どのような手段を用いようともＭＰはゼロに固定となる。これでもう自慢の召喚獣は使えまい？」

バハムートが光の粒子と化して、消え去った。

『ガガガガッ、巨人兵。任務未完了ですが、帰還します……』

『ひゃあ！　マスター、今、イイところだったのにっ!?』

巨人兵とアルフィン、それにクズハまでも実体化を解かれて、僕の手元にカードとして戻って来た。

「ひ、卑怯《ひきょう》よ！　一騎打ちの場に罠を仕掛けていたなんて！」

ルディアが大激怒する。

現在、実体化を解かれていないのは【自立行動スキル】を持っているＳＳＲのルディアとヴェルンドだけだ。

「ハーッハッハッハ！　この俺が人間ごときと本気で一騎打ちなどすると思ったか!?　戦とは勝利することがすべてだ。そら、取り囲んで殺せ！」

ゲオルグの号令とともに、ダークエルフたちが一斉に襲いかかってくる。

くそう、最初からこのつもりだったのか？　策を弄する時ではない、などと言ったのも罠はないと油断させるためか。

「焼き尽くせ【神炎】！」

【神炎】のスキルで、突進してきた敵を消し炭にする。スキルはＭＰとは関係なく使える。

「シロ！　ルディアを連れて逃げろ！」

「アルトはどうするの!?」

「僕はここで、コイツを倒す！　それ以外に道はない！」

僕は叫びながら、再度、ゲオルグに向かって突撃しようとする。

だが、押し寄せてくる敵軍に阻まれて、身動きができない。剣を横薙ぎに振るうと10人近い敵が吹っ飛ぶ。その間にもゲオルグは後ろに下がってしまう。

僕は歯ぎしりした。

「アルト殿！　助太刀いたします！」

「私もアルト様！」

シリウスとリーンが駆けつけてくる。飛竜たちも僕を救援しようと、飛び出してきた。

「召喚獣を使えねば戦線を維持できまい？　貴様をここに釘付けにして、その間にエルフの王女を手に入れれば終わりだ」

ゲオルグが勝利を確信して、あざ笑う。

「僕が頼りとしてるのが、召喚獣だけだと思ったか？　お前の思い通りになると思うなよ！」

最後の砦《とりで》として、ティオのガードは『防衛担当大臣』のガインに託してある。

万が一、村が陥落することがあればガインにはティオを連れて逃亡してもらう手筈だ。

ガインは僕の隣で戦いたがっていたが、ティオを守ると約束した以上、これが最善だった。

「小癪《こしゃく》な。その強がりが、どこまで保《も》つかな？」

ダークエルフたちが、攻撃魔法を一斉に放ってくる。

飛竜たちがドラゴンブレスで迎撃するも、数が違いすぎて、すべては撃ち落とせない。

「きゃあああっ!?」

リーンが被弾して苦痛の声を上げた。サンダーライオンや、飛竜たちにも被害が出た。

数の違いを兵の質で補ってきたが、もうここまでか？

【神炎】を連続して放つも、飛来した弓矢が僕の右肩に突き刺さった。

「……っ、うぉおおおおおお！」

矢を抜いて、ここぞとばかりに殺到してきた敵兵を剣で薙ぎ倒す。矢には毒が塗られていたようで、頭がクラッとした。

「アルト様、大丈夫ですか!?」

リーンが回復魔法を使うべく、僕のそばに走り寄ろうとするが、敵軍に阻まれた。

ダメだ、このままでは全滅だ。僕が殿《しんがり》となって、全軍撤退を命令しようとした時だった。敵軍の後方から悲鳴が轟《とどろ》いた。

「何事であるかっ……!?」

ベオルグが目を剝いた。

敵軍の後ろより、戦いの喧騒が伝わってくる。

「一大事ですゲオルグ陛下！　３０００近いモンスターの群れが、我々の後列に襲いかかっています！」

「モンスターどもの種類はバラバラ！　１００種類近い混成群にもかかわらず、連携が取れています！　しかも通常種より、ずっと強力で、あ、明らかに何らかの訓練を受けた集団かと!?」

「今、敵の正体が判明しました！　王国最強の遊撃部隊『獣魔旅団』です！」

「なんだと!?」

獣魔旅団、それは僕が王宮テイマーとして育て上げたモンスター軍団だった。

僕の仲間たちが遠く離れたシレジアまで、援軍として駆けつけてくれたのだ。

ドドドドドドッ！

大挙して押し寄せてきた獣魔旅団のモンスターたちが、敵軍を切り裂いた。

「な、なんなんだっ、こいつら!?」

ダークエルフを怪力自慢の熊型モンスター、スモウベアーが次々に投げ飛ばす。

バットを持った野球好きモンスター、ベースボールゴリラが、敵兵を次々と空のかなたにかっ飛ばした。

敵兵が魔法を発動させようとするも、ウサギ型モンスター、ビッグラビットが、その足に齧りつく。

「あっ、ぎゃぁあああっ!?」

ビッグラビットは草食だが、その歯は硬い巨木を倒してしまうほど強靭《きょうじん》で、噛まれると超痛い。

「こ、これは王宮で飼われているハズの獣魔旅団！　なぜシレジアに!?」

近衛騎士シリウスが素っ頓狂な声を上げた。

「バカな!? 王国に援軍を頼んでいたという話は本当だったのかっ!?」

ダークエルフの王ゲオルグは、この奇襲に泡を食っていた。

人間の軍隊の接近には注意を払っていたが、モンスターについてはノーマークだったようだ。

「アルト! 救援! 救援に来た!」

人語がしゃべれるオウム型モンスター、デンレイオウムが、僕のそばに飛んできて叫んだ。

「ああっ、みんな……! ありがたいっ!」

僕は感極まって叫んだ。

王宮に残してきた彼らのことは、ずっと気がかりだった。もし暴走して人間を手に掛けたりしたら、殺処分にされる。

おそらく檻を破壊してここまで来たのだろうが、欠けた者はほとんどいないようだった。

「アルトの教え通り。人間と遊びはしたけど、みんな誰も殺してはいない。アルトの教え守った!」

デンレイオウムは戦場で、必要な情報を正確に伝えるのが役目だ。

その言葉に嘘偽りはない。

「偉いぞ、みんな! みんなは僕の誇りだ。もう一度、僕に力を貸してくれ!」

「「がぉっ!（もちろん!）」」

異口同音の肯定が返ってきた。

モンスターたちは、みんな再び僕のテイムを受け入れた。

召喚士としての僕は、ＭＰを奪われたことによって無力化された。

だがテイマーとして、モンスターたちと築いてきた絆が、僕をギリギリのところで救ってくれたのだ。


テイマースキルがレベルアップしました！

【テイマーLv12　⇒　Lv13（ＵＰ！）】

使い魔の全能力値を2～2・5倍にアップできるようになりました。相手との信頼度によって上昇率が変わります。


３０００ものモンスターをテイムしたことで、テイマースキルがさらにレベルアップした。

モンスターたち全員の能力値が、２・５倍と大幅にアップする。

「にゃぁーん！（ご主人様の敵は全部やっつけるニャン）」

炎を操る猫型モンスター、ファイヤーニャンニャンたちが、火炎放射を敵兵に浴びせる。

「猫が火を吹いたぞぉおっ!?」

火が着衣に燃え移ったダークエルフたちが地面を転げ回り、混乱に拍車をかけた。

ファイヤーニャンニャンはレアモンスターなので、その能力を知らなかったようだ。

援軍に現れたモンスターたちは、混乱するダークエルフを一方的にたこ殴りにしている。

「お、おのれ！　だが、貴様さえ始末すればすむ話だ。毒に侵されては満足に戦えまい！」

ゲオルグが僕の前に飛び出してきた。同時に、空気を切り裂く凄《すさ》まじい威力の斬撃が浴びせられる。腕を持ち上げてなんとか受け止めるが、吹っ飛ばされて木に叩きつけられた。

「終わりだ！　【破滅の火《メギド・フレイム》】！」

ゲオルグの手より黒い炎の奔流が放たれる。【神炎】で迎撃しようとするも、間に合わない。地面に倒れた僕は、もはや立ち上がるだけで精一杯だった。

「……わあああああっ！」

その時、僕の前に立ちはだかる華奢《きゃしゃ》な影があった。ルディアだ。黒い炎はルディアを直撃し、彼女は僕のそばまで弾き飛ばされた。

「ルディア……どうして？」

逃げろと言ったのに、なぜ逃げなかったんだ？　ルディアの身体は火傷《やけど》でボロボロになっていた。

「だ、大丈夫よ……今の魔法は闇属性。聖なる女神である私には、つ、通用しないわ」

「いや、めちゃくちゃ通用してるじゃないか。なぜ、こんな無茶を……！」

ルディアを守るべく、僕は気力を振り絞って剣を構える。

思えば、僕の冒険はルディアとともに始まった。ルディアがいたから、ここまで来れたんだ。彼女を死なせるわけにはいかなかった。

「なぜって、アルトを助けるためよ！　【世界樹の雫】で毒だけじゃなく、ＭＰも全快にできるわ！」

「なっ、僕が受けたのは強制的にＭＰをゼロにする呪い……いや、そうか！」

「そうよ。私のスキルはあらゆる状態異常を回復するわ。魔法的な呪いであっても、例外ではないの！」

どうやらルディアのスキルの真価を、まだ正しく理解していなかったようだ。このために、ルディアは危険な乱戦の中、逃げずに残ってくれたのか。これなら一気に形勢逆転できるぞ。

「その娘、魔法が効きづらいのか？　……なら、ふたりまとめて剣の錆にしてくれる！」

ゲオルグが剣を振りかざして、突進してくる。

ルディアが僕の手に触れて【世界樹の雫】を発動させた。すると身体の底から力が溢れ、空になっていたＭＰが満タンになった。毒で朦朧《もうろう》としていた意識もハッキリする。

「なにっ⁉」

僕はゲオルグの剣を弾き返す。ヤツは心底驚いた顔になった。

「さあっ、アルト。やっちゃって！」

「ああっ！」

間抜けなところもあるけれど、ルディアは最高のパートナーだ。僕はカードを取り出して、バハムート、巨人兵、アルフィンを同時に召喚する。

「ガガガガッ！　巨人兵、再起動しました！　殲滅、再開します！」

「一騎打ちを違えるなんて、剣士の風上にも置けないヤツラだわ！」

「慈悲は必要ないな。すべて滅してくれよう！」

巨人兵が雷撃で、敵軍を黒焦げにする。

バハムートのブレスが、ダークエルフたちをまとめて吹き飛ばした。

「そんなバカな!?　ど、どういうことだ!?」

ゲオルグはわけがわからず、目を剝く。

「ゲオルグ陛下が召喚獣を封じたのではなかったのか!?」

「無理だ！　退け！　退け！　こんな化け物どもに、かなうわけがない！」

「命あっての物種だ！」

戦況は一気に僕たちに傾き、敵軍は潰走を始める。

「貴様ら、敵前逃亡は死罪だぞ！　戦わんか！　それでも誇り高き魔族か!?」

ゲオルグが、顔を真っ赤にして怒鳴り散らすが効果はない。敵兵は無秩序に逃げ出していく。

「で、マスター。コイツは、私が叩き斬ってしまって良いかしら？」

アルフィンが大太刀の切っ先をゲオルグに向けた。

「いや、コイツは僕が相手をする」

「おもしろい！　小童《こわっぱ》が、超越者であるこの俺に勝てると思っているのか!?　俺は魔王様より、神獣にも勝る力を与えられているのだぞ！」

ゲオルグが剣を構えて、僕を威圧する。

だが、もうさきほどのような凄みは感じなかった。

「ああっ、お前は策士ではあるが、武人じゃないからな。自分の力に絶対的な自信があるなら、一騎打ちを汚したりはしないだろう？」

「劣等種が、ほざけぇええっ！」

ゲオルグが渾身の力を込めて斬りかかってくる。焦りと怒りで、雑になった攻撃だ。

僕も斬撃で迎え撃つ。ヴェルンドの【神剣の工房】、アルフィンの【剣神見習いLv385】、クズハの【薬効の湯けむり】。みんなのスキル効果が上乗せされた、これ以上ない一撃だった。

僕の剣はゲオルグの剣を両断し、ヤツの身体を叩き斬った。ゲオルグは驚きの表情のまま地面に倒れる。

「敵総大将は討ち取った！　みんな勝ち鬨だ！」

天高く剣を掲げて叫ぶ。

勝ち鬨が轟くと、抵抗を続けていた敵も恐れをなして逃げ出した。

僕たちは2万5000もの大軍勢を撃退したのだ。

エピローグ

「大勝利とアルト村のますますの発展を祝って、かんぱーい！」

その次の晩、戦勝の宴《うたげ》が開かれていた。篝火《かがりび》が焚《た》かれる中で、ゴブリンとエルフと冒険者たちが肩を組んで、酒を浴びるように飲んでいる。

「牧場建設を記念してのボクたちの奢《おご》りだワン！　いっぱい食べて欲しいワン！」

犬型獣人イヌイヌ族たちが、荷馬車に酒と肉を大量に積んでやってくると歓声が上がった。

「ダークエルフの脅威がなくなって、安心して商売ができるワン！」

最初に訪れた時の質素な宴とは段違いの豪華な宴になった。畑から取れた野菜をふんだんに使ったシチューや、ソフトクリームなども提供されて大盛況だった。冒険者たちが肉を焼き、モンスターたちも食べきれないほどの餌をもらって笑顔になっている。

「この村は信じられないくらい豊かになったわね」

ルディアはそれを遠巻きに眺めて、微笑んでいた。僕はその隣に立って告げる。

「ルディアは【神様ガチャ】を、人を幸せにする力だって言っていたけど本当だったな」

「ううん、ガチャはきっかけにすぎないわ……何よりアルトがみんなを受け入れ、引っ張ってきたから、この光景があるんだと思うわ」

近衛騎士シリウスが喧嘩を始めそうになった冒険者たちを仲裁し、黒尽くめの暗殺集団『闇鴉』の元メンバーたちが、音もなく人々に忍び寄って牛乳を配っている。限りなくカオスな光景だったが、みな楽しそうだった。

「私はね。豊穣の女神だから、みんなが豊かになって、楽しく笑っているところを見るのが好きなのよ」

ちょっと意外だった。てっきり調子に乗って『それじゃ、さっそくガチャに課金しましょう！』とか言うのじゃないかと思っていた。

僕とルディアの夢は重なっている。ふたりで力を合わせれば、この地を世界のどこよりも、豊かで幸せな場所にできるんじゃないかな。

「そうか。じゃあ、これからルディアには、もっともっと楽しい光景を見せてあげると約束するよ。だから、これからも僕のそばで、僕を支えて欲しい」

「えっ!? ア、アルト、それって、プロポー……」

ルディアが何やら息を飲んで僕を見つめた。その時。

「アルト様！　本当に、本当にありがとうございました！」

エルフの王女ティオが感激の涙を流して、僕に抱きついてきた。

「い、いや、みんなが力を貸してくれたおかげだよ」

えっ、ティオってば、前より積極的になっていないか？

「ちょっとティオ。今、アルトと大事な話をしているのよ！」

「そうよ。ダークエルフに勝てたのは、何を隠そう最強剣士である、この私の活躍のおかげなのよ！　聞いてくださいマスター、私の武勇伝を！」

剣神の娘アルフィンが、ドヤ顔で割り込んでくる。

「それを言うなら、クズハの温泉でみんながパワーアップしたのが、何よりも大きかったと思いますの！」

クズハも焼き鳥を頬張りながら話に入ってきた。

「ワンワン！（ボクもがんばったよ。褒めて。褒めて）」

ホワイトウルフのシロも尻尾を振りながらやってきて、場は一気にカオスと化した。

「ああっ、アルフィンにも、クズハにもシロにも助けられたな」

「でも。なんと言っても勝利の立て役者は、身を挺《てい》してアルト様をかばったルディアさんだと思います。私、ルディアさんを見直しました！」

氷の魔法使いリーンがやってきてルディアをたたえる。すると、ルディアはメチャクチャ調子に乗った。

「そうよ。逆転の決め手は私の【世界樹の雫】だったのよ！　私とアルトの愛が勝利を呼んだのよ！　だから、ちょっとあなたたち向こうに行っていてちょうだい！　お願いだから、ねぇ！」

「『豊穣の女神ルディア様、万歳！』」

信者であるエルフたちが、一斉に声を上げてルディアを褒めそやす。

「ええっ!? 私は敵将のひとりを討ち取ったのよ！ ルディアはひとりでも敵を倒したの？」

「あんたは、肝心な時に戦線離脱しちゃったじゃないのよ！」

「そ、それはマスター批判ということかしら!?」

ルディアとアルフィンは、顔を突き合わせて今にも取っ組み合いを始めそうになっていた。

「僕が最後まで戦えたのはルディアのおかげだ。本当にありがとう」

「えっ……？」

僕の言葉にルディアはなぜか、ぽっと顔を赤らめて固まった。

「これからも、よろしく頼むよ。ルディア」

「う、うん……もちろんよ！」

「マスター、酒です！ 今夜は死ぬほど飲みましょう！」

女神ヴェルンドが酒樽《さかだる》を抱きかかえてやってくる。上質な酒の芳醇《ほうじゅん》な香りが漂った。

「それじゃ、ルディア。乾杯しようか？」

「うん！」

「あっ、ずるいです。マスター、私たちとも乾杯してください！」

「乾杯はみんなでやると、楽しいです」

「アルト様、ここはぜひ、乾杯の音頭を！」

他のみんなが群がってくる。それを見てルディアは唇を尖らせたが、みんなで盃《さかずき》をぶつけ合った。

「アルト。私とっても幸せよ……」

「うん、僕もだよ」

僕とルディアは、密かに笑い合った。

あとがき

あとがきを読まれている方、はじめまして。

作者のこはるんるんと申します。

『神様ガチャ』をお買い上げいただき、ありがとうございます。

本書はＷＥＢ投稿サイト『カクヨム』に投稿した小説を加筆修正したものです。ＷＥＢ版を読んでくださった方にもお楽しみいただけるように、約1万5千文字のシーンを追加しています。


一時期、ずっとスマホゲームにハマって、指が痛くなるまでプレイしていたことがあります。

一週間の期間限定キャンペーン中に出るＳＳＲのキャラを5枚揃《そろ》えたくて、それまでに溜《た》めに溜めた石を全開放してガチャを回したりしていました。

ログインボーナスが欲しくて、プレイしなくてもログインだけは毎日するようにしたり、おかえりなさいカムバックキャンペーンを利用してＳＲ以上確定ガチャチケットをもらったりと……

そうやってドンドン新キャラを手に入れて強くなっていく過程にドハマリしていました。

各キャラの個別イベントというのも良《い》いですね。好きになったキャラは、ガチャを回して限界まで強くしたいものです。


ただ、課金は一ヶ月に３０００円以内とかに決めて、それ以上課金しないようにするのが良いと思います。

ルディアのように、無計画に課金するのは危険ですね。

素晴らしいゲームを作ってくださった運営会社にお布施するのは大事ですが、廃課金の闇に落ちないようにしましょう。

最後に、お世話になった方に謝辞を贈らせていただきたいと思います。

かわいいイラストを描いてくださったイラストレーターのriritto様。ＷＥＢ版の執筆中に意見をくださった方々。担当編集者の西村様、長堀様、何より本書を手に取っていだいた、あなたに感謝を申し上げます。

本当にありがとうございました。

電撃の新文芸

神《かみ》を【神様《かみさま》ガチャ】で生《う》み出《だ》し放題《ほうだい》

～実家《じっか》を追放《ついほう》されたので、領主《りょうしゅ》として気《き》ままに辺境《へんきょう》スローライフします～

著者／こはるんるん
イラスト／riritto《リリト》

2021年12月17日　初版発行

発行者／青柳昌行
発行／株式会社ＫＡＤＯＫＡＷＡ
〒102-8177　東京都千代田区富士見2-13-3
0570-002-301（ナビダイヤル）
印刷／図書印刷株式会社
製本／図書印刷株式会社

【初出】……
本書は、小説家になろう(https://syosetu.com/)に掲載された『神を【神様ガチャ】で生み出し放題～「魔物の召喚もできない無能は辺境でも開拓してろ!」と実家を追放されたので、領主として気ままに辺境スローライフします。え、僕にひれ伏しているキミらは神様だったのか?』を加筆、修正したものです。

ISBN978-4-04-914051-4　C0093　Printed in Japan

ファンレターあて先
〒102-8177
東京都千代田区富士見2-13-3
電撃の新文芸編集部

「こはるんるん先生」係
「riritto先生」係

Unnamed Memory I

青き月の魔女と呪われし王

著／古宮九時
イラスト／chibi

読者を熱狂させ続ける
伝説的webノベル、
ついに待望の書籍化!

「俺の望みはお前を妻にして、子を産んでもらうことだ」
「受け付けられません！」
　永い時を生き、絶大な力で災厄を呼ぶ異端――魔女。強国ファルサスの王太子・オスカーは、幼い頃に受けた『子孫を残せない呪い』を解呪するため、世界最強と名高い魔女・ティナーシャのもとを訪れる。“魔女の塔”の試練を乗り越えて契約者となったオスカーだが、彼が望んだのはティナーシャを妻として迎えることで……。

電撃の新文芸

リビルドワールドI〈上〉

誘う亡霊

電撃《新文芸》スタートアップコンテスト《大賞》受賞作！
科学文明の崩壊後、再構築《リビルド》された世界で巻き起こる
壮大で痛快なハンター稼業録！

旧文明の遺産を求め、数多の遺跡にハンターがひしめき合う世界。新米ハンターのアキラは、スラム街から成り上がるため命賭けで足を踏み入れた旧世界の遺跡で、全裸でたたずむ謎の美女《アルファ》と出会う。彼女はアキラに力を貸す代わりに、ある遺跡を極秘に攻略する依頼を持ちかけてきて――!?

二人の契約が成立したその時から、アキラとアルファの数奇なハンター稼業が幕を開ける！

著／ナフセ
イラスト／吟
世界観イラスト／わいっしゅ
メカニックデザイン／cell

電撃の新文芸

EDGEシリーズ

神々のいない星で
僕と先輩の惑星クラフト〈上〉

チョイと気軽に天地創造。
『境界線上のホライゾン』の
川上稔が贈る待望の新シリーズ！

気づくと現場は１９９０年代。立川にある広大な学園都市の中で、僕こと住良木・出見は、ゲーム部でダベったり、巨乳の先輩がお隣に引っ越してきたりと学生生活をエンジョイしていたのだけれど……。ひょんなことから“人間代表”として、とある惑星の天地創造を任されることに!?　『境界線上のホライゾン』へと繋がる重要エピソード《EDGE》シリーズがついに始動！　「カクヨム」で好評連載中の新感覚チャットノベルが書籍化!!

著／川上稔
イラスト／さとやす（TENKY）

異修羅Ⅰ

新魔王戦争

全員が最強、全員が英雄、
一人だけが勇者。“本物”を決める
激闘が今、幕を開ける——。

　魔王が殺された後の世界。そこには魔王さえも殺しうる修羅達が残った。一目で相手の殺し方を見出す異世界の剣豪、音すら置き去りにする神速の槍兵、伝説の武器を三本の腕で同時に扱う鳥竜の冒険者、一言で全てを実現する全能の詞術士、不可知でありながら即死を司る天使の暗殺者……。ありとあらゆる種族、能力の頂点を極めた修羅達はさらなる強敵を、“本物の勇者”という栄光を求め、新たな闘争の火種を生みだす。

著／珪素
イラスト／クレタ

ハズレ武将『慎重家康』と、エルフの王女による異世界天下統一

著／春日みかげ
イラスト／ainezu

**異世界で徳川幕府開いてみた。
天下人の知識で、
若き家康が異世界統一!?**

天下人の知識を持ち、20歳の体で異世界に転生した徳川家康。王女セラフィナを救ったことで、滅亡寸前のエルフ族が籠城する『エッダの森』の大将軍に任命されてしまう。

小心者で節約家、敵が死ぬまで戦わずして待てばいい。およそ勇者らしからぬ思考の家康は、心配性ゆえ『エッダの森』を徳川幕府並みに改革していき——?

家康が狸爺の時代は終わった!?　超チートな若き家康と、天真爛漫なエルフの王女の、異世界統一ストーリー!

電撃の新文芸

森に生きる者
～貴族じゃなくなったので自由に生きます。莫大な魔力があるから森の中でも安全快適です～

相棒の聖魔狐《セントフォックス》と共にたくさんの美食を味わいながら、快適なスローライフを追い求める！

魔法の才能を持ちながらも、「剣に向かない体つきが不満」と王女から突如婚約を破棄され、貴族の身分も失ってしまった青年・アル。これまで抑圧されてきた彼はそれを好機と思い、相棒の聖魔狐・ブランと共に旅に出る。彼らの目標はなるべく人に関わらず快適な生活を送ること!　たくさんの美食を味わいながら、面倒見の良い一人と食い意地のはった一匹は、自由気ままな快適スローライフを満喫する。

著／ゆるり
イラスト／ひげ猫

電撃の新文芸